BASTEI LÜBBE

Über die Autorin:

Felizitas Carmann wurde 1962 in Köln geboren, wo sie auch heute zusammen mit ihrem Mann lebt. Nach einer Ausbildung zur Bankkauffrau absolvierte sie ein Studium der Betriebswirtschaftslehre. Hauptberuflich arbeitet sie im Kreditbereich einer Bank. TÖDLICHE SCHRITTE (Bastei Lübbe 14606) hieß ihr erster Kriminalroman mit Rebecca Huthmacher als Kölner Kommissarin.

Felizitas Carmann

Späte Sühne

Ein neuer Fall für die
Kölner Kommissarin

Roman

BASTEI
LÜBBE

BASTEI LÜBBE TASCHENBUCH
Band 15 092

1. Auflage: Februar 2004

Vollständige Taschenbuchausgabe

Bastei Lübbe Taschenbücher ist ein
Imprint der Verlagsgruppe Lübbe

Originalausgabe

Umschlaggestaltung: Tanja Østlyngen
Titelbild: David Papazian/CORBIS
Satz: hanseatenSatz-bremen, Bremen
Druck und Verarbeitung: AIT Trondheim
Printed in Norway
ISBN 3-404-15092-9

Sie finden uns im Internet unter
www.luebbe.de

Der Preis dieses Bandes versteht sich einschließlich
der gesetzlichen Mehrwertsteuer.

Hamburg

Er erwachte von einem Vibrieren, das durch den Schiffsrumpf ging. Einige Sekunden lang starrte er in die beinahe vollkommene Dunkelheit, bis seine Augen sich an die Finsternis gewöhnt hatten und er einige Umrisse erkennen konnte. Ein Blick auf die Leuchtziffern seiner Armbanduhr sagte ihm, dass es früher Abend war. Es musste bald so weit sein.

Sie hatten vor achtzehn Tagen in Buenos Aires abgelegt, nachdem die unteren Laderäume mit Birnen und Weintrauben beladen worden waren. Nach ein paar Tagen hatten sie noch einen Zwischenstop in Brasilien eingelegt, um Bananen zu laden, die der argentinische Schiffseigner von einem brasilianischen Geschäftspartner bezog, der verzweifelt versuchte, sich gegen die übermächtige mittelamerikanische Konkurrenz zu behaupten. Um das noch unreife Obst vor dem Verderben zu schützen, wurden die Laderäume ständig gekühlt. Ein Umstand, der weder den zwischen den Bananen versteckten Vogelspinnen noch dem blinden Passagier gefiel.

Sein Versteck befand sich in einer Ecke des obersten Laderaums im Bug des Schiffes. Es war ein kleiner Raum, in dem Schwimmwesten und alte Taue lagen und den wahrscheinlich seit Jahren kaum ein Mensch betreten hatte. Es hatte ihn einen Großteil seiner Ersparnisse gekostet, um den jungen Matrosen zu bestechen, doch sein Helfer hatte ganze Arbeit geleistet. Mehrere Schafsfelle und Wolldecken hatten ihn in den vergangenen zweieinhalb Wochen warm gehalten, und eine alte Isomatte schützte ihn vor der Kälte des metallenen Schiffsbodens. Er hatte sogar eine Gasflasche mit einem Heizaufsatz, doch als er sie zum ersten Mal benutzen wollte, musste er feststellen, dass sie fast leer war. Seit sie vor ein paar Tagen von den heftigen Herbststürmen des Nordatlantiks erfasst wurden, begannen die Nächte, empfindlich kalt zu werden. Zweimal hatte er so gefroren, dass er sich nachts, alle Vorsicht vergessend, in den Maschinenraum schlich, in dem auch bei strengstem Frost Temperaturen von über 40 Grad Celsius herrschten. Zusammengekauert zwischen den riesigen schwarzen Zylindern, die einen Höllenlärm verursachten und die abgestandene Luft permanent mit dem Gestank von Dieselöl verpesteten, hatte er gewartet, bis ihm wieder warm wurde. Er hatte Glück gehabt. Keiner hatte ihn gesehen.

Und jetzt war er fast am Ziel. Vor zwei Stunden hatte sein Helfer ihm etwas zu essen und frische Wäsche zum Wechseln gebracht. »Halt dich bereit«, hatte er ihm zugeflüstert, »wir erreichen noch heute Abend Hamburg. Wenn die anderen Matrosen das Schiff für ihren Landgang verlassen haben und nur noch ein paar Offiziere und Hafenarbeiter an Bord sind, hole ich dich ab.«

Er hatte genickt und versucht, die aufsteigende Unruhe niederzukämpfen. Es durfte jetzt nichts mehr schief gehen. Er hatte zu viel investiert, um sein Ziel zu erreichen. Drei Jahre harter Arbeit und schwieriger Vorbereitungen lagen hinter ihm. Als er vor drei Jahren herausfand, wie Maria wirklich gestorben war und was danach mit seinem Sohn geschehen war, fasste er einen Entschluss. Da er seinen Lebensunterhalt in Buenos Aires als kleiner Kokaindealer verdiente und auf der Fahndungsliste stand, konnte er das Land nicht auf legalem Wege verlassen. Also kam er auf die Idee mit dem Frachtschiff. Er hatte ein hübsches Sümmchen zurückgelegt in den vergangenen drei Jahren. Doch nachdem er den Matrosen bezahlt hatte, würde der Rest gerade für ihre Rückkehr reichen, sobald er ihn gefunden hatte.

Er hatte alles für das Gelingen seines Planes getan. Sogar Deutsch hatte er gelernt. Einer seiner Kunden war der Sohn eines alten Nazis, der sich nach dem Krieg in Argentinien verkrochen hatte. Wenn auch sonst nichts Positives über ihn zu sagen war, so hatte er doch immerhin seine Muttersprache an seinen Sohn weitergegeben, und dieser war bereit, sein Wissen gegen die regelmäßige Versorgung mit Kokain zu teilen. Drei Jahre lang hatte er ihm täglich eine Stunde lang Deutsch beigebracht, und das Ergebnis konnte sich durchaus hören lassen.

Und jetzt saß er erwartungsvoll in seinem Versteck und sah durch die an dem kleinen Bullauge herablaufenden Regentropfen langsam die Lichter des Hamburger Hafens in der Dunkelheit vorbeiziehen. Eine halbe Stunde später sagten ihm die Bewegungen und Geräusche des Schiffes, dass sie angelegt hatten. Gespannt musste er noch eine Stunde ausharren, bevor sich die Metalltür seines Verstecks öffnete und der Matrose ihm mit der Hand bedeutete, ihm zu folgen. Ihre Kleidung glich sich wie ein Ei dem anderen: dunkelblauer Wollpullover mit Rollkragen, schwarze, weit geschnittene Jeans und schwarze Halbschuhe aus derbem Leder. Nur die blauweiße Wollmütze sorgte für einen Lichtblick in der düsteren Aufmachung.

Entschlossen zog er sich die Mütze tief ins Gesicht,

schulterte den Seesack mit seinen Habseligkeiten und folgte dem Matrosen nach oben. Sie schafften es ohne Zwischenfall bis zum Landungssteg, auf dem ihnen gerade ein Hafenarbeiter entgegenkam. Der Mann grüßte mit einem kurzen Kopfnicken, als er sie passierte, und setzte seinen Weg fort, ohne sich weiter um die beiden zu kümmern. Einige Sekunden später betraten sie den O'Swaldkai im Hamburger Hafen. Es war ein nebliger Abend Anfang November, und ein beständiger Nieselregen erfüllte die kalte Luft. Einen Augenblick lang dachte er an seine Heimat auf der Südhalbkugel, wo gerade der Sommer begann, dann rollte er entschlossen den Kragen seines Pullovers ein Stück höher und folgte seinem Begleiter.

Trotz der Abendstunde herrschte lebhaftes Treiben auf dem Kai. Einige Hafenarbeiter waren gerade damit beschäftigt, eines der Transportbänder einsatzbereit zu machen, das die Bananenkisten schnell und bequem von Bord schaffen sollte. Im Hintergrund waren die riesigen Hallen zu sehen, in denen das Obst lagern würde. Der Kai war hell erleuchtet, und sie hatten keine Mühe, ihren Weg entlang der Eisenbahnschienen zu finden, die Richtung Süden führten. Der Kai zog sich endlos hin, und sie brauchten fast zwanzig Minuten, bis sie die Umzäunung und die kleine Pförtnerloge erreichten. Der Wachmann hob nur kurz den Kopf von seinem Kreuzworträtsel hoch und schenkte ihnen weiter keine Beachtung. Unbehelligt verließen sie das Gelände.

»Die letzte Fähre rüber in die Stadt ist leider schon längst weg«, sagte sein Begleiter und zuckte bedauernd mit den Schultern. »Ich werde jetzt hier links abbiegen, weil ich noch eine Verabredung habe. Du verstehst?« Er grinste anzüglich, während seine Hüften einen obszönen

Tanz vollführten. »Also dann, du weißt, an wen du dich wenden musst, wenn du auf demselben Weg zurückwillst. Man sieht sich.« Er tippte grüßend mit zwei Fingern an den Kopf und verschwand in der Nacht, die ihn nach wenigen Augenblicken verschlang.

Stundenlang war er durch das riesige Hafengelände geirrt und hatte einen Landweg gesucht, der ihn rüber auf die andere Seite zu den glitzernden Lichtern der Großstadt führte. Schließlich war er erschöpft und hungrig auf dem Plastiksitz einer Bushaltestelle eingeschlafen, bis die Kälte der frühen Morgenstunden ihn wieder weckte. Fluchend stand er auf und versuchte seine steif gewordenen Beine zu strecken. Nach einigen Augenblicken, in denen er sein Blut dickflüssig durch seine Adern strömen fühlte, sah er sich resigniert um. Der Nieselregen hatte aufgehört, aber es war immer noch neblig und feucht, und er wusste immer noch nicht, in welche Richtung er gehen sollte. Plötzlich tauchten aus der Dunkelheit verheißungsvoll zwei Lichter auf. Als der dazugehörige Bus einige Sekunden später vor ihm anhielt, konnte er die Schrift über dem Fahrer entziffern: 156 St. Pauli Elbtunnel. Kurz entschlossen stieg er ein. St. Pauli, so viel wusste er, lag nicht weit von seinem Ziel, dem Zentrum der Stadt, entfernt.

Schon wenige Zeit später erreichte der Bus an der Spitze eines Kais seine Endhaltestelle. Er stieg aus und sah sich in der Nähe um. Immer noch lag eine große dunkle Wasserfläche zwischen ihm und den Lichtern der Stadt. Genau vor ihm auf der gegenüberliegenden Seite konnte er ein Gebäude mit einer großen grünen Kuppel erkennen. Etwas weiter rechts erhob sich die weiße Fassade des Hotels Hafen Hamburg, und davor am Wasser befanden sich wieder kleinere Gebäude mit grünen Kuppeln. Zögernd ging er zurück in die Richtung der Bushaltestelle und umrundete dabei ein Gebäude, das ihm vorher nicht aufgefallen war. Mehrere Fahrspuren führten dorthin, und auf einem Schild über einem überdachten Vorbau stand schon wieder dieses Wort: Elbtunnel. Lange starrte er es an und durchforstete sein Gedächtnis. Er wusste, was ein Tunnel war, aber was zum Teufel war ein Elb? Ein Hafenarbeiter kreuzte von rechts sein Gesichtsfeld und verschwand in dem Gebäude. Einen kurzen Augenblick zögerte er noch, dann folgte er ihm.

Vier große Aufzüge mit Holztüren, die offensichtlich Autos transportieren sollten, und links und rechts davon jeweils ein Personenaufzug führten nach unten. Er stieg in einen der Aufzüge, und kurz darauf öffnete sich etliche Meter weiter unten die Glastür. Er stieg aus und wäre vor Schreck fast in die Knie gesackt. Wenige Meter von ihm entfernt stand ein Polizist und sah ihn an. Scheiße, schoss es durch seinen Kopf, du bist nicht tausende von Kilometern unentdeckt hierher gereist, um kurz vor dem Ziel verhaftet zu werden. Bereit zum Kampf, spannte er jeden Muskel seines Körpers an und ging langsam weiter. Die Augen des uniformierten Mannes ruhten noch ein paar Sekunden auf seinem Gesicht, bevor er gähnend auf die Uhr und dann in die andere Richtung sah.

Erleichtert atmete er auf und setzte seinen Weg fort. Vor ihm lagen zwei gekachelte Tunnelröhren, die von gelblichen Lampen in Augenhöhe in ein schummriges Licht getaucht wurden. Er wählte den rechten Tunnel und konzentrierte seinen Blick auf das Ende der engen Röhre, das irgendwo im Dunkeln verschwand. Als er etwa zweihundert Meter zurückgelegt hatte, konnte er weder den

Anfang noch das Ende seines Weges erkennen. Er ging weiter und lauschte angestrengt, doch das einzige Geräusch kam von seinen schweren Schuhen auf dem Betonboden und den leisen Atemzügen aus seinen Lungen. Die Luft war kalt, und unablässig verließen kleine weiße Dampfschwaden seinen leicht geöffneten Mund, die einen gespenstischen Nebel vor seinem Gesicht bildeten. Ein frostiger Schauer kroch ihm den ohnehin schon eisigen Rücken hoch, und seine Nackenhaare sträubten sich. Fast hätte er aufgelacht bei dem Gedanken, dass er hier an diesem einsamen und unheimlichen Ort so etwas wie Angst empfand. Dabei war er eigentlich hierher gekommen, um anderen Angst einzujagen. Zumindest ein Mensch dort drüben sollte Angst vor ihm haben, und sobald er ihn gefunden hatte, würde er sogar Todesangst empfinden.

Nach wenigen hundert Metern endete der Tunnel in einem runden, hohen Raum. Wieder die gleichen Aufzüge wie am Anfang des Tunnels und wieder ein Mann in Uniform, der ihn jedoch ebenfalls nicht beachtete. An der Wand führte eine Treppe in Zickzacklinien nach oben. Langsam stieg er die Stufen hinauf. In Höhe des ersten Treppenabsatzes war ein Netz über das große Rund gespannt, um – was auch immer – aufzufangen. Als er oben angekommen war, verließ er das Gebäude und bemerkte obenauf die grüne Kuppel, die er schon von der Hafenseite aus gesehen hatte. Endlich war er in der richtigen Hälfte der Stadt und seinem Ziel ein bedeutendes Stück näher gekommen. Bald würde es so weit sein. Bevor er sich abwandte, ließ er seinen Blick noch einmal über den Hafen jenseits des Wassers schweifen. Etwas, das aussah wie eine riesige gelbe Mülltüte, lag an der Spitze eines Kais.

»Der König der Löwen« stand auf einer Leuchtreklame zu lesen, und ein gelber Löwenkopf erhob sich majestätisch darüber. Kopfschüttelnd wandte er sich ab und ging davon.

Er hatte den ganzen Tag in der Stadt verbracht. Von dem deutschen Geld, das er sich noch in Argentinien besorgt hatte, kaufte er sich einen Stadtplan und sah sich an, wo er hingehen musste. Vormittags war er über die Reeperbahn geschlendert und hatte in einem der zahlreichen Waffengeschäfte ein exotisch aussehendes Messer erstanden, dessen Schneide am Rand mit großen Zacken versehen war, die aussahen wie lodernde Flammen. Als der Hunger in seinen Eingeweiden immer stärker wütete, ging er am Hans-Albers-Platz in ein argentinisches Steakhaus, wo er das schlechteste Steak seines Lebens serviert bekam. Satt, aber schlecht gelaunt, machte er sich schließlich auf den Weg. Es war früher Abend, als er die Adresse am Jungfernstieg erreichte. Die Lichter der Schaufenster glitzerten in der Binnenalster, die ruhig und dunkel dalag. Er wartete und beobachtete das Gebäude. Im dritten Stock brannte Licht. Dort musste es sein. Familife, der Name der Firma, war in großen blauen Buchstaben auf die Fensterscheiben geklebt. Er warf einen Blick auf die Uhr. Es konnte noch Stunden dauern, bis die Geschäfte schlossen und die Leute nach Hause gingen. Es blieb ihm nichts anderes übrig, als weiter zu warten. Nervös zündete er sich eine neue Zigarette an und starrte weiter zu den erleuchteten Fenstern im dritten Stock hoch. Was ist, wenn er nicht allein ist? Wie viele konnte er in Schach halten? Über diesen Teil seines Plans hatte er sich merkwürdigerweise die wenigsten Gedanken gemacht. Für ihn war immer klar gewesen, dass der Rest, wenn er es bis hierher schaffte, ein Kinderspiel sein musste. Jetzt kamen ihm Zweifel.

Als nur noch wenige Menschen und Autos auf den Straßen unterwegs waren, entschloss er sich zu handeln. Gerade war im Treppenhaus die Beleuchtung angegangen, nachdem kurz zuvor die Lichter im ersten Stock gelöscht worden waren. Er trat auf die Eingangstür zu und ging einen Schritt zur Seite, als sie von einer jungen Frau geöffnet wurde, die das Gebäude gerade verlassen wollte. Rasch schob er einen Fuß in den Spalt, bevor die Tür wieder ins Schloss fiel. Die junge Frau sah ihn misstrauisch an und sagte: »Da drin werden Sie aber um diese Zeit niemanden mehr finden.« Er drehte sich mit einem kleinen Lächeln zu ihr um und entgegnete: »Da ist noch jemand. Er wartet auf mich.« Mit einem kurzen Schulterzucken drehte sie sich um und verschwand. Sein Puls raste, als er entschlossen das Haus betrat.

Hans-Jürgen Albrecht warf einen Blick auf die Uhr und seufzte. Er hatte mal wieder viel zu lange gearbeitet und wie so oft alles andere um sich herum vergessen. Er musste es sich eingestehen, er war ein Workaholic. Darüber hinaus war er von ausgesprochen geldgieriger Natur, und so gut, wie im Moment die Geschäfte liefen, war an pünktlichen Feierabend und überflüssige Freizeitvergnügungen nicht zu denken. Aber jetzt erinnerte sein knurrender Magen ihn schon seit geraumer Zeit daran, dass auch er nichts weiter war als ein Mensch, und er schob widerwillig die Unterlagen auf seinem riesigen Schreibtisch zusammen und begann sie wegzuräumen. Während er die Schränke abschloss, ließ der melodische Dreitongong der Türklingel ihn innehalten. Stirnrunzelnd ging er in den von den Straßenlaternen nur wenig erhellten Empfangsbereich und betätigte die Gegensprechanlage. »Ja, bitte«, sprach er in den Lautsprecher. Nichts rührte sich. Er ging zur Eingangstür und lauschte. Kein Geräusch war zu hören. Nachdem er einmal tief die Luft eingesogen hatte, öffnete er entschlossen die Tür und zuckte heftig zusammen. Unmittelbar vor ihm zeichnete sich die Silhouette eines Mannes vor dem Hintergrund des dunklen Treppenhauses ab. Fragend sah er ihn an, ohne in der Dunkelheit Einzelheiten seines Gesichts erkennen zu können.

»Herr Albrecht?«, fragte der Fremde mit einem merkwürdigen Akzent in der Stimme, »Hans-Jürgen Albrecht?«

Hans-Jürgen nickte nervös. »Ja, ganz recht. Wer sind Sie?«

Ohne auf seine Frage einzugehen, fuhr der Mann fort: »Sind Sie allein?«

Hans-Jürgen schluckte schwer, und seine Augen bewegten sich schnell hin und her. »Was soll das?«, wollte er mit unsicherer Stimme wissen, »ein Freund von mir muss jeden Augenblick hier sein, um mich abzuholen, also ...«

»Sie lügen«, fuhr der Fremde dazwischen und stieß ihn unsanft zurück in den extravaganten Bürobereich, bevor er der Tür einen kräftigen Tritt verpasste, sodass sie krachend ins Schloss fiel.

Als Hans-Jürgen sein Gleichgewicht wiedergefunden hatte, sah er den Mann ängstlich an. Der Blick aus tiefbraunen Augen bohrte sich in sein Gesicht wie zwei Dolche.

»Ich habe lange auf diesen Augenblick gewartet«, flüsterte der Fremde heiser, während er ein beängstigend aussehendes Messer hervorzog, »sehr lange.«

Ein erstickter Schrei entrang sich Hans-Jürgens Kehle,

und er stolperte hastig rückwärts. Der Adrenalinstoß, der jetzt durch seinen Körper schoss, war gewaltig. Mit den Urinstinkten eines gejagten Tieres stürmte er voller Panik davon. Als er sein Büro erreichte, schloss er blitzschnell, wenn auch mit zitternden Fingern, die Tür hinter sich ab. Dann hastete er zum Telefon auf seinem Schreibtisch und wählte die 110. Während er fieberhaft darauf wartete, dass am anderen Ende der Leitung jemand abnahm, hatte sein Verfolger den Kampf mit der Bürotür aufgenommen, die bei jedem der kräftigen Tritte beängstigend bebte. Nach einer ihm endlos scheinenden Zeit erklang endlich eine ruhige Stimme in der Leitung: »Notruf Hamburg, bitte nennen Sie Ihren Namen und die Adresse, an der sich der Notfall ereignet hat.«

Während die Stimme im Hörer noch sprach, gab die Tür mit einem lauten Krachen nach und sprang auf. »Hilfe« war alles, was Hans-Jürgen noch hervorbrachte, bevor der Mann ihm den Hörer entriss und auflegte. Willenlos ließ er sich von dem Fremden auf seinen Bürostuhl niederdrücken und starrte mit weit geöffneten Augen auf die gezackte Messerklinge, deren Spitze sich in die Haut über seinem auf und ab tanzenden Kehlkopf bohrte.

»Du weißt, warum ich hier bin«, stieß der Mann zwischen den Zähnen hervor, während sich der harte Blick seiner braunen Augen ein weiteres Mal in Hans-Jürgens wasserblaue Augen bohrte. Mühsam schluckte er und entgegnete mit zitternder Stimme: »Ich weiß wirklich nicht, was ...«

Blitzschnell ließ der Mann die Klinge des Messers über seine rechte Wange sausen. Albrecht schrie entsetzt auf und tastete mit der Hand nach der Wunde. Warmes Blut sickerte zwischen seinen Fingern hervor.

Der Mann sah ihn ausdruckslos an. Dann richtete er das Messer auf Hans-Jürgens Unterleib und sagte leise: »1985. Buenos Aires. Maria Gandera. Du wirst mir alles sagen, was ich wissen will. Und ich weiß, was ich tun muss, damit du es mir sagst.«

Hans-Jürgens Herz hämmerte wie wild, das Blut rauschte in seinen Schläfen. Dann wurde ihm schwarz vor Augen.

Hauptkommissar Rolf Hansen von der Kripo Hamburg saß an seinem Schreibtisch und hatte sämtliche Unterlagen zu dem aktuellen Mordfall vor sich liegen. Ihm gegenüber saß sein Assistent Daniel Fischer und begutachtete die Fotos vom Tatort.

»Der arme Kerl ist wirklich ganz schön übel zugerichtet worden«, sagte er und betrachtete ein weiteres Detailfoto der Leiche.

»Das kannst du wohl laut sagen!« Rolf sah von dem Obduktionsbericht auf. »Es gibt kaum eine Stelle an seinem Körper, die unverletzt ist. Diverse Knochenbrüche, Prellungen, Quetschungen, Schnittwunden, und dann hat er ihm auch noch die Eier abgeschnitten.«

»Was hältst du davon«, wollte Daniel wissen, »irgendein Perverser aus der Sado-Szene vom Kiez?«

Rolf schüttelte mit nachdenklichem Gesicht den Kopf. »Glaub ich nicht. Da spricht einiges dagegen. Die Jungs vom Kiez würden sich bestimmt keinen stinkreichen Geschäftsmann vom Jungfernstieg aussuchen, sondern irgendeinen Mister Namenlos, den niemand vermisst. Außerdem ist das nicht ihre Handschrift. Das sieht eher nach gezielter Folter, gepaart mit einer gehörigen Portion Wut, aus.« Er sah wieder in seine Unterlagen. »Laut Obduktionsbericht war keine der Verletzungen tödlich – bis auf den Kopfschuss. Sieht ganz nach Hinrichtung aus. Hast du schon was von unserem Ballistiker gehört?«

»Ja, und er hat mir ein paar sehr interessante Dinge erzählt.«

Interessiert sah Rolf auf und wartete darauf, dass Daniel fortfuhr.

»Bei der Patrone, die aus der Leiche gefischt wurde, handelt es sich um ein ausgesprochen seltenes Exemplar. Sie wird schon seit langer Zeit nicht mehr produziert und passte nur in eine Waffe: eine Mannlicher Modell 1900 bzw. 1901.«

Rolf zog die Augenbrauen hoch. »Bezieht sich die Modellbezeichnung etwa auf das Herstellungsjahr?«

»Korrekt!« Daniel nickte. »Es handelt sich um eine äußerst präzise arbeitende Waffe. Heutzutage ist sie eine echte Rarität und hier in Europa kaum zu bekommen. Zu Beginn des 20. Jahrhunderts war sie jahrelang die offizielle Pistole der argentinischen Armee. Dort gibt es heute auch noch die meisten Exemplare davon, wobei es insgesamt nicht mehr als ein paar Hundert sein dürften, die von ihren Besitzern gehütet werden wie ihre Augäpfel.«

»Willst du mir damit sagen, dass unser Opfer mit einer hundert Jahre alten Pistole erschossen wurde, für die keine Munition mehr hergestellt wird und die höchstwahrscheinlich aus Argentinien stammt?«

Daniel nickte.

»Kann man mit so einer alten Waffe überhaupt noch schießen?«, fragte Rolf.

»Ich glaube, das ist uns in diesem Fall eindrucksvoll bewiesen worden.«

Nachdenklich sah Rolf aus dem Fenster.

»Das würde bedeuten, dass unser Täter mit großer Wahrscheinlichkeit aus Argentinien stammt. Kannst du mir verraten, warum ein erfolgreicher deutscher Geschäftsmann, der ein Institut für Partnerschaftskonfliktberatung führt, einen erbitterten Feind in Argentinien haben sollte?«

Daniel zuckte mit den Schultern.

»Ich weiß es noch nicht. Aber bei einer ersten Untersuchung der Geschäftsunterlagen ist mir aufgefallen, dass das Unternehmen bei weitem nicht so viel abwarf, wie sein ausschweifender Lebensstil vermuten ließe. Es würde mich nicht wundern, wenn er einer lukrativen Nebentätigkeit nachging.«

Rolf nickte. »Okay, klemm dich dahinter und sag mir Bescheid, wenn du irgendetwas herausgefunden hast. Bis dahin werden wir unser Glück mit der Presse versuchen. Vielleicht führt uns das weiter.«

Abschied

Meine sehr verehrten Kollegen, Mitarbeiter und Freunde. Ich freue mich sehr, dass Sie heute Nachmittag so zahlreich erschienen sind, um mir gewissermaßen die letzte Ehre zu erweisen!«

»Murphy gibt wirklich alles«, raunte Thomas in Rebeccas Ohr, während er höflich applaudierte, »sein Hang zum Theatralischen wird immer ausgeprägter.«

Rebecca grinste. »Du weißt doch, dass es ihm nicht ganz leicht fällt, seinen Platz zu räumen.«

»Ja doch, ich weiß«, entgegnete Thomas leise, »aber muss er deshalb gleich eine Trauerrede halten?«

Hans Schmitz-Penner, von seinen Mitarbeitern insgeheim »Murphy« genannt, war der bisherige Leiter des Kriminalkommissariats 11 der Kölner Kripo und feierte heute sowohl seinen 60. Geburtstag als auch seinen Vorruhestand. Rebecca war seit knapp drei Jahren Gruppenleiterin innerhalb des KK 11, und sie verfolgte Murphys Abschied mit einem Hauch von Wehmut. Er war immer so etwas wie ein väterlicher Freund für sie alle gewesen, verständnisvoll und verlässlich, wenn auch ungeheuer chaotisch. Jetzt schweifte ihr Blick über die Gruppe ihrer Mitarbeiter, und sie stellte mit einem kleinen Lächeln fest, dass sich diese Wehmut auch auf den Mienen der anderen widerspiegelte.

Christina, die sich nach einem abgebrochenen Psychologiestudium bis ins KK 11 vorgearbeitet hatte, hing mit verklärtem Blick und glänzenden Augen an Murphys Lippen. Selbst Sven, der sonst nicht zu den feinfühligsten von Rebeccas Mitarbeitern zählte, schien von der Feierlichkeit des Augenblicks erfasst worden zu sein, und der arrogante Zug, der meist um seine Mundwinkel lag, hatte nun einem melancholischen Lächeln Platz gemacht.

Rebeccas Blick glitt weiter und blieb grinsend bei Knut Lottner, ihrem Neuzugang, hängen. Knut war gerade erst 27 Jahre alt und seit zwei Monaten bei ihnen. Er schien der Einzige zu sein, für den diese Veranstaltung lediglich eine willkommene Abwechslung und die Möglichkeit zu freier Verköstigung war. Gerade hatte er sich sein Sektglas nochmal gefüllt und versuchte jetzt unauffällig, ein Lachsschnittchen vom noch nicht eröffneten Büffet zu entwenden. Diese jugendliche Unverfrorenheit war auch

Thomas nicht entgangen, und er schüttelte tadelnd den Kopf.

Thomas war nicht nur Rebeccas Mitarbeiter, sondern auch ein enger Freund. Vor Jahren waren sie mal ein Paar gewesen und hatten zusammengelebt. Die Trennung war inzwischen längst verschmerzt, und heute zählte Thomas nach Krishna zu den wichtigsten Menschen in Rebeccas Leben.

»Ich will es mal mit Trude Herr formulieren«, setzte Murphy gerade zu erneutem pathetischen Höhenflug an. »Niemals geht man so ganz! Und ich freue mich schon sehr darauf, so dann und wann im KK 11 vorbeizuschauen und nach dem Rechten zu sehen.«

Thomas' blaue Augen blitzten, und er schüttelte seine langen dunkelroten Locken. »Der alte Fuchs«, stellte er grinsend fest, »kann sich einfach nicht trennen und hält sich gerne noch ein Hintertürchen offen. Trude Herr muss in solchen Situationen immer herhalten.«

»Doch da meine Zeit als Leiter des KK 11 sich nun unweigerlich dem Ende nähert«, fuhr Murphy fort, »freue ich mich, Ihnen heute meinen Nachfolger, Herrn Karsten Gottschalck, vorstellen zu können. Nicht ohne Reue übergebe ich ihm das Zepter, und ich bin überzeugt davon, dass er sich hier genauso wohl fühlen wird wie ich.«

Verhaltener Applaus setzte ein, während sich ein Mann mit hellbraunem Jackett und hellem Rollkragenpulli seinen Weg nach vorne bahnte und neben Murphy Stellung bezog. Er war mittelgroß und von kräftiger, aber schlanker Statur. Das dunkelblonde Haar war glatt und schon mit einigen silbernen Fäden durchzogen. Der blonde kurz geschorene Einwochenbart ließ seine schmalen Wangen voller aussehen. Während der Applaus langsam verebbte, glitt sein Blick aus schmalen Augen über die Gesichter seiner neuen Mitarbeiter, wobei die kleinen, runden Brillengläser ihm ein intellektuelles Aussehen gaben.

»Das ist also der Typ aus Bonn«, raunte Rebecca Thomas zu, und sofort hefteten sich Gottschalcks grünblaue Augen auf Rebeccas Gesicht. Einige Sekunden sah er sie ausdruckslos an. Dann begann er mit seiner Begrüßungsrede.

»Voll den Fettnapf erwischt«, raunte Thomas ihr mit schlecht verhohlener Schadenfreude zu, »ich kann mich des Eindrucks nicht erwehren, als hätte unser neuer Boss dich gerade in die Schublade ›geschwätzige Göre‹ gepackt.«

»Möglich«, murmelte Rebecca leicht verlegen, »aber bei mir ist er auch nicht in einer besseren Schublade gelandet.«

»Lass mich raten«, Thomas grinste breit, »Clint Eastwood für Anfänger?«

Rebeccas Prusten sorgte dafür, dass sich diverse Köpfe in ihre Richtung drehten, und auch ein grünblaues Augenpaar fixierte erneut ihr Gesicht. Nachdem sie angemessen errötet war, versuchte sie, sich eine Weile auf ihre Schuhspitzen zu konzentrieren. Schließlich blinzelte sie zwischen den kurzen, hellblonden Haarsträhnen, die ihr unordentlich in die Stirn fielen, hindurch und warf einen erneuten Blick aus blauen Augen auf ihren zukünftigen Chef. Das war eindeutig ein ziemlich humorloser Knochen. In Zukunft würde sie sich umstellen müssen. Ansonsten stand zu befürchten, dass sie permanent aneckte.

Gerade beendete Gottschalck seine Ansprache mit den Worten: »Ich gehe davon aus, dass die Zusammenarbeit mit Ihnen als meinen neuen Mitarbeitern gut funktionieren wird und dass wir ein angenehmes und kollegiales

Verhältnis zueinander entwickeln werden. Ich für meinen Teil bin hierzu bereit. Ich hoffe, Sie auch.« Hierbei streifte sein Blick wieder über die Mitarbeiter des KK 11, und Rebecca verdrehte kurz die Augen.

Gnädigerweise übernahm daraufhin Murphy die Aufgabe, das Büffet zu eröffnen. Zum Glück fielen ihm die regelmäßigen Lücken in den Reihen der Lachsschnittchen, die Knut bei seinem Raubzug hinterlassen hatte, nicht auf. Die folgende Stunde verging in ausgelassener Stimmung. Rebeccas kleine Gruppe hatte sich zusammen mit einer Flasche Sekt um einen der Stehtische versammelt.

»Was haltet ihr von dem Neuen?«, wollte Christina wissen und strich sich eine vorwitzige Strähne ihrer langen, braunen Haare aus dem Gesicht.

»Nicht gerade eine rheinische Frohnatur«, stellte Thomas fest und grinste, »wenn ihr mich fragt, ist das einer von den Typen, die zum Lachen in den Keller gehen.« Beifälliges Nicken der anderen signalisierte ihm uneingeschränkte Zustimmung.

»Wie auch immer der drauf ist«, setzte Rebecca trotzig hinzu, »ich bin jedenfalls nicht bereit, in Zukunft ebenfalls in den Keller zu gehen, wenn irgendwas zum Lachen ist. Und der Typ ist nun wirklich zum Totlachen mit seinem alles durchbohrenden Gestapoblick und seinem oberschulmäßigen Gehabe.«

Zu spät registrierte Rebecca den Sinn von Thomas' Fußtritten, die seit einigen Sekunden unter dem Tisch ihr Schienbein trafen.

»Und hier haben wir noch eine weitere Gruppe Ihrer neuen Mitarbeiter«, hörte Rebecca hinter sich Murphys leicht verlegene Stimme, »die unter der Leitung von Frau Rebecca Huthmacher steht.«

Rebecca warf einen kurzen Blick auf die betretenen Gesichter der anderen und drehte sich dann unendlich langsam um. Fast wäre sie zusammengezuckt, als sie in Gottschalcks Augen blickte. Er hatte unmittelbar hinter ihr gestanden und musste jedes Wort gehört haben. Sein eisiger Blick traf sie erneut, und sie hielt unwillkürlich die Luft an, als habe sie Angst, zu viel von der frostigen Atmosphäre einzusaugen. Langsam hob er den Arm. Rebeccas Muskeln spannten sich.

»Sehr erfreut«, sagte er mit überraschend samtiger Stimme und streckte die Hand aus.

»Angenehm«, log sie ohne zu erröten und griff nach der ihr dargebotenen Hand.

Während er länger als notwendig ihre Hand umklammert hielt, sah er ihr ohne erkennbare Gefühlsregung ins Gesicht. Die Luft knisterte wie vor einem großen Gewitter. Doch dann gab er ihre Hand unvermittelt frei und wandte sich den anderen zu, die Murphy nacheinander vorstellte.

»Und das ist der Rest der kleinen, aber sehr schlagkräftigen Truppe von Frau Huthmacher. Da haben wir zunächst Frau Christina Gerke und dann die Herren: Thomas Stockhausen, Sven Rademacher und Knut Lottner.« Gottschalck begrüßte jeden Einzelnen per Handschlag.

»Nun, meine Damen und Herren«, sagte er sodann mit einem winzigen Lächeln um die Mundwinkel, »ich würde Ihre ›schlagkräftige Truppe‹ gerne nach Kräften unterstützen. Sollten Sie also meine Hilfe brauchen und ich befinde mich mal nicht in meinem Büro, dann kommen Sie mich doch einfach im Keller besuchen.«

Er nickte Rebecca kurz zu und verschwand, um sich der nächsten Gruppe seiner neuen Mitarbeiter zuzuwenden.

Sven folgte ihm mit einem breiten Grinsen auf dem Gesicht mit seinen Blicken.

»So humorlos scheint der gar nicht zu sein«, warf er ein.

»Nein«, entgegnete Rebecca mit einem leichten Schaudern, »der hat etwa so viel Humor wie eine Hyäne, die mit schrillem Lachen über die Prärie jagt, um ihre Beute zu zerreißen. Ich hab jedenfalls das Gefühl, als bekäme ich Frostbeulen an der rechten Hand. Der ist ja wohl eiskalt!«

Während Rebecca weiter gegen ihr Frösteln ankämpfte, öffnete sich die Tür, und der Kollege, der den Telefondienst übernommen hatte, kam herein und sah sich suchend um. Als er Murphy erblickte, steuerte er zielstrebig auf ihn zu. Nach kurzem Wortwechsel kam Murphy zusammen mit Gottschalck auf Rebecca zu.

»Leichenfund im Stadtwald«, sagte Murphy, als er sie erreicht hatte, »die Gerichtsmedizin und der Erkennungsdienst sind schon informiert. Herr Gottschalck möchte, dass Sie sich des Falles annehmen.«

Rebecca warf ihrem neuen Chef einen kurzen Blick zu, der ihren Zorn kaum verbarg.

»Selbstverständlich«, antwortete sie äußerst betont, »wo genau wurde die Leiche gefunden?«

»In der Nähe vom Adenauerweiher. Wenn Sie die Dürener Straße stadtauswärts fahren, wird kurz hinter der Ecke Militärring ein Streifenwagen parken. Der Beamte wird Ihnen den Weg zeigen.«

Rebecca nickte. »Alles klar! Thomas, du kommst mit mir.«

Schulterzuckend folgte Thomas ihr nach draußen. Als sie in den Aufzug stiegen und auf die Tiefgarage zusteuerten, fragte er: »Kannst du überhaupt noch fahren?«

»Ja«, entgegnete sie kurz angebunden.

»Was ist los«, wollte Thomas wissen, »bist du sauer, weil Gottschalck dich losgeschickt hat? Ich finde, das ist doch eigentlich ein Vertrauensbeweis, wenn er den ersten Fall sofort dir anvertraut.«

»Quatsch, Vertrauensbeweis!«, schnaubte Rebecca, »der wollte mir den Abend versauen, nichts weiter! Aber das wird ihm nicht gelingen!«

Amüsiert sah Thomas zu ihr hinüber.

»Irgendwie kann ich mich des Eindrucks nicht erwehren, als sei es ihm bereits gelungen.«

»Halt die Klappe und steig ein!«, knurrte Rebecca, als sie die Fahrertür des Dienstwagens aufschloss.

Aus dem Reich der Insekten

Es war früher Montagabend, und die Straßen glänzten feucht im Laternenlicht. Ein beständiger Nieselregen, der die Stadt schon seit Wochen heimsuchte, ließ die Scheibenwischer nicht zur Ruhe kommen. Thomas gähnte und warf einen Blick auf die Uhr.

»Schon nach sechs. Ich dachte eigentlich, wir könnten heute nach der Abschiedsfeier nahtlos einem geruhsamen Feierabend entgegensehen, aber da hab ich wohl falsch gedacht.«

Rebecca fuhr schweigend weiter und heftete ihren grimmigen Blick auf die regennasse Straße und die Bremslichter vor ihr. Seit einer halben Stunde kämpften sie sich jetzt durch den Feierabendstau auf der Dürener

Straße, und dies hatte wahrlich nicht zur Verbesserung ihrer Laune beigetragen.

»Wie sieht's eigentlich mittlerweile bei euch zu Hause aus?«, wollte Thomas wissen, ohne sich darum zu kümmern, dass Rebecca offensichtlich nicht nach Small Talk zu Mute war.

»Geht so«, knurrte Rebecca, und nach einigen Sekunden setzte sie in leicht bedauerndem Tonfall hinzu: »Eigentlich wollten wir heute Abend endlich die ganzen Umzugskartons im Wohnzimmer ausräumen, aber das wird ja jetzt wohl nichts. ›Fortgesetztes Chaos‹ beschreibt die Situation vielleicht ganz gut.«

Thomas hatte ihnen am ersten Dezemberwochenende beim Umzug geholfen. Das war jetzt gut eine Woche her, und immer noch sah es aus wie bei Hempels unterm Sofa. Sie wusste, wie sehr Krishna Unordnung hasste, aber keiner von ihnen hatte bisher Zeit gehabt, sich darum zu kümmern, Kartons aus- oder Schränke einzuräumen.

Sie war jetzt seit zweieinhalb Jahren mit Krishna zusammen, und im Herbst hatten sie sich nach zähem Kampf entschlossen zusammenzuziehen. Krishna war HNO-Arzt mit einer gut gehenden Praxis, und seine finanziellen Verhältnisse bewegten sich auf einem deutlich höheren Niveau als Rebeccas. Da er eine geräumige Penthousewohnung in Lindenthal sein Eigen nannte, war er wie selbstverständlich davon ausgegangen, dass Rebecca zu ihm ziehen würde, doch sie hatte vehement abgelehnt. Und das lag nicht nur an ihren beiden Katzen, die in der Dachgeschosswohnung keinen Freilauf mehr gehabt hätten. Die Vorstellung, nicht nur ein Stück ihrer geliebten Unabhängigkeit aufzugeben, sondern auch noch mit ihrem zusammengewürfelten Hausrat wie ein Fremdkörper in seine gestylte Eigentumswohnung einzuziehen, machte sie fuchsteufelswild. Es war absolut indiskutabel. Nach einem lautstarken Streit, bei dem die Fetzen flogen, hatte er ihr ein Friedensangebot gemacht. Am nächsten Samstagmorgen stand er vor der Tür ihrer Nippeser Wohnung und überreichte ihr mit einem Zwinkern die Wochenendausgabe des Kölner Stadtanzeigers, um den er eine üppige blaue Schleife gebunden hatte.

»Okay, du hast gewonnen«, seufzte er und gab ihr einen Kuss auf die Nasenspitze, »ich hab den Teil mit dem Wohnungsmarkt rot markiert. Such dir irgendeine aus, ich werd mit dir dahin ziehen und meine Wohnung so lange vermieten, bis du endlich zur Vernunft gekommen bist.« Blitzschnell griff er nach ihren Händen, um einen Fausthieb auf seinen Magen zu vereiteln, und zog sie an sich. »Einverstanden?«, fragte er leise und sah sie mit großen braunen Augen an. Rebecca konnte nicht verhindern, dass sich ihre Mundwinkel leicht nach oben bewegten, und nickte. Sie hatte diesen Augen noch nie widerstehen können.

Ein lautstarkes Hupen brachte sie in die Gegenwart zurück. Vor ihnen lag endlich die Kreuzung Militärringstraße, und Rebecca drückte das Gaspedal durch, um noch bei Dunkelgelb rüberzukommen. Nach einigen hundert Metern sahen sie auf der rechten Seite das Blaulicht eines Streifenwagens, und sie brachte ihren Dienstwagen dahinter zum Stehen. Seufzend zog sie sich die Kapuze ihrer Gore-Tex-Jacke über den Kopf, bevor sie leise fluchend aus dem Wagen stieg. Auch die beiden Polizeibeamten hatten ihr Auto verlassen und begrüßten sie mit einem Kopfnicken, als Rebecca kurz ihren Dienstausweis hervorzog.

»Ich geh mal voraus«, sagte der eine und leuchtete mit einer Taschenlampe vor ihre Füße, während er sich einen Weg durch die Sträucher bahnte. »Seien Sie vorsichtig, der Boden ist etwas aufgeweicht.«

Das war ziemlich untertrieben. Fluchend zog Thomas bei jedem Schritt seine Füße aus dem Schlamm, in den er zentimetertief eingesunken war. Nach gut fünf Minuten, die ausreichten, um klatschnass zu werden, erreichten sie den südlichen Rand des Adenauerweihers und folgten dem Uferweg nach rechts.

»Es ist noch ein Stück da rüber«, erklärte der Polizist kurz darauf und zeigte mit der Taschenlampe die Richtung an. In einiger Entfernung waren rechts hinter der Dunkelheit der Baumreihen Lichter zu erkennen, die einen gespenstischen Schimmer auf die verregnete Landschaft warfen. Rebecca nickte und holte tief Luft. Dann ging sie entschlossen auf die Lichter zu.

»Danke«, murmelte Thomas dem Polizisten noch zu, bevor er ihr folgte. Schweigend legten sie den letzten Rest der Strecke zurück. Dieser Moment zählte zu den unangenehmsten in einem Mordfall. Sie hatten beide schon viele Leichen gesehen in ihrer bisherigen Praxis, aber von Gewöhnung konnte wohl keine Rede sein. Immer wenn man ein besonders übel zugerichtetes Opfer sah, entwickelte man die Vorstellung, dass es jetzt nichts Schlimmeres mehr geben könne, bis ein neuer Fall kam, der diese Vorstellung von Grund auf widerlegte. So war es auch diesmal.

Das Licht der Scheinwerfer, die zwischen den Bäumen standen, war gleißend, und Rebecca musste sekundenlang die Augen zusammenkneifen, bis sie Umrisse erkennen und einzelne Personen ausmachen konnte. Als sich ihre

Augen an die ungewohnte Helligkeit gewöhnt hatten, konnte sie Rudolf, den Gerichtsmediziner, und Michael vom Erkennungsdienst sehen. Michael kroch auf allen vieren vorsichtig durch das Gehölz in der näheren Umgebung und suchte aufmerksam nach Spuren. Sein weißer Schutzanzug glänzte vom Regen und lag eng an seinem Körper an. Rudolf beugte sich über eine teilweise mit Laub bedeckte leichte Erhebung im Boden und strich mit seiner behandschuhten Rechten vorsichtig ein paar Blätter zur Seite.

Langsam gingen Rebecca und Thomas darauf zu und versuchten, die Situation mit ein paar schnellen Blicken zu erfassen.

Es war ein Mann, vielleicht Mitte bis Ende dreißig, soweit sich das noch erkennen ließ. Der Körper lag in einer flachen Bodenkuhle und war mit Laub bedeckt. Der vom Blattwerk befreite Oberkörper war mit einem dunkelblauen Pullover bekleidet und schien zunächst unverletzt. Erst die leicht dunklere Färbung der Wolle im oberen Brustbereich ließ an der Unversehrtheit zweifeln. Rudolf warf Rebecca und Thomas, die sich gerade auf der anderen Seite des Toten niederhockten, einen kurzen Blick zu.

»Liegt schon 'ne ganze Weile hier rum, der Ärmste«, brummte er, »Todesursache scheint auch ziemlich eindeutig zu sein, wenn man dies hier in Betracht zieht.«

Mit einer vorsichtigen Bewegung zog er den Kragen des Pullovers herunter und legte somit den Hals der Leiche frei. Die dunklere Färbung der Wolle stammte von dem Blut, das herausgespritzt sein musste, als jemand die Halsschlagadern mit einem Schnitt geöffnet hatte, der quer über den gesamten Hals verlief. Von dem eigentlichen Schnitt war nicht mehr allzu viel zu erkennen. Die klaffenden Wundränder standen jetzt weit auseinander, und das aufgeschwemmte Fleisch schien irgendwie in Bewegung zu sein. Rebecca musste sich näher über den Toten beugen, um zu erkennen, warum die Wunde so weiß aussah. Dann sah sie es. Der Hals war übersät mit kleinen weißen Maden, die sich wanden und drehten. Auch in den weit aufgerissenen Augen und in den kleinen Nasenlöchern schlängelte sich Ekel erregend das Gewürm. Entsetzt wich Rebecca zurück und versuchte stolpernd auf die Beine zu kommen. Die Fühler eines Käfers, der sich einen Weg aus der leicht geöffneten Mundhöhle des Toten suchte, entrangen ihr ein Keuchen, und sie spürte einen Druck hoch oben in ihrem Magen, der sich mit erstaunlicher Geschwindigkeit ihre Kehle hocharbeitete. Um Fassung ringend, starrte sie auf die Leiche. Die Züge des Toten waren durch die fortgeschrittene Verwesung und den Insektenfraß nur noch undeutlich zu erkennen. Er hatte schwarzes, dichtes Haar, das feucht und schmutzig am Schädel klebte. Die Augen waren von einem tiefen, gleichmäßigen Braun. Auch Thomas hatte sich inzwischen erhoben, und ein Blick in sein bleiches Gesicht sagte ihr, dass auch er mit der aufsteigenden Übelkeit kämpfte.

»Verdammt«, murmelte er, »wie kann es in einer Millionenstadt passieren, dass eine Leiche erst gefunden wird, wenn sich die Würmer schon an ihr satt gefressen haben?«

»Passiert gar nicht mal so selten.« Rudolf erhob sich achselzuckend und blinzelte in die nahe gelegene Dunkelheit der Bäume, wo das Knacken von Zweigen einen neuen Besucher ankündigte.

Ein schmaler, blassgesichtiger junger Mann kam auf die Gruppe zu und stellte sich vor: »Korbmacher, Staatsanwaltschaft. Kann ich die Leiche sehen?«

Rebecca schüttelte ihm die Hand, während sie ihren Namen nannte, und trat dann zur Seite, um den Neuankömmling vorbeizulassen. Korbmacher näherte sich forsch dem Tatort und begutachtete das Opfer. Als Rudolf ihm in seiner zuvorkommenden Art die Todesursache demonstrierte, indem er den Kragen des Pullovers nach unten zog, starrte der Staatsanwalt einige Sekunden ungläubig auf die ihm dargebotene Szene. Dann schnappte er mit einem lauten rasselnden Geräusch nach Luft, stolperte nach hinten und entfernte sich mit hektischen Bewegungen aus dem Bannkreis des Todes, bis er sich am Rande eines Gebüschs geräuschvoll übergab.

Thomas konnte sich ein Grinsen nicht verkneifen. »Wirklich nix für Weicheier hier.« Rudolf, der sich wieder zu ihnen gesellt hatte, lächelte süffisant.

»Was kannst du über den Todeszeitpunkt sagen?«, wollte Rebecca wissen. Inzwischen war wieder etwas Farbe in ihr Gesicht gekommen.

Rudolf wiegte den Kopf hin und her und zog unschlüssig die Schultern hoch, bevor er antwortete. »Schwer zu sagen. Ich schätze, er wird schon die ein oder andere Woche hier gelegen haben. War gut versteckt unter dem Laub. Aber eine Kollegin von mir ist Kriminalbiologin, und ich schätze mal, dass sie dir nach der Obduktion Genaueres sagen kann. Ich rufe sie gleich mal zu Hause an und frage, ob sie morgen Zeit für eine Obduktion hat.«

»Ja, richtig, die Obduktion«, meldete sich Staatsanwalt Korbmacher zu Wort, der sich mittlerweile ein wenig erholt zu haben schien und sich wieder zu ihrer Gruppe gesellt hatte, »eigentlich habe ich ja morgen Obduktionsbereitschaft, aber wenn die Kollegin von der Kripo lieber ...«

Hilfe suchend sah er Rebecca an. Sie unterdrückte das

Würgen, das ihr noch immer in der Kehle saß, und nickte langsam.

»Ja, sicher. Es ist vielleicht besser, wenn ich mir direkt vor Ort ein Bild mache. Ich werde mich darum kümmern.«

Korbmacher nickte erleichtert.

»Gut. Dann werde ich mich jetzt empfehlen. Bitte halten Sie mich auf dem Laufenden, was die Ermittlungen angeht.«

»Natürlich«, entgegnete Rebecca, »und was die Obduktion angeht auch.«

Korbmacher wandte sich grußlos um und verließ mit schnellen Schritten den Ort des Geschehens.

Rudolf hatte inzwischen sein Telefonat mit der Kriminalbiologin beendet und kam wieder zurück.

»Alles klar«, sagte er an Rebecca gewandt, »wir können die Obduktion morgen früh um neun durchführen. Die Kollegin wird anwesend sein.«

Rebecca und Thomas blieben noch eine ganze Weile, um Michael und Rudolf bei ihrer Arbeit über die Schulter zu sehen. Doch am Fundort der Leiche waren offensichtlich keine Spuren zu finden.

»Vielleicht wenn ich morgen die Kleidung zur Untersuchung bekomme«, warf Michael ein, »aber hier auf diesem regendurchweichten Waldboden ist nichts zu machen. Und verlorene Gegenstände, die uns Hinweise geben könnten, sind leider nicht zu finden. Aber wir werden selbstverständlich bei Tageslicht noch einmal alles durchsuchen.« Nachdem Dirk, der Polizeifotograf, seine letzten Bilder gemacht hatte, kamen die Männer mit dem Bleisarg und verstauten die Leiche. Als sie mit leicht wankenden Schritten in der Dunkelheit verschwanden, musste Rebecca an die sarkastische Bezeichnung denken, die diesem Gespann in Insiderkreisen oft gegeben wurde: Zweier ohne Steuermann.

Rebecca seufzte und zog Thomas mit sich fort, nachdem sie sich von den anderen verabschiedet hatten. Schweigend suchten sie ihren Weg zurück zum Auto und stiegen ein.

Auf dem Weg in die Südstadt, wo Thomas seit einem halben Jahr wohnte, sprachen sie kein Wort. Erst als sie in die Mainzer Straße einbogen, fragte Thomas vorsichtig: »Soll ich morgen früh mitkommen zur Obduktion?«

»Nein«, Rebecca schüttelte nach kurzem Zögern entschieden den Kopf, »sag lieber Clint Eastwood Bescheid, wo ich bin, bevor er mich wegen unentschuldigten Fehlens vom Dienst suspendiert.«

»Okay, mach ich«, entgegnete Thomas, bevor er ausstieg.

»Und grüß Saskia von mir.« Rebecca zwinkerte ihm zu. »Immer noch verliebt?«

»Immer noch! Aber du kennst das ja sicher!« Thomas grinste und winkte ihr noch mal zu, bevor er in dem dunklen Hausflur verschwand.

Lächelnd legte Rebecca den Gang ein und fuhr an.

Nachdem Rebecca Thomas zu Hause abgeliefert hatte, fuhr sie nahezu denselben Weg zurück, den sie gerade gekommen waren. Das einzige Zugeständnis, das sie Krishna bei ihrer Wohnungssuche gemacht hatte, war, dass ihr neues Zuhause in Lindenthal lag. Es war schon fast halb zehn, als sie vom Lindenthalgürtel abbog und kurz darauf den Dienstwagen auf dem Johann-Heinrich-Platz parkte. Mit einem Seufzer der Erleichterung ging sie auf das unsanierte Eckhaus zu, in dem sie eine geräumige Wohnung im Hochparterre bewohnten. Krishna hatte zwar anfangs genörgelt, dass er lieber mit ihr die frei stehende weiße Gründerzeitvilla schräg gegenüber bezogen hätte, doch nach einem scharfen Blick ihrerseits hatte er beschwichtigend die Hände gehoben und tatsächlich behauptet, es sei ihm egal, wo er wohnt, Hauptsache zusammen mit ihr.

Als sie jetzt leise die Wohnungstür aufschloss, fühlte sie zum ersten Mal seit Stunden so etwas wie Freude. Pure Freude, ihn zu sehen. Der lange Flur lag in Dunkelheit getaucht, und nur aus dem Wohnzimmer drang ein gedämpfter Lichtstrahl. Sie legte ihre Jacke ab und blieb in der Wohnzimmertür stehen, von wo aus sie den gesamten Raum überblicken konnte. Es sah noch schlimmer aus als am Morgen. Etwa zehn leere Kartons lagen auf dem einzigen freien Fleck auf dem Boden herum. Der Inhalt schien wüst im Raum verteilt worden zu sein. Mittendrin saß Krishna auf dem Boden und studierte interessiert ein Fotoalbum. Neben ihm standen ein leeres Glas und eine fast leere Rotweinflasche. Seine kurzen dunkelbraunen Haare fielen gekonnt unordentlich zur Seite. Als er sie bemerkte, sah er auf, und die goldenen Sprenkel seiner braunen Augen sprühten Funken in dem gedämpften Licht des Deckenfluters.

»Hallo«, sagte er lächelnd, »ich dachte, wir könnten einen gemütlichen Abend mit einer Flasche Bordeaux verbringen, aber da du nicht gekommen bist, musste die Flasche mit mir alleine vorlieb nehmen. Ich fürchte, jetzt bin ich ein wenig betrunken.«

Vorsichtig tastete Rebecca sich durch das Chaos auf dem Wohnzimmerboden und ließ sich neben ihm auf die Knie nieder. Zärtlich strich sie mit den Fingerspitzen die

Konturen seines Gesichtes nach und zog seinen Kopf zu sich herüber, bis ihre Lippen sich berührten.

»Tut mir Leid«, flüsterte sie, »aber mein neuer Chef hat mich nachsitzen lassen. Ich hoffe, du bist nicht allzu betrunken.«

»Kommt darauf an, was du vorhast«, raunte er, während er sie auf den Boden zog und seine linke Hand sich zielstrebig unter ihr Sweatshirt schob.

»Ich hatte im Laufe des Tages ganz vergessen, wie gut du dich anfühlst«, murmelte er ihr ins Ohr und umspielte sanft mit seinen Lippen die zarte Haut ihrer Wange.

Lächelnd zog sie seinen Kopf zurück und sah ihn an. Es war einige Zeit vergangen seit damals, als sie sich in ihn verliebt und ihn dann verdächtigt hatte, der Serienmörder zu sein, den sie jagte. Sie hatten sich geliebt und gestritten, einander tief verletzt und sich wieder verziehen, und inzwischen war sicher so etwas wie Normalität in ihre Beziehung gekommen, aber nach wie vor war da diese unglaubliche Anziehungskraft, die er auf sie ausübte. Manchmal fühlte sie sich fast gefangen in einer Art Bann, und dies waren die Momente, die ihr ein wenig Angst machten.

Sie hatte gar nicht bemerkt, wie lange sie ihn schon schweigend angesehen hatte, und jetzt blickte sie auf seine gerunzelte Stirn und in seine fragenden Augen.

»Was ist los«, wollte er wissen, »ist irgendetwas passiert?«

Sie löste sich seufzend aus seiner Umarmung und richtete sich auf.

»Eigentlich nicht viel, außer dass ich es mir mit meinem neuen Chef verdorben habe und eine ausgesprochen scheußliche Leiche begutachten musste, deren Obduktion mir morgen auch noch bevorsteht.«

Während sie berichtete, was geschehen war, schenkte er den letzten Rest Rotwein in das Glas und drückte es ihr in die Hand. Als sie geendet hatte, gab er ihr einen Kuss auf die Wange und legte den Kopf schief.

»Das mit deinem Chef ist eine üble Sache. Absolut typisch für dich! Kannst einfach deinen Mund nicht halten und manövrierst dich so in die unmöglichsten Situationen. Du solltest in Zukunft wirklich etwas netter zu ihm sein.«

Sie wollte protestieren, doch nach einem Blick in Krishnas vorwurfsvolle Augen seufzte sie ergeben.

»Wahrscheinlich hast du Recht, ich sollte es zumindest versuchen.« Krishna nickte zufrieden.

»Was die Leiche anbetrifft, solltest du die Sache rein medizinisch oder von mir aus auch biologisch betrachten. Sieh die Würmer einfach als Indikatoren für die Leichenliegezeit an. Was anderes sind sie nicht. Wisst ihr denn schon, wer der Tote ist?«

Rebecca schüttelte den Kopf.

»Nein, keine Ausweispapiere. Nur ein Schlüsselbund, eine kleine Geldbörse und ein Stadtplan in der Jackeninnentasche. Ich glaube nicht, dass wir damit viel anfangen können.«

Zärtlich strich er ihr eine vorwitzige blonde Haarsträhne hinters Ohr. Dann ließ er seine Hand über ihren Nacken streichen.

»Ihr werdet den Fall schon lösen, so wie immer. Und jetzt lass uns zu Bett gehen«, fuhr er mit leiser Stimme fort, »ich hab den ganzen Abend sehnsüchtig auf dich gewartet. Ich wünsch mir im Augenblick nichts mehr, als dich endlich zu umarmen und deine Wärme zu spüren.«

»Schon überredet«, entgegnete sie lächelnd.

Rasch zog er sie vom Boden hoch und schob sie bestimmt in Richtung Schlafzimmer.

Am nächsten Morgen wachte sie auf, bevor der Wecker klingelte. Krishna war schon auf den Beinen und bereitete gerade das Frühstück vor. Als ihr der Duft von frischem Kaffee und getoastetem Brot in die Nase stieg, musste sie an die bevorstehende Obduktion denken, und ihr ansonsten gesegneter Appetit verließ sie augenblicklich. Mit viel Überredungskunst gelang es Krishna, ihr einen Käsetoast und einen Kaffee aufzudrängen. Dann verabschiedete sie sich beklommen und fuhr mit dem Dienstwagen zum Gerichtsmedizinischen Institut.

Rudolf bereitete gerade alles für die Obduktion vor, als sie eintrat.

»Morgen«, begrüßte er sie fröhlich, »gut geschlafen?«

Sie antwortete mit einem Kopfnicken und ließ sich auf einen Stuhl nieder, der an der Seite stand.

»Meine Kollegin ist gerade das Opfer holen. Willst du einen Kaffee?«

»Nein, danke, mir ist schon schlecht.«

Rudolf lächelte verständnisvoll und tätschelte ihren Arm.

»Na, na, wird schon nicht so schlimm werden.«

Der Blick, den sie ihm zuwarf, ließ deutliche Zweifel erkennen.

In dem Moment wurde die Edelstahlschwingtür von einer fahrbaren Liege aufgestoßen, die von einer kleinen, stämmigen Frau um die fünfzig geschoben wurde. Sie pfiff fröhlich vor sich hin, während sie die Liege an ihren Platz schob und sich dann Rebecca zuwandte.

»Guten Morgen, ich bin Veronica Däumler, Kriminalbiologin, und in diesem Laden vor allem für forensische Entomologie zuständig.«

Als sie Rebeccas fragenden Blick sah, fügte sie erklärend hinzu: »Untersuchung von Leicheninsekten.«

»Verstehe«, murmelte Rebecca schwach, während sie sich die Hände schüttelten, »Rebecca Huthmacher vom KK 11.«

»Na, dann wollen wir mal«, sagte Frau Däumler gut gelaunt und zog das schützende Tuch von der inzwischen entkleideten Leiche. Sofort waberte ein penetranter Verwesungsgeruch, der sich vorher nur leicht bemerkbar gemacht hatte, durch den Raum, und Rebecca wurde eine Spur blasser. Fürsorglich reichte Rudolf ihr eine kleine Tube, aus der sie schnell einen kleinen, stark riechenden Salbenstrang entnahm und unter ihre Nasenlöcher tupfte.

Die Leiche sah fürchterlich aus. In dem grellen Licht des Obduktionsraums konnte man alle Einzelheiten genau erkennen, und Rebecca wünschte sich sehnlichst weit, weit weg.

»Starker Madenbefall, vor allem an der Halswunde«, sprach Frau Däumler mit sonorer Stimme in das Mikrofon, das über der Leiche hing, »Lucilia Calliphoridae.«

»Die Kaisergoldfliege, eine Schmeißfliege«, fügte sie hinzu, als sie Rebeccas fragenden Blick auffing.

»Die Maden befinden sich in einem fortgeschrittenen Entwicklungsstadium, die meisten stehen kurz vor der Verpuppung.«

Frau Däumler griff mit einer Pinzette eine Made von der Leiche und legte sie auf einen Untersuchungstisch neben ein Lineal.

»Man kann es daran erkennen, dass kein Darminhalt mehr zu erkennen ist, sehen Sie hier.« Sie wies auf das kleine, sich windende Tier, und Rebecca trat zögernd näher.

»Kurz bevor sie sich verpuppen, entleeren sie ihren Darm, der sich sonst dunkel durch die weiße Haut abzeichnet. Hier ist nichts mehr zu sehen, und bei den meisten anderen auch nicht.«

Rebecca warf einen Blick hinüber zu der Leiche, auf der sich hunderte von Maden befanden, und hatte nicht übel Lust, den Raum fluchtartig zu verlassen.

»Länge der Maden zirka 15 Millimeter«, fuhr Frau Däumler fort und wandte sich dann wieder der Leiche zu. Mit geübtem Griff durchforstete sie das dichte schwarze Kopfhaar, bis sie gefunden hatte, was sie suchte.

»Vereinzeltes Auftreten von Tönnchen im Kopfhaar des Opfers.«

»Tönnchen?«, fragte Rebecca und bemühte sich, das schrille Krächzen ihrer Stimme durch einen coolen Gesichtsausdruck zu kompensieren.

»Ja, hier, die rotbraunen Puppen der Maden. Sie verstecken sich im Kopfhaar vor Fraßfeinden.«

Rebecca warf einen angeekelten Blick auf die dicken Puppen. Frau Däumler lächelte sie humorvoll an.

»Sie sollten es mal so sehen: Wenn es all diese emsigen kleinen Tierchen nicht gäbe, die Tag für Tag klaglos ihre Arbeit verrichten, dann wäre unsere wunderschöne Erde inzwischen übersät mit Leichen, und das wäre dann auch kein schöner Anblick. Diese Tiere erfüllen eine wichtige Aufgabe im Kreislauf von Leben und Tod, und darüber hinaus können sie uns eine ganze Menge verraten. Man muss nur lernen, die Anzeichen richtig zu deuten.«

»Ich werde mich bemühen, die Dinge mit Ihren Augen

zu sehen«, entgegnete Rebecca und versuchte, interessiert auszusehen.

»Kein Larvenbefall durch Piophila casei«, fuhr Frau Däumler fort und setzte erklärend hinzu, »die Käsefliegen setzen ihre Eier hier zu Lande erst nach ungefähr drei Monaten auf einer Leiche ab, weil sie erst dann ihren typisch käsigen Geruch entwickelt. Das Gewebe hat sich dann so verändert, dass es die ideale Nahrung für die Maden der Käsefliege ist.«

Rebecca war nahe daran, ihren soeben gefassten Vorsatz wieder über Bord zu werfen.

»Zur genauen Berechnung des PMI brauche ich noch ein paar Tage«, warf Frau Däumler ein, »aber ich kann schon mal eine ungefähre Schätzung vornehmen.«

»PMI?«

»Das postmortale Liegeintervall. Der Todeszeitpunkt kann ziemlich genau bestimmt werden, indem ich die Fliegen unter kontrollierten Laborbedingungen schlüpfen lasse. Mit den bisherigen Erkenntnissen kann ich nur eine Grobschätzung abgeben. Ich habe mir heute Morgen die Wetterdaten der letzten Wochen angesehen. Es war ziemlich mild und regnerisch, meist um die zwölf Grad Celsius herum. Es gab aber auch einige kältere Tage. Berücksichtigt man das Entwicklungsstadium der Maden sowie die Wachstumsgeschwindigkeit in Abhängigkeit von der Außentemperatur, dann schätze ich die Leichenliegezeit auf drei bis vier Wochen. Aber wie gesagt, genauer kann ich sie erst nach der Laboruntersuchung bestimmen.«

»Danke«, entgegnete Rebecca, »ich schätze, das wird uns bei der Identifizierung des Opfers schon weiterhelfen.«

»Was kannst du zu der Halswunde sagen?«, wandte sie

sich dann an Rudolf, der inzwischen mit der Untersuchung des Opfers begonnen hatte.

»Die Wunde ist durch den Madenfraß wahrscheinlich deutlich vertieft worden. Ich vermute, dass sie zum Zeitpunkt des Todes nur wenige Millimeter tief war. Gerade tief genug, um die Halsschlagader zu öffnen. Vielleicht ist die Waffe nur mit geringem Druck geführt worden. Wahrscheinlicher ist aber, dass es sich um eine extrem scharfe und schmale Klinge handelte, die nicht tief ins Fleisch eindrang. Hier an den Enden des Schnittes, wo der Madenfraß nur gering ist, kann man noch erkennen, wie fein der Schnitt war.«

»Also vielleicht von einer Rasierklinge?«

»Möglicherweise. Könnte aber auch ein Skalpell, ein Messer mit sehr scharfer, schmaler Klinge oder sogar eine Glasscherbe gewesen sein. Kann man bei dem Zustand der Leiche nicht mehr so genau sagen.«

Rudolf machte sich daran, die Leiche mit Hilfe von Frau Däumler umzudrehen, und untersuchte dann die Rückseite.

»Wenn man mal vom Insektenfraß absieht, scheint er keine weiteren Verletzungen zu haben.«

Rudolf machte sich weiter an der Leiche zu schaffen und gab in regelmäßigen Abständen Erklärungen für seine Untersuchungen ab.

»Hier haben wir etwas Merkwürdiges«, sagte er, als er bei den Fingernägeln des Toten angelangt war.

Rebecca trat neugierig näher.

»Siehst du das hier? Der Schmutz von Regen und Waldboden findet sich auch unter den Nägeln, allerdings nicht sehr tief. Am Übergang zwischen Nagelbett und Fingernagel sind die Nägel sauber.«

»Und das bedeutet?«

»Dass ihm kurz vor oder nach seinem Tod die Fingernägel gesäubert wurden.«

»Es könnte also sein, dass er seinen Mörder gekratzt hat und dieser ihm anschließend die Nägel gesäubert hat, um Spuren zu verwischen?«

»Möglich ist das. Ich werde auf jeden Fall die Nägel nochmal säubern und alles untersuchen, was ich finde. Wenn er ihn wirklich gekratzt hat, ist vielleicht noch brauchbares Material vorhanden.«

Emsig begann er, die Fingernägel der Leiche zu bearbeiten.

»Was ist das nur für eine merkwürdige Welt, in der die Mörder ihren Opfern nach getaner Arbeit die Fingernägel säubern«, warf Frau Däumler kopfschüttelnd ein.

»Na ja«, gab Rebecca zu bedenken, »heutzutage weiß halt jeder Zehnjährige, dass man aus Kratzspuren unter den Nägeln einen genetischen Fingerabdruck erhalten kann. Aber es zeugt schon von ziemlicher Kaltschnäuzigkeit, wenn man die Spuren so gezielt beseitigt.«

Es dauerte noch eine weitere halbe Stunde, bevor Rudolf mit der Obduktion fertig war.

»Den Bericht hast du übermorgen Nachmittag«, wandte er sich dann an Rebecca, als sie sich verabschiedete. »Die Sachen des Toten sind gerade beim Erkennungsdienst, ich denke, dass du sie heute noch bekommst.«

Rebecca nickte und verließ eilig das Gebäude. Als sie vor der Tür stand, atmete sie mehrmals tief ein und aus. Es hatte inzwischen aufgehört zu regnen, und die Luft war kälter und klarer geworden. Mit einem letzten Seufzer versuchte sie, den Gestank in ihrer Nase loszuwerden, und machte sich dann auf den Weg zum Parkplatz.

Streithähne

Um die Mittagszeit kam Rebecca am neuen Polizeipräsidium in Kalk an. Sie waren im August mit Sack und Pack in das neue, moderne Gebäude gezogen, das so ganz anders war als die alte Bruchbude am Waidmarkt. Allerdings hatte sich noch kaum einer richtig daran gewöhnt, nicht mehr in der Kölner Innenstadt, sondern im rechtsrheinischen ehemaligen Industrieviertel zu arbeiten. Das neue Präsidium lag auf einem Teil des Geländes, das früher die Chemische Fabrik Kalk beherbergte. Hinter dem Gebäude erstreckte sich immer noch Ödland, das mehrere Meter tief abgetragen worden war. In einiger Entfernung erhob sich der alte Wasserturm der Fabrik, der nicht abgerissen wurde. Alles in allem war der Ausblick nicht sehr anheimelnd.

Rebecca ging an den futuristisch anmutenden Steinkugeln vorbei, die erfolglos versuchten, den Weg zum Haupteingang zu verschönern. Im Gebäudeteil rechts vom Eingang war im Erdgeschoss die Kantine untergebracht. Da die Fronten alle verglast waren, hatte man den ungehinderten Durchblick. Gerade nahmen Thomas und Sven an einem der Tische Platz und winkten ihr zu. Auch Christina und Knut waren mit ihren Tabletts im Anmarsch. Einen Augenblick überlegte Rebecca, ob sie sich gleich ihren Kollegen anschließen sollte, doch vor ihrem geistigen Auge erschien plötzlich ein Schweineschnitzel, an dem sich eine Armee von kleinen weißen Maden zu schaffen machte. Also entschloss sie sich, ihren angeschlagenen Magen erst wieder mit fester Nahrung zu versorgen, wenn die negativen Auswirkungen der Obduktion nachgelassen hatten. Seufzend betrat sie die Eingangshalle und warf einen Blick nach oben, wo sich kurz unter der gläsernen Decke ein luftiger Gang befand, der die beiden Gebäudeteile links und rechts von der Eingangshalle verband. Lästermäuler nannten das Objekt ›Seufzerbrücke‹, da es nicht den Eindruck erweckte, als sei es der richtige Ort für Suizidgefährdete. Entschlossen wandte Rebecca sich zum Aufzug und fuhr hoch in den vierten Stock, wo sich die Räume des KK 11 befanden. Als sie ihre Jacke aufgehängt hatte und einen Blick in Richtung ihres Schreibtischs warf, sah sie schon den gelben Notizzettel, der auf ihrem Telefonhörer klebte. Als sie näher kam, erkannte sie Thomas' krakelige Handschrift: *Du sollst sofort zu Herrn Gottschalck kommen, sobald du wieder da bist!* Das Wort *sofort* war dreimal unterstrichen. Rebecca knüllte den Zettel zusammen und warf ihn in den Müll.

»Zeit für'n Kaffee wird ja wohl noch sein«, knurrte sie ungehalten und ging zur Kaffeemaschine, um sich den letzten Rest in ihren Becher zu gießen. Als sie zu ihrem Schreibtisch zurückkam, klingelte ihr Telefon. Auf dem Display war unheilschwanger der Name ›Gottschalck‹ zu lesen. Gelassen schlürfte sie ihren Kaffee und beobachtete das Telefon, bis es mit einem letzten Schrillen verstummte. Als sie sich zufrieden zurücklehnte und die Beine ausstreckte, wurde die Tür aufgerissen, und ihr neuer Chef steckte den Kopf herein. Sekundenlang fixierten sie sich gegenseitig schweigend, bis er langsam tief Luft holte und unangenehm leise sagte: »Bitte kommen Sie umgehend in mein Büro!« Damit schlug er die Tür hinter sich zu, und weg war er.

Rebecca seufzte und setzte sich zögernd in Bewegung. Sein Büro lag am Ende des Ganges, und wie immer zu

Murphys Zeiten ging sie ohne anzuklopfen hinein. Gottschalck sah überrascht auf, musterte sie einen Augenblick stumm und wies auf den Stuhl, der vor seinem Schreibtisch stand. Nachdem sie sich gesetzt hatte, verschränkte sie die Arme vor der Brust und sah ihn angriffslustig an.

»Kann ich irgendwas für Sie tun?«, wollte sie in äußerst schnoddrigem Tonfall wissen.

Er beugte sich leicht nach vorne und legte die Hände flach auf den Schreibtisch.

»In der Tat, Sie können«, erwiderte er, mühsam um Beherrschung ringend. Zornesröte breitete sich über seine Wangen aus, und er machte den Eindruck, als könne er jeden Augenblick in die Luft gehen.

»Zunächst einmal könnten Sie mich informieren, wenn Sie Ihrem Arbeitsplatz, aus welchem Grund auch immer, fernbleiben, und dann könnten Sie freundlicherweise Ihr Handy angeschaltet lassen, damit ich Sie jederzeit erreiche.« Seine Stimme durchschnitt die Luft wie ein Messer.

»Mein Handy ist immer angeschaltet, und für die Qualität des Netzempfangs bin ich nicht verantwortlich. Außerdem hatte ich Herrn Stockhausen gebeten, Sie über die Obduktion zu informieren, und ich gehe mal davon aus, dass er es auch getan hat, oder etwa nicht?«

Rebeccas Gesicht war gerötet, und ihre Augen blitzten. Zum Teufel noch, und wenn sie Krishna dreimal versprochen hatte, nett zu diesem Arsch zu sein, der Typ brachte sie zur Weißglut!

»Ich möchte aber nicht von Herrn Stockhausen über Ihren Verbleib informiert werden, sondern von Ihnen!«, polterte Gottschalck los, und die Halsschlagadern traten deutlich hervor, als er sich leicht von seinem Stuhl erhob.

Einen Augenblick lang verschlug es Rebecca die Sprache. Dann stützte sie die Hände auf die Kante des Schreibtischs vor ihr und fragte mit erhobener Stimme: »Und was, wenn ich fragen darf, macht das für einen Unterschied?«

»Der Unterschied ist, dass ich über alles, was hier im Zusammenhang mit den Ermittlungen in einem Mordfall geschieht, aus erster Hand informiert werden will!« Gottschalcks Ohren und Hals waren nun knallrot angelaufen. Der Rest wurde gnädigerweise größtenteils von seinem Einwochenbart verdeckt. »Und wenn ich sage ›alles‹, dann meine ich auch ›alles‹ und vor allem aus erster Hand und nicht über drei Ecken. Habe ich mich klar und verständlich ausgedrückt?«

»Sie werden es kaum glauben«, Rebecca begann jetzt, wirklich wütend zu werden, »aber ich bin durchaus in der Lage, ihren Ausführungen zu folgen. Nur bin ich bedauerlicherweise anderer Ansicht als Sie!«

»Sie sind also der Ansicht, dass es unerheblich ist, wann und von wem ich über Ihr Vorgehen informiert werde?«

Gottschalck atmete jetzt flach und hatte sich so weit von seinem Sitz erhoben, dass es den Anschein hatte, als ob sein Gesäß von einer unsichtbaren Sprungfeder nach oben geschoben wurde.

»Zumindest halte ich es für unerheblich, von *wem* Sie informiert werden, Hauptsache, die Information kommt rüber!«

Auch Rebecca hatte sich jetzt von ihrem Sitz erhoben, und da sie genauso groß war wie ihr Gegenüber, starrten sie sich direkt in die Augen.

»Aber *ich* halte es nicht für unerheblich!«, brüllte Gottschalck jetzt unbeherrscht los.

»Ja, sind wir denn hier im Kindergarten, oder was?«, blaffte Rebecca zurück. »Ich kann ja wohl noch alleine entscheiden, in welcher Art und Weise ich Sie darüber informiere, wann ich bei einer Obduktion bin oder sonst wo! Wie soll ich denn meinen Job vernünftig erledigen, wenn ich Sie ständig vor meinem nächsten Schritt persönlich informieren muss?«

Mittlerweile standen sie beide mit hochroten Gesichtern fast Nasenspitze an Nasenspitze. Sie machten fast den Eindruck, als ständen sie Pose für ein Asterix-Comic, bei dem sich Asterix und Obelix wutentbrannt und zähnefletschend gegenüberstanden.

»Sie werden sich wohl daran gewöhnen müssen, dass *ich* jetzt die Leitung dieser Abteilung innehabe«, schnaubte Gottschalck zornig, wobei seine blaugrünen Augen gefährlich blitzten.

»Das ist mir nicht entgangen! Aber Ihnen scheint es bisher entgangen zu sein, dass Sie es nicht mit einem Haufen Kinder zu tun haben! Vielleicht konnten Sie Ihre bisherigen Mitarbeiter wie die Teenager behandeln, aber hier läuft das nicht so!« Rebecca streckte ihren Körper und wandte sich wütend zur Tür.

»Kommen Sie zurück und setzen Sie sich wieder hin«, schnaubte Gottschalck, als sie die Tür erreicht hatte, und ließ sich langsam auf seinen Stuhl sinken, »wir müssen noch darüber reden, *wie* es denn hier laufen soll.«

Zögernd drehte Rebecca sich wieder um und setzte sich. Sekundenlang beäugten sie sich lauernd wie zwei Wildkatzen kurz vor dem Angriff.

»Sie sind also der Ansicht, ich behandele Sie wie ein Kind, nur weil ich möchte, dass Sie mir mitteilen, was Sie als Nächstes tun?« Gottschalcks Tonfall hatte sich gemäßigt, und langsam gewann wieder kontrollierte Beherrschung die Oberhand.

Rebecca schob trotzig das Kinn vor und nickte.

»Ich denke, es ist völlig ausreichend, wenn einer meiner Mitarbeiter Ihnen sagt, wo ich bin, und außerdem müssen Sie ja wohl auch nicht ständig über jeden meiner Schritte informiert sein. So viel Vertrauen müssen Sie mir schon entgegenbringen, dass das, was ich tue, der Lösung des Falles dient.«

Gottschalck hatte sich in seinem Stuhl zurückgelehnt und die Fingerspitzen seiner Hände gegeneinander gelegt. Jetzt schoben sich seine Augenbrauen zweifelnd nach oben, und er sah sie einen Augenblick lang fragend an.

»Können Sie mir verraten, wie ich Ihnen Vertrauen entgegenbringen soll?«, fragte er leise. »Bisher gab es nichts in Ihrem Verhalten mir gegenüber, das dieses Vertrauen rechtfertigen könnte.«

Rebecca spürte, wie sie gegen ihren Willen in einem rasanten Tempo rot wurde, als sie an die Fettnapfszene vom vergangenen Nachmittag dachte.

»Nun, möglicherweise war bisher noch ...«, begann sie zögernd und um Worte bemüht.

»Wissen Sie, was das Schwierigste ist, wenn man als neuer Vorgesetzter in eine bestehende Gruppe kommt?«, fiel er ihr unvermittelt ins Wort.

»Sich Respekt zu verschaffen«, beantwortete er seine Frage selbst, »und bei Ihnen bin ich mit dieser Aufgabe bisher kläglich gescheitert. Sind Sie immer so aufmüpfig?«

Rebecca holte tief Luft, um ihm eine passende Antwort zu geben, doch er kam ihr zuvor, indem er beschwichtigend die Hände hob.

»Schon gut, sollte kein Vorwurf sein. Ich wollte nur wissen, worauf ich mich einzustellen habe.«

»Stellen Sie sich am besten auf eine erwachsene und selbstständig denkende Mitarbeiterin ein«, warf Rebecca eine Spur zu scharf ein.

»Die noch dazu einen enormen Dickschädel hat«, bemerkte Gottschalck trocken, und Rebecca musste ungewollt grinsen.

»Vielleicht eine meiner hervorstechendsten Eigenschaften«, gab sie zu.

»Gut, dass Sie's einsehen.« Er funkelte sie an und lächelte zum ersten Mal.

»Also gut, dann lassen Sie es uns mal auf Ihre Art versuchen. Sie werden mich also in Zukunft möglichst zeitnah über Ihre geplanten Schritte informieren, wobei die Art und der Zeitpunkt der Information Ihnen überlassen bleibt. In drei Monaten können wir ja mal Bilanz ziehen, und ich werde sehen, ob ich mit diesem Arrangement leben kann. Soweit einverstanden?«

Rebecca nickte gnädig. Er sah sie eine Weile zögernd an und grinste dann breit.

»Sie sind 'ne ganz schön harte Nuss. Hoffentlich beiße ich mir an Ihnen nicht die Zähne aus.«

Rebecca erhob sich würdevoll und ging zur Tür.

»Heutzutage gibt es schon sehr hübsche Gebisse«, warf sie schnippisch über die Schulter zurück, »damit Sie auch morgen noch kraftvoll zubeißen können.«

Als sie die Tür hinter sich schloss, hörte sie ihn kurz auflachen.

Im Büro setzte sie sich an ihren Schreibtisch und dachte einen Moment über das hinter ihr liegende Gespräch nach.

Vielleicht war er ja doch gar nicht so übel, wie es zunächst den Anschein gehabt hatte. Man musste ihm nur Paroli bieten und sich nicht unterbuttern lassen. Dann war er eigentlich ganz erträglich.

Mit einem Schulterzucken stand sie auf und holte sich von Svens Schreibtisch die Bild-Zeitung. Rasch überflog sie die Schlagzeilen, bis ihr Blick an einem Artikel auf der zweiten Seite hängen blieb. *Schlächter von Hamburg weiterhin auf freiem Fuß*, stand dort zu lesen, *heiße Spur führt nach Argentinien*. Der Fall hatte in den letzten Wochen für ganz schönen Wirbel in der Presse gesorgt. Sie konnte sich noch an die erste Schlagzeile vor drei Wochen erinnern: *Bestie entmannt Hamburger Geschäftsmann!*, stand damals auf der Titelseite. Offensichtlich war es den Hamburger Kollegen bislang noch nicht gelungen, den Mörder dingfest zu machen. Als sie begann, den Artikel zu lesen, ging die Tür auf, und die anderen kamen vom Mittagessen zurück.

»Noch kein Kaffee gekocht?«, fragte Thomas mit einem enttäuschten Blick auf die leere Kanne.

»Koch selber Kaffee«, fuhr Rebecca ihn an, »oder hältst du mich hier für die Tippse?«

Thomas grinste sie frech an.

»Ist das etwa nicht der von der Natur vorgesehene Job für eine Frau, die nach Höherem strebt und sich nicht mit Kirche, Küche und Kindern zufrieden gibt?«

Christina, die den Wortwechsel verfolgt hatte, näherte sich Thomas von seiner ungedeckten Linken und verpasste ihm einen Hieb in den Magen.

»Fünf Mark in die Chauvikasse«, bemerkte sie, »und da bist du noch gut mit bedient, ab nächsten Monat kostet so ein Spruch fünf Euro. Und jetzt geh endlich Kaffee kochen, oder kannst du das auch nicht?«

Thomas rieb sich den Magen und zog sich lachend zurück.

»Okay, ich geh ja schon, gegen geballte Emanzenfrauenpower kommt man als einzelner Mann ja gar nicht an.«

Als der Kaffee gekocht war, kam Thomas mit zwei dampfenden Bechern an Rebeccas Schreibtisch und setzte sich auf einen Stuhl ihr gegenüber.

»Und«, wollte er wissen, »warst du schon bei Clint Eastwood?«

Sie nickte und nahm einen Schluck aus ihrer Tasse.

»Ja und, was war?«, fragte er ungeduldig nach, »lass dir doch nicht jedes Wort aus der Nase ziehen!«

»Wir haben uns fünf Minuten lang angebrüllt wie die Löwen und dann in gemäßigterem Ton eine Vereinbarung getroffen.«

»Is wahr? Und wie sieht die Vereinbarung aus?«

»Ich entscheide, wann und wie ich ihn über mein Vorgehen unterrichte.«

»Das hättest du doch sowieso gemacht«, bemerkte Thomas grinsend, »ob er es so mit dir vereinbart oder nicht. Er weiß halt noch nicht, was für ein halsstarriger Dickkopf du bist.«

»Ich glaub, inzwischen weiß er es.«

Thomas lehnte sich zurück und verschränkte die Arme hinter dem Kopf. Seine langen Locken glänzten im hereinfallenden Sonnenlicht wie Mahagoni. Er sah sie lange aus dunkelblauen Augen an und sagte dann leise.

»Gib ihm 'ne Chance. Die hat jeder verdient, und bisher hast du sie ihm noch nicht gegeben.«

Damit stand er auf und ging hinüber zu seinem Schreibtisch.

Während sie ihm noch nachsah, kam mit der Post ein

Paket vom Erkennungsdienst. Sie öffnete es und betrachtete die Gegenstände und den beiliegenden Bericht. Die anderen kamen neugierig herüber und versammelten sich um ihren Schreibtisch. In einer kleinen Plastiktüte lag ein Metallring mit drei Schlüsseln daran.

»Keine Fingerabdrücke auf den Schlüsseln außer denen des Opfers«, las Rebecca aus dem Bericht vor, »die beiden größeren scheinen Haus- und Wohnungsschlüssel zu sein, der kleinere gehört zu einem handelsüblichen Schließfach.«

Die Nummer 132 war deutlich auf dem schwarzen Plastikkopf des kleinen Schlüssels zu erkennen. In einer weiteren Tüte lag ein zusammengefalteter Stadtplan von Köln.

»Mehrere frische Fingerabdrücke vom Opfer auf der Umschlagklappe«, las Rebecca weiter, »weiterhin ältere, stark verwischte Fingerabdrücke, möglicherweise noch vom Verkäufer des Stadtplans.«

Sie holte den Plan aus der Tüte, faltete ihn auseinander und breitete ihn auf dem Schreibtisch aus. Alle fünf beugten sie sich darüber und starrten auf den Plan.

»Was ist das?«, fragte Knut, das Greenhorn in ihrer Gruppe, und wies mit spitzem Zeigefinger auf ein kleines schwarzes Kreuz auf dem Plan. Alle beugten sich noch tiefer hinab, bis ihre Köpfe fast zusammenstießen.

»Das ist eindeutig mit der Hand da eingetragen«, murmelte Rebecca, »sieht so aus, als sei unser Junior mit den Augen eines Adlers gesegnet.«

Knuts breiter Mund, der Rebecca irgendwie immer an Klaus Kinski erinnerte, zog sich auseinander, bis sein Grinsen fast von einem Ohr zum anderen reichte. Christina sah ihn schmunzelnd an und zwinkerte ihm aufmunternd zu.

»Lass mal sehen«, sagte Sven und zog den Plan näher heran, »das Kreuz markiert die Brahmsstraße in Lindenthal, direkt am Stadtwald. Das ist ganz in der Nähe vom Fundort der Leiche.«

Er richtete sich auf und sah die anderen durch die Gläser seiner neuen, modernen Hornbrille hindurch an.

»Da sollten wir uns dann wohl mal umsehen.«

Rebecca nickte und zog eine weitere Plastiktüte aus dem Paket.

»Kleine, braune Wildledergeldbörse mit einigen Münzen und einem zusammengefalteten Fünfzigmarkschein. Objekte nicht zur Suche nach Fingerabdrücken geeignet«, las sie weiter aus dem Bericht vor, »ansonsten stark verschmutzte Kleidung des Opfers. Graue, mittellange Jacke mit Kapuze, dunkelblauer Rollkragenpullover, schwarze Jeans, schwarze Lederschuhe, Socken und Unterwäsche. Blutspuren an der Kleidung alle vom Opfer. Speichelspuren auf dem Jackenkragen stammen nicht vom Opfer, genetischer Fingerabdruck wurde erstellt und mit Strafdatei verglichen. Keine Übereinstimmung vorhanden. Darüber hinaus keine weiteren verwertbaren Spuren.«

Sie ließ den Bericht sinken und sah ihre Mitarbeiter der Reihe nach an.

»Okay, dann wollen wir mal loslegen. Ich war heute Vormittag bei der Obduktion, und die Kriminalbiologin geht nach einer Grobschätzung davon aus, dass die Leiche drei bis vier Wochen alt ist. Einzelheiten der Obduktion möchte ich euch ersparen.« Ein kurzes Schaudern lief durch ihren Körper, bevor sie sich wieder fasste und weiterredete.

»Thomas, du stellst fest, ob für diesen Zeitraum Vermisstenmeldungen vorliegen. Sollte was Passendes dabei sein, dann besorg dir ein Foto von der Leiche und versuch, die Identität vor Ort zu klären. Nimm Knut mit, und haltet mich auf dem Laufenden. Ach ja, und nimm die Schlüssel des Opfers mit, vielleicht hilft euch das bei der Feststellung der Identität.«

Thomas nickte und ging hinüber zu seinem Schreibtisch, um zu telefonieren. Knut folgte ihm.

»Sven, du kommst mit mir, wir werden uns mal in der Brahmsstraße umsehen. Besorg uns am besten auch ein Foto von der Leiche. Solange wir nichts über die Identität wissen, ist das alles, was wir haben.«

Sven zuckte die Achseln und verschwand.

»Christina, du hältst hier die Stellung und Clint Eastwood bei Laune.«

»Clint Eastwood?« Christina zog fragend die Brauen in die Höhe.

»Gottschalck«, setzte Rebecca erklärend hinzu, »ist dir noch nicht aufgefallen, dass er dich mit seinem stahlharten Blick durchbohrt, ohne auch nur mit einer Wimper oder einem Muskel seines Gesichts zu zucken? Du sitzt wie das Kaninchen vor der Schlange und wartest förmlich darauf, dass er gleich seinen Colt zieht und deinem jämmerlichen Leben ein Ende bereitet.«

Christina prustete los.

»Wusste gar nicht, dass er so 'ne Wirkung auf dich hat. Vielleicht könnte man seine Ausstrahlung ja einfach als charismatisch beschreiben«, schlug sie vor.

»Ja, sicher«, entgegnete Rebecca, »sein Charisma reicht aber nur so lange, bis man ihn aus der Fassung bringt. Wenn man ihn ärgert, verliert Clint tatsächlich vollkommen die Contenance. Geht hoch wie 'ne Rakete!«

»Und ich nehme an, du hast ihn schon geärgert«, mutmaßte Christina.

»Worauf du wetten kannst!«

Rebecca lächelte strahlend und verabschiedete sich, um Sven zu folgen.

Erste Spuren

Als Thomas erfuhr, dass für den fraglichen Zeitraum zwei Vermisstenmeldungen vorlagen, die männliche Personen betrafen, notierte er sich die Namen und Adressen, schnappte sich aus der Kiste vom Erkennungsdienst die Schlüssel des Opfers und bedeutete Knut, ihm zu folgen. Nachdem sie sich bei Dirk, dem Polizeifotografen, noch ein Foto der Leiche besorgt hatten, stiegen sie in den Aufzug und fuhren hinunter in die Tiefgarage.

»Hier, du kannst fahren«, erklärte Thomas gönnerhaft, als sie den Parkplatz erreichten, und warf Knut den Schlüssel des Dienstfahrzeugs zu. Während dieser mehrere vergebliche Versuche startete, den Rückwärtsgang zu finden, verdrehte Thomas ständig die Augen und biss sich in den Handrücken. Endlich hatte er ihn beim vierten Anlauf gefunden, und sie fuhren die Kalker Hauptstraße in Richtung Deutz davon.

»Fahr am besten über die Zoobrücke und dann die Neußer Straße hoch«, wies Thomas Knut an. »Die erste Vermisstenmeldung kommt von einer Frau aus Mauenheim, die vor knapp drei Wochen ihren Mann als vermisst gemeldet hat.«

Als sie die Adresse erreichten, gingen sie die beiden Stufen zu einem kleinen Reihenhaus älteren Baujahres hinauf und klingelten an der Tür. In der Fensterscheibe rechts daneben blinkten die sternförmigen Lichter einer geschmacklosen Weihnachtsdekoration in verschiedenen Abständen und Farben auf. Der Anblick wirkte bizarr im anbrechenden Zwielicht des trüben Winternachmittags. Nach einigen Augenblicken waren schlurfende Schritte hinter der Tür zu hören, dann wurde ein Schlüssel im Schloss herumgedreht.

»Ja, bitte?«, fragte eine Mittfünfzigerin in der halb geöffneten Tür. Thomas hob den Blick und ließ fast seinen bereitgehaltenen Dienstausweis fallen. Die Frau sah aus, als sei sie als Schlampe vom Dienst einer grottenschlechten Soap-Opera entsprungen. Die grauen Haare waren auf große Lockenwickler gedreht, aus denen jeweils kleine bunte Plastikspießchen staken, die man eher bei Käsepiksern vermutet hätte. Darüber legte sich ein durchsichtiges hellblaues Kopftuch, dessen Zipfel im Nacken zusammengebunden waren und links und rechts vom Hals hervorlugten wie bei Witwe Bolte. Die Kleidung bestand aus einem grauenhaft geblümten Bademantel, der den Blick auf ein Dekolletee gewährte, das Thomas flüchtig an Schildkröten denken ließ. Kräftige Waden und fleischige Fesseln lenkten den Blick nach unten, wo mit weißem Kunstpelz verbrämte Samtpantoffeln das Bild abrundeten.

»Ähm«, begann Thomas unschlüssig, »Frau Schmitz?«

»Ja, jenau.«

»Kripo Köln. Sie haben vor drei Wochen Ihren Mann als vermisst gemeldet. Wir wollten Sie bitten, sich ein Foto von einer gestern aufgefundenen Leiche anzusehen, um uns zu sagen, ob es sich hierbei um Ihren Mann handeln könnte.«

»Da brauch ich kein Foto für. Dat is nit minge Paul«, entgegnete Frau Schmitz im Brustton der Überzeugung.

»Aha«, brachte Thomas etwas verwirrt hervor, »und wieso nicht?«

»Weil dä Paul doch längst widder zuhus is. War sich bloß e bessje amüsiere. Jetz is er widder do!«

Wie auf ein verabredetes Zeichen trat hinter der Frau ein großer untersetzter Mann im Schiesser-Feinripp mit schütterem, zurückgekämmtem Haar hervor.

»Nich, Paul, dat bist du nit!« Frau Schmitz sah ihren Mann erwartungsvoll an.

»Nä, dat bin ich nit«, bestätigte Paul und hakte die Daumen in die altmodischen Hosenträger ein, die sich über seinen Bauch spannten.

»Äh, ja gut«, stotterte Thomas leicht genervt, »wenn Sie das nächste Mal Ihren Mann als vermisst melden, sollten Sie nicht vergessen, meinen Kollegen eine Mitteilung zu machen, wenn er wieder auftaucht.«

»Is jot«, versprach Frau Schmitz wenig überzeugend, bevor sie die Tür wieder schloss.

Kopfschüttelnd stiegen Thomas und Knut wieder in den Wagen und fuhren los. Während Thomas die Kollegen von der Polizeidienststelle über das wunderbare Auftauchen von Paul informierte, steuerte Knut das Auto nach Bickendorf, wo sich die zweite Adresse befand. Kurz darauf standen sie vor der Tür eines einfachen Mehrfamilienhauses und betätigten die Klingel über dem Namensschild mit der Aufschrift ›Fuchs‹. Als sie die Treppe in den ersten Stock hinaufgestiegen waren, wurde die Wohnungstür auf der rechten Seite von einer jungen blonden Frau geöffnet. Thomas atmete sichtbar auf und stellte sich vor.

»Frau Fuchs«, begann er dann, »Sie haben vor gut drei Wochen einen Mann als vermisst gemeldet. Ist er inzwischen wieder aufgetaucht?«

Sie schüttelte den Kopf. Thomas zog das Foto der Leiche hervor und hielt es ihr hin.

»Gestern wurde im Stadtwald eine Leiche gefunden, bei der es sich möglicherweise um den Vermissten handelt. Können Sie mir sagen, ob Sie ihn auf dem Bild wieder erkennen?«

Sie zuckte leicht zurück, als sie das Bild sah, betrachtete es aber dann aufmerksam.

»Schwer zu sagen«, murmelte sie dann unschlüssig, »viel zu erkennen ist ja nicht. Von der Haar- und Augenfarbe her könnte er es sein, und auch die Nase sieht wie seine aus.«

»War er Ihr Freund?«

Sie zuckte unbestimmt mit den Schultern und sah an den beiden Männern vorbei.

»Sozusagen«, antwortete sie dann.

»Hat er hier gewohnt?«, fragte Knut, und sie nickte.

Thomas zog das Schlüsselbund des Opfers hervor und zeigte es ihr.

»Sind das seine Schlüssel?«

»Sieht so aus.«

»Darf ich?« Thomas hatte einen der beiden größeren Schlüssel genommen und griff nach dem Schloss der Wohnungstür. Der Schlüssel passte. Er richtete sich wieder auf und sah Frau Fuchs an, die ihm einen ausdruckslosen Blick zuwarf.

»Leider deutet bisher alles darauf hin, dass es sich bei dem Toten um die von Ihnen vermisste Person handelt. Ich muss Sie bitten, mit uns ins Gerichtsmedizinische Institut zu fahren, um die Leiche zu identifizieren. Es tut mir Leid, aber ich kann Ihnen den Anblick nicht ersparen.«

Frau Fuchs nickte und griff wortlos nach ihrem Mantel. Gemeinsam verließen sie das Haus.

Kurze Zeit später standen sie im Kühlraum des Gerichtsmedizinischen Instituts und warteten darauf, dass der junge Assistenzarzt den Deckel der Edelstahlröhre öffnete. Frau Fuchs sah gedankenverloren vor sich hin. Als der Assistenzarzt schließlich den Leichensack öffnete, zuckte sie leicht zusammen und schloss für einen Moment die Augen. Dann trat sie näher und sah lange in das Gesicht des Toten. Die Leiche war inzwischen gesäubert worden, und auch die kleinen weißen Maden waren verschwunden. Trotzdem bot er immer noch einen grauenhaften Anblick.

Frau Fuchs atmete flach durch den Mund und war bleich geworden. Einen Augenblick lang befürchtete Thomas, sie könnte ohnmächtig werden, doch dann schien sie sich zu fangen.

»Das ist er«, sagte sie leise, aber bestimmt. Dann drehte sie sich um und verließ den Raum. Thomas und Knut folgten ihr.

Vor der Tür wandte Thomas sich an Frau Fuchs.

»Sie sind sich also sicher, dass der Tote der von Ihnen als vermisst gemeldete Arturo Gandera ist?«

»Ja, ich bin sicher.«

»Welche Nationalität hatte er? Spanier?«

Sie zuckte unbestimmt mit den Schultern.

»Nein, ich glaube, irgendwas Südamerikanisches, Argentinien, Brasilien, Mexiko oder so.«

»Mexiko ist Mittelamerika«, wandte Thomas ein.

»Kann auch sein«, entgegnete Frau Fuchs unwirsch, »ich weiß es nicht genau.«

Thomas und Knut warfen sich einen zweifelnden Blick zu. Dann richtete Thomas sich wieder an die Frau.

»Ich muss Sie bitten, uns zum Polizeipräsidium zu begleiten. Wir müssen Ihnen ein paar Fragen stellen.«

Sie funkelte ihn an und fragte leicht ungehalten: »Muss das jetzt sein? Ich fühl mich nicht besonders.«

»Nein, selbstverständlich nicht«, beeilte Thomas sich zu sagen, »Sie können auch morgen bei uns vorbeikommen. Sagen wir, um neun?«

Frau Fuchs nickte, drehte sich um und ging davon.

»Sollen wir Sie nicht wieder nach Hause bringen?«, rief Thomas ihr noch hinterher, doch sie verschwand, ohne sich noch einmal umzusehen.

Als Rebecca und Sven die Brahmsstraße erreichten, sahen sie sich erst mal um. Es war eine ziemlich kurze Straße, die von der Dürener Straße abzweigte und am Rande des Stadtwalds endete, also beste Lindenthaler Villengegend. Das letzte Haus in der Straße war eine alte quadratische Sandsteinvilla, deren Grundstück direkt an den Stadtwald angrenzte. Die grüne doppelflügelige Eingangstür befand sich in einem halbrunden Erker, über dem ein Balkon lag. Rebecca und Sven beschlossen, hier zu beginnen. Sie betätigten die Türglocke und warteten, dass geöffnet wurde. ›Schneider‹ las Rebecca auf dem Messingschild unter der Klingel. Kurz darauf schwang die schwere Tür auf, und sie sahen sich einer gepflegten Frau Anfang vierzig gegenüber.

»Guten Tag, Kripo Köln«, begann Rebecca und angelte nach ihrem Dienstausweis. »Frau Schneider, nehme ich an? Wir ermitteln in einem Mordfall und hätten ein paar Fragen an Sie.«

Die Frau zog leicht pikiert die sorgfältig gezupften Augenbrauen empor, während sie den Ausweis eingehend studierte.

»Bitte folgen Sie mir«, sagte sie schließlich und ging voraus in einen Raum, den man wohl als Salon bezeichnen würde. Sie gingen zu einer kleinen Sitzgruppe und nahmen in den mit königsblauem Samt bezogenen Sesseln Platz.

»Worum handelt es sich?«, fragte Frau Schneider, während sie die Beine übereinander schlug und den Rock des cremefarbenen Kaschmirkostüms glatt strich.

»Hier in der Nähe ist gestern im Stadtwald eine Leiche gefunden worden«, begann Rebecca.

»Wie bedauerlich, und was habe ich damit zu tun?«

Rebecca zog überrascht die Augenbrauen nach oben und sah Frau Schneider an.

»Nun, Sie könnten vielleicht zur Klärung der Identität beitragen. Der Tote hatte einen Stadtplan dabei, in dem diese Straße markiert war. Vielleicht haben Sie ihn kürzlich hier gesehen oder wissen sogar, wer er ist und was er hier wollte.«

Entschlossen zog sie das Foto aus der Jackentasche und reichte es Frau Schneider, die es mit spitzen, rot lackierten Fingernägeln entgegennahm.

»Bedaure«, entgegnete sie nach einem kurzen Blick und ließ das Bild auf den kleinen Glastisch fallen, »diese Person ist mir gänzlich unbekannt.«

Sie zog eine Zigarette aus einer silbernen Dose, die auf dem Tisch stand, und zündete sie mit dem schweren Feuerzeug an, das daneben lag. Dann inhalierte sie tief und blies den Rauch in Rebeccas Richtung.

»Kann ich sonst noch was für Sie tun?«, fragte sie dann mit einem gestresst wirkenden Blick.

»Ja, können Sie.« Rebecca versuchte, sich nicht beeindrucken zu lassen. »Wir müssen mit allen Anwohnern dieser Straße sprechen. Wie viele Personen wohnen in diesem Haus?«

»Außer mir noch mein Mann und mein Sohn Benjamin. Mein Mann ist nicht zu Hause, und meinem Sohn können Sie unmöglich dieses abstoßende Bild zeigen, er ist erst sechzehn!«

»Nun, ich denke, dass die Kids mit sechzehn heutzutage schon weitaus Abstoßenderes im Fernsehen gesehen haben. Könnten wir bitte mit ihm sprechen.« Rebecca hatte sich aus ihrem Sessel erhoben und blickte Frau Schneider auffordernd an. Langsam erhob sich die Dame des Hauses und schritt voraus in die Eingangshalle, von wo eine breite Treppe nach oben führte.

»Er hat die Musik wieder so laut, er wird nicht hören, wenn ich ihn rufe.« Von oben war ein monotoner hämmernder Rhythmus zu hören. Rebecca sah Frau Schneider fordernd und zunehmend genervt an, bis diese schließlich die Schultern zuckte und die Treppe hinaufstieg. Rebecca und Sven folgten bis zu einer Tür im ersten Stock, wo die Musik unerträglich laut wurde. Als sie in das Zimmer eintraten, konnten sie auch den Text verstehen, der von einer grölenden, aggressiven Stimme mehr geschrien als gesungen wurde und einen eindeutig rechtsradikalen Inhalt hatte.

Rasch ging Frau Schneider zu der Stereoanlage und stellte die Musik ab. Sven und Rebecca warfen sich einen schnellen Blick zu.

»Benjamin«, sprach Frau Schneider ihren Sohn an, »die

Herrschaften sind von der Kripo Köln und möchten dir ein paar Fragen stellen.«

Benjamin hatte bisher teilnahmslos auf einem Bürostuhl gesessen und die Füße auf dem Schreibtisch gehabt. Seine sehr kurzen hellbraunen Haare waren über den Ohren ausrasiert. Er trug ein weißes Londsdale-Shirt und weit geschnittene, schwarze Jeans. Über seinem Kopf prangte eindeutig die Reichskriegsflagge an der Wand, wenn auch ohne Hakenkreuz. Daneben hing eine Deutschlandkarte mit Grenzen, die in unseren Nachbarstaaten Wutschreie der Empörung hervorgerufen hätten.

Während Benjamin langsam die Füße vom Schreibtisch nahm und sich zu ihnen herumdrehte, schlenderte Sven in Richtung Stereoanlage und betrachtete die CD-Hülle, die daneben lag.

»Benjamin, wir ermitteln in einem Mordfall und haben Grund zu der Annahme, dass sich das Opfer vor einigen Wochen hier in der Straße umgesehen hat. Hast du den Mann vielleicht gesehen oder weißt du, was er hier wollte?« Rebecca reichte ihm das Foto und wartete ab. Interessiert sah Benjamin sich das Bild an.

»Ausländer, was?«, fragte er mit unschuldigem Augenaufschlag.

»Möglicherweise«, räumte Rebecca ein, »wir wissen es noch nicht genau.«

»Mit Ausländern gebe ich mich nicht ab.« Der Satz landete wie ein Fausthieb in Rebeccas Magen. Am liebsten hätte sie sich das Früchtchen gepackt und ihm links und rechts ein paar um die Ohren gehauen. Mühsam bezähmte sie ihr Verlangen und stieß die eingesogene Luft langsam wieder aus.

»Wenn ich mich hier so umsehe, glaub ich dir das unbesehen«, entgegnete sie stattdessen. »Sollte dir doch noch was einfallen, kannst du mich im Präsidium erreichen. Ich lasse meine Karte hier. Jetzt, wo ich drüber nachdenke, bin ich mir fast sicher, dass wir uns früher oder später im Präsidium wieder sehen.«

Benjamin grinste hämisch.

»Das wird mein Vater schon zu verhindern wissen. Der ist nämlich ein ziemlich guter Rechtsanwalt.«

»Wir werden sehen.« Rebecca nickte kurz und wandte sich dann an Frau Schneider.

»Wann können wir Ihren Mann erreichen? Wir müssen auch ihn befragen.«

»Morgen Vormittag ist er zu Hause, um einige Dinge zu erledigen.«

»Danke. Bemühen Sie sich nicht, wir finden den Weg nach draußen.«

Als sie wieder auf der Straße waren, holte Rebecca kopfschüttelnd Luft.

»Das glaubt man ja nicht, wenn man's nicht gesehen hat. So ein stinkender kleiner Neonazi, und die Eltern scheint das nicht die Bohne zu interessieren.«

»Reg dich nicht so auf«, warf Sven gleichmütig ein, »so was kommt vor in dem Alter. In ein paar Jahren ist der wahrscheinlich ein ganz normaler spießiger Steuerberater mit Frau und zwei Kindern zu Hause und dem BMW vor der Tür.«

»Über so was soll ich mich nicht aufregen«, fuhr Rebecca ihn an, »das ist einer der Gründe dafür, warum sich so eine Brut überhaupt ungestört entwickeln kann. Die Menschen regen sich nicht mehr auf über solche Sachen und sehen weg, wenn ihnen so einer begegnet. Dabei wäre es absolut notwendig, bei den Jungen anzusetzen. Die alten Nazis kannst du nicht mehr ändern in ihrem verbohrten Weltbild, aber die jungen vielleicht noch!«

»Hör mal, Rebecca, ich kann ja verstehen, wenn dich so was nervt, wo du ja selber sozusagen betroffen bist, aber du kannst nicht ...«

»Was soll das heißen: sozusagen selber betroffen?« Rebecca funkelte ihn herausfordernd an.

»Na ja, Krishna ist doch auch kein richtiger Deutscher, er hat doch einen indischen Vater, oder?«

Sven war bei dem letzten Satz stehen geblieben und sah ihr in die Augen. Rasende Wut stieg in Rebecca hoch, und es verschlug ihr zunächst die Sprache. Sie stemmte die Hände in die Hüften und starrte ihn an.

»Weißt du, was du bist?«, zischte sie leise. »Nein, ich sag's dir besser nicht, sonst könntest du mich wegen Beamtenbeleidigung anzeigen. Aber vielleicht hast du ja genug Grips im Schädel, um dir vorstellen zu können, was ich von dir halte. Und jetzt setz dich in Bewegung, wir haben noch einiges zu tun.«

Wutschnaubend steuerte sie auf ein Backsteinhaus mit vergitterten Fenstern zu, das links neben der Villa von Familie Schneider stand, und klingelte, doch niemand öffnete. Auch bei den nächsten beiden Häusern war offensichtlich niemand anwesend, und so gingen sie auf das vierte Haus in der Straße zu, um ihr Glück zu versuchen. Es war eine weiß verputzte Villa mit blauen Fenstern und einer kleinen weißen Mauer davor, die mit blau lasierten Ziegeln belegt war. Während sie darauf warteten, dass die Tür geöffnet wurde, fiel Rebeccas Blick auf die Sirene der Alarmanlage und den Jaguar in der offen stehenden Garage.

»Na, die hier scheinen auch nicht gerade von der Sozialhilfe zu leben«, murmelte sie.

Kurz darauf öffnete eine junge Frau in Jeans und Sweatshirt.

»Kripo Köln«, stellte Rebecca sich vor, »wir müssten den Bewohnern des Hauses ein paar Fragen stellen. Wohnen Sie hier?«

Die Frau schüttelte den Kopf. »Nein, ich bin die Haushälterin. Im Moment ist leider niemand zu Hause. Doktor Fink ist im Krankenhaus, und Frau Fink ist mit Dominik in der Stadt.«

»Dann ist Doktor Fink wohl Arzt.« Die Frau nickte.

»Und wann kann man die Familie Fink zu Hause antreffen?«, wollte Rebecca wissen.

»Doktor Fink ist Chefarzt der Urologischen Abteilung in der Uniklinik. Nebenher hat er noch seine eigene Praxis dort. Montagnachmittag und Mittwochvormittag sind seine Praxistage. Den Mittwochnachmittag hält er sich meistens frei und ist zu Hause.«

»Also morgen Nachmittag. Dann werden wir noch einmal wiederkommen. Sagen Sie, die Leute, die hier in der Straße wohnen, wissen Sie, was die von Beruf sind?«

»Oh, bei einigen schon. Hier nebenan, das ist auch ein Arzt. Hat eine Praxis für Allgemeinmedizin hier in der Nähe. Vorne auf der Ecke wohnt ein sehr bekannter Rechtsanwalt, daneben ein Apotheker und ein Bauunternehmer. Schräg gegenüber sind noch zwei Ärzte, und da vorne ein Notar. Weiter die Straße rauf kenne ich die Leute nicht mehr.«

»Interessant, und die Ehefrauen, arbeiten die auch?«

Die junge Frau schüttelte ungläubig den Kopf.

»Nein, natürlich nicht. Würden Sie noch arbeiten, wenn Ihr Mann so viel Kohle verdient, dass es für zwei Leben reicht?«

Rebecca schmunzelte belustigt und zuckte die Achseln.

»Ich glaub schon«, erwiderte sie, »aber wahrscheinlich bin ich da irgendwo falsch gestrickt.«

»Wahrscheinlich«, bestätigte die Haushälterin und ließ keinen Zweifel darüber offen, dass sie diese Einstellung für abwegig hielt.

Nachdem sie ihr noch das Foto von der Leiche gezeigt hatten, gingen Rebecca und Sven zum Auto zurück.

»Wir brechen die Aktion hier jetzt besser ab und versuchen es morgen nochmal«, entschied Rebecca, »morgen Nachmittag haben die ganzen Ärzte und Apotheker frei, und die Chance, sie dann zu Hause anzutreffen, ist am größten. Lass uns erst mal zurück ins Büro fahren und hören, was die anderen herausgefunden haben. Dann sehen wir weiter.«

Sven nickte stumm und fuhr den Dienstwagen schweigend zurück.

Zwanzig Minuten später betraten sie ihr Büro. Thomas und Knut, die auch seit einer halben Stunde zurück waren, hatten noch mal Kaffee gekocht und waren in den Bericht vom Erkennungsdienst vertieft. Rebecca schenkte sich auch einen Kaffee ein und ging hinüber an Thomas' Schreibtisch. Nachdem sie sich auf der Schreibtischkante niedergelassen hatte, sah sie ihn erwartungsvoll an und fragte: »Und, was habt ihr herausgefunden?«

Langsam kamen auch die anderen näher, um zu hören, was Thomas berichtete.

»Wir wissen jetzt, wer der Tote ist«, begann Thomas seinen Bericht, während er sich entspannt zurücklehnte, »sein Name ist Arturo Gandera. Seine ... ja, wie soll man sie nennen, vielleicht Lebensgefährtin – jedenfalls diese

Frau Fuchs hat ihn eindeutig identifiziert, außerdem passte einer der Schlüssel auf die Wohnungstür.«

»Gut«, Rebecca nickte zufrieden, »sonst noch was?«

Thomas legte die Stirn in Falten und hatte den Blick auf seinen Kaffeebecher geheftet.

»Ja, ich weiß nicht genau, was es ist, aber irgendwas ist seltsam an dieser Frau.«

»Was?«, fragte Christina, die mal Psychologie studiert hatte und sich für alles interessierte, was damit zusammenhing.

»Nun, sie schien mir nicht sonderlich berührt zu sein vom Tod ihres Freundes«, antwortete Thomas und sah Christina an. »Sie wirkte eher desinteressiert, günstigstenfalls könnte man es als gefasst bezeichnen. Jedenfalls kein Tränenausbruch, kein Ohnmachtsanfall, sie hat kaum das Gesicht verzogen. Nur als sie den ersten Blick auf den Toten warf, ist sie ein wenig blass geworden, aber das lag wohl eher am Zustand der Leiche, die sah ja wirklich scheußlich aus!«

Er warf einen schnellen Blick hinüber zu Rebecca, die krampfhaft ihren Kaffeebecher umklammerte.

»Zusammen mit den ganzen kleinen widerlichen Maden sah sie noch viel scheußlicher aus«, murmelte sie kaum hörbar.

Christina hatte den Kopf schief gelegt und wandte sich wieder an Thomas.

»Na ja, die Menschen reagieren sehr unterschiedlich auf Todesnachrichten. Für manch einen käme es schon einem hysterischen Anfall gleich, eine Träne zu vergießen. Ihre Reaktionen sind dann anderer Natur.«

»Okay«, warf Thomas ein, »aber irgendwie reagiert selbst der härteste Indianer. Diese Frau Fuchs dagegen hat eigentlich überhaupt nicht reagiert. Es war, als wenn ich ihr erzählt hätte, dass es morgen regnen wird.«

»Außerdem wusste sie noch nicht einmal genau, aus welchem Land der Mann kam«, mischte Knut sich in das Gespräch, »sie meinte Argentinien oder Brasilien. Mexiko hielt sie auch für möglich, aber genau wusste sie es nicht. Findet ihr das nicht komisch?«

Die anderen nickten nachdenklich.

»Vielleicht haben sie nicht viel miteinander geredet«, warf Sven ein, der bisher schweigend zugehört hatte. »Soll Paare geben, die was Besseres mit ihrer Zeit anfangen als Quatschen.«

Rebecca warf ihm einen warnenden Blick zu und konnte nicht verhindern, dass die Wut erneut in ihr hochzukochen begann, als sie ihn ansah. Thomas schnappte den Blick auf und zog fragend die Brauen nach oben.

»Wo ist diese Frau Fuchs jetzt?«, wollte Rebecca von Thomas wissen.

»Zu Hause vermutlich. Sie wollte heute nicht mehr mit aufs Präsidium kommen. Sie kommt morgen früh um neun vorbei.«

»Gut, dann nimm sie mal unter die Lupe.«

Thomas nickte und räusperte sich dann.

»Und was habt ihr so rausgefunden?«

»Wir haben uns die Brahmsstraße angesehen und ein paar Leute befragt«, antwortete Rebecca, »ganz schön illustre Gesellschaft da. Wir sind in einer Villa von einer Dame empfangen worden, die nicht sehr kooperativ war. Aber das war noch nichts gegen ihren Sohn. Der Junge ist offensichtlich Neonazi, und die Eltern scheinen es zumindest zu tolerieren.«

Bei den letzten Worten warf sie einen ungehaltenen

Blick zu Sven hinüber, der sich inzwischen abgewandt hatte und die Aussicht vom vierten Stock auf das Ödland und den alten Wasserturm hinter dem Polizeipräsidium zu genießen schien.

»Ansonsten haben wir nur noch das Hausmädchen in einem Ärztehaushalt angetroffen, die uns gesagt hat, dass noch diverse Ärzte und Apotheker in der Nachbarschaft wohnen, und die haben mittwochnachmittags für gewöhnlich frei. Also haben wir die weitere Befragung auf morgen vertagt.«

Sie warf einen Blick in die Runde und seufzte.

»Das wird ein Stück Arbeit werden. In der Straße befinden sich auch zwei Mehrfamilienhäuser. Wir haben mal durchgezählt und sind auf rund fünfundzwanzig Familien gekommen. Wir werden uns also am besten alle zusammen in die Ermittlungen vor Ort stürzen. Und damit wir auch diejenigen antreffen, die weder Arzt noch Apotheker sind, sollten wir spätestens um halb acht morgen früh beginnen. Am besten, wir treffen uns da.«

Ein allgemeines Stöhnen in der Gruppe dokumentierte, dass ihre Mitarbeiter nicht gerade zu den Frühaufstehern zählten. Doch Rebecca fuhr unbeirrt fort.

»Thomas, du kommst nach, sobald du mit der Befragung von Frau Fuchs fertig bist.«

Thomas lächelte selbstzufrieden und beglückwünschte sich innerlich für diese wunderbare Schicksalsfügung, die seine Anwesenheit am nächsten Morgen nicht vor neun erforderlich machte.

»Sven«, fuhr Rebecca in schärferem Ton fort, »du wirst dich heute noch mit dem Verfassungsschutz in Verbindung setzen. Da gibt es eine Abteilung, die sich mit Rechtsextremismus auseinander setzt. Offensichtlich war unser Opfer Ausländer, und in der Straße, die er im Stadtplan markiert hatte, wohnt zufälligerweise ein Neonazi, Wenn es da einen Zusammenhang gibt, will ich es wissen. Finde alles raus, was uns weiterhelfen könnte.«

Sven knurrte etwas Unverständliches und drehte sich in Richtung seines Schreibtischs.

»Und noch etwas, Sven. Ich erwarte, dass du äußerst sorgfältig arbeitest und nichts unversucht lässt!«

Ihre Blicke trafen sich, und für einen Moment lag eine Spannung im Raum, die keinem entging. Dann nickte Sven und entgegnete mit zusammengebissenen Zähnen: »Selbstverständlich!«

Nachdem Sven sich an seinen Schreibtisch verzogen hatte, wandte Rebecca sich an das jüngste Mitglied der Gruppe.

»Knut, du wirst heute Abend mit einem Dienstwagen nach Hause fahren und ihn morgen früh mit nach Lindenthal bringen. Auf dem Weg in die Tiefgarage kannst du die Sachen des Mordopfers im Asservatenlager abgeben, und auf dem Nachhauseweg fährst du nochmal bei Frau Fuchs vorbei und fragst, ob sie ein paar Fotos von dem Mann hat, die sie uns geben kann. Vor vier Wochen sah er wahrscheinlich noch besser aus als jetzt.«

»Alles klar, mach ich«, erklärte Knut und setzte wieder sein Klaus-Kinski-Grinsen auf.

»So, das wär's. Wir treffen uns morgen um halb acht in der Brahmsstraße. Thomas, du kannst morgen früh Gottschalck über unseren Verbleib informieren. Heute habe ich wirklich keine Lust mehr, mich mit ihm auseinander zu setzen.«

Thomas folgte ihr an den Schreibtisch und setzte sich mit aufgestützten Ellenbogen ihr gegenüber.

»Ärger mit Sven?«, fragte er leise.

Rebecca sah ihn überrascht an.

»Merkt man das so deutlich?«

»Ziemlich. Ich würde sagen, du bist stocksauer. Aber ich kenn dich auch verdammt gut.«

»Weißt du, was er gesagt hat?«

Sie beugte sich verschwörerisch nach vorne und senkte die Stimme.

»Er meint, mich regt dieser Neonazi nur so auf, weil ich persönlich betroffen bin. Schließlich sei Krishna ja auch kein ›richtiger Deutscher‹. Mir ist fast alles aus dem Gesicht gefallen!«

»Pfff«, Thomas stieß die Luft zwischen den Zähnen hervor, »das ist starker Tobak, sogar für unseren Sven. Ich wusste ja immer schon, dass er eine stramm rechte Gesinnung hat, aber so einen Spruch hätte ich ihm dann doch nicht zugetraut, zumindest nicht dir gegenüber. Ihm musste doch klar sein, dass er dich damit zur Weißglut bringt.«

»Vielleicht wollte er das ja«, zischte Rebecca, »oder es war ihm unmöglich, mit seinen wahren Ansichten hinter dem Berg zu halten.«

Nach einigen Sekunden fuhr sie in gemäßigterem Tonfall fort.

»Ist ja auch egal. Jedenfalls ist er immer noch ein Kollege, und ich sollte eigentlich nicht mit einem anderen Kollegen darüber sprechen.«

»Hey«, Thomas griff nach ihrer Hand und drückte sie kurz, »ich dachte eigentlich, ich sei nicht nur ein Kollege, sondern auch ein Freund.«

»Das ist richtig«, sie lächelte ihn an.

»Gut. Dann gehst du doch sicherlich gleich mit einem

Freund noch ein Bier im Haus Cornely trinken. Vielleicht könnten wir sogar eins dieser Riesenhämmchen vertilgen.«

Rebecca winkte lachend ab.

»Nein, du Vielfraß, heute nicht. Ich habe Krishna versprochen, mal nicht so spät nach Hause zu kommen.«

»Schade. Hat sonst noch jemand Lust, gleich ein Bier trinken zu gehen?«, warf er dann in die Runde.

Als Christina zustimmend nickte, erhob er sich lächelnd und meinte anerkennend: »Auf die Frau ist Verlass!«

»Und dann hat er noch gesagt, ich sei eine harte Nuss und ...« Rebecca prustete wieder unbeherrscht los und wischte sich die Lachtränen aus den Augenwinkeln. Amüsiert beobachtete Krishna sie dabei und musste lächeln, als er ihr gerötetes Gesicht sah. Sie war total aufgekratzt. Sie hatte ihm jetzt mindestens zum dritten Mal die Geschichte von ihrem heutigen Streit mit ihrem Chef erzählt, aber weiter als bis zu der Stelle mit der Nuss war sie noch nicht gekommen. Er fragte sich langsam, ob sie die Geschichte heute noch zu Ende bringen würde.

Als sie überraschend früh nach Hause gekommen war, hatte er beschlossen, den Abend nicht zwischen Umzugskartons zu verbringen, und sie kurz entschlossen ins ›Schneewittchen‹, ihre ehemalige Stammkneipe in Nippes, eingeladen. Jetzt saßen sie seit einer Stunde an einem Tisch und warteten auf das Essen, das wegen des großen Andrangs später als gewöhnlich kam. Dafür hatte Rebecca relativ hemmungslos dem Kölsch zugesprochen, und das machte sich auf nüchternen Magen langsam bemerkbar. Eben kam Mike, der Wirt, mit einem Kranz vorbei und stellte ein neues Glas auf ihren Bierdeckel.

»Du, Mike«, fragte Rebecca ihn, »habe ich dir eigentlich schon die Geschichte erzählt, wie ich mich heute mit meinem neuen Chef gestritten habe?«

»Ja, Rebecca«, entgegnete Mike gutmütig und schob sich mit dem Bleistift eine blonde Haarsträhne aus der Stirn, bevor er einen weiteren Strich auf Rebeccas Deckel machte, »und ich hoffe, dass ich bis zur Sperrstunde auch noch das Ende der Geschichte erfahren werde.«

Er zwinkerte ihr zu und verschwand hinter der Theke. Rebecca grinste und wandte sich wieder an Krishna, der ihre Hand ergriffen hatte und sanft mit dem Daumen über ihren Handrücken strich.

»Na, erzähl mal, was heute sonst noch so passiert ist. Es wird ja wohl nicht alles so lustig gewesen sein.«

Rebecca holte tief Luft und schüttelte den Kopf.

»Das stimmt, etwas war ganz und gar nicht lustig.«

Sie nahm einen tiefen Zug aus ihrem Glas und sah ihm in die Augen. Dann erzählte sie ihm von ihren Ermittlungen in Lindenthal und von Svens Ausspruch. Krishna hörte ihr ruhig zu, bis sie zu Ende erzählt hatte. Nach einer kurzen Pause meinte er zögernd: »Vielleicht hast du ihn ja falsch verstanden. Vielleicht wollte er nur zum Ausdruck bringen, was ein Neonazi von mir halten würde.«

»Nein«, entgegnete Rebecca bestimmt, »das war seine eigene Ansicht, die er da von sich gab, und ich musste mir alle Mühe geben, um ihm nicht an die Gurgel zu gehen.«

Krishna lächelte.

»Schön zu hören, dass du für mich kämpfen würdest wie eine Löwenmutter für ihr Junges. Aber ich glaube, ich bin schon groß genug, um alleine auf mich aufzupassen.«

»Das weiß ich«, sagte sie leise und strich mit den Fingern über seine Hand, »aber du musst schon zulassen, dass ich auch auf dich aufpasse. Schließlich sind wir ja so eine Art Beziehung fürs Leben eingegangen.«

»Leider noch nicht fürs Leben, mein Schatz«, erwiderte er lächelnd und beugte sich vor, um ihr einen Kuss zu geben, »aber solltest du dich je dazu entschließen, werde ich mich widerstandslos in mein Schicksal ergeben und mich voll und ganz deinem Beschützerinstinkt überlassen.«

Rebecca packte ihn bei den Ohren und zog ihn zu sich heran, bis sich ihre Nasenspitzen fast berührten.

»Ich liebe dich«, flüsterte sie.

»So, Schluss jetzt, ihr zwei Turteltauben«, fuhr Mike dazwischen, »jetzt gibt's erst mal was zu essen.«

Entschlossen schob er zwei dampfende Teller zwischen ihre Köpfe und stellte sie auf dem Tisch ab.

Eine Weile herrschte Schweigen, während sie hungrig kauten. Dann legte Krishna sein Besteck beiseite und lehnte sich zurück.

»Hältst du es für möglich, dass Sven der rechtsextremen Ecke zuzuordnen ist?«, fragte er neugierig.

Rebecca zuckte die Achseln und entgegnete: »Eigentlich nicht. Er ist zwar so schwarz, dass er im Kohlenkeller Schatten wirft, aber eine Tendenz zum Braunen habe ich bisher noch nicht gesehen. Jedenfalls bis heute nicht.«

»Du magst ihn immer noch nicht besonders, nicht wahr?«

»Ich würde sagen, immer weniger.«

Sie lehnte sich zurück und sah ihn an.

»Aber wir sollten uns den Abend nicht von so einem

Schwachströmer verderben lassen. An dem ist die Evolution doch spurlos vorübergegangen.«

Krishna grinste.

»Meine Rebecca! Immer einen coolen Spruch auf den Lippen!«

Hausbesuche

Am nächsten Morgen stand Rebecca früh auf und küsste Krishna sanft auf die Stirn, als er sich im Halbschlaf murmelnd nochmal umdrehte. Während sie sich einen Kaffee kochte und eine Scheibe Brot schmierte, überlegte sie kurz, woher eigentlich dieser Brummschädel kam, der sie begleitete, seitdem der Wecker ihrem Schlaf ein jähes Ende bereitet hatte. Um Viertel nach sieben zog sie sich ihr Vlies und ihre Gore-Tex-Jacke an, stopfte sich Handschuhe und Stirnband in die Jackentasche und griff nach ihrem Kickboard und ihrem Rucksack. Vor der Haustür wurde sie von einem eiskalten Wind erfasst, der ihr einen Schauder über den Rücken jagte. Seufzend zog sie den Kragen ihrer Jacke höher und fuhr los. Die Brahmsstraße lag nicht weit von ihrer Wohnung entfernt, und nach gut fünf Minuten hatte sie ihr Ziel schon erreicht. Sie verstaute ihr Kickboard im Rucksack und sah sich in der Dunkelheit um. Sie war die Erste. Fröstelnd stampfte sie mit den Füßen auf und hoffte, dass die anderen bald kamen. Kurz darauf blendeten die Scheinwerfer eines herannahenden Autos auf, und sie erkannte Knut, der den Dienstwagen an den Straßenrand steuerte. Dankbar öffnete sie die Beifahrertür und stieg ein. Der vorgewärmte Innenraum brachte ihre Lebensgeister langsam zurück.

»Hast du die Fotos mitgebracht?«, fragte sie, nachdem sie ihn begrüßt hatte. Knut nickte und reichte ihr einen kleinen Stapel mit Passfotos.

»Das war alles, was sie hatte. Die haben sie in so einem Passfotoautomaten in einem U-Bahn-Tunnel machen lassen.«

Rebecca sah die Fotos durch und nickte.

»Sah gar nicht so übel aus zu Lebzeiten«, bemerkte sie.

Die Fotos waren von der Art, wie frisch verliebte Pärchen sie machen lassen: eng umschlungen auf den kleinen Sitz des Passfotoautomaten gequetscht und albern in das Objektiv grinsend.

»Immerhin, wir werden sie gut gebrauchen können.«

Rebecca steckte die Bilder in ihre Jackentasche. Kurz darauf öffneten sich die hinteren Türen, und Sven und Christina stiegen ein.

»Okay«, bemerkte Rebecca mit einem Blick auf die Uhr, »dann sind wir ja vorerst vollzählig und sogar pünktlich. Ich schlage vor, wir gehen paarweise vor. Sven und Christina, ihr übernehmt die linke Straßenseite. Knut, du kommst mit mir. Hier sind noch ein paar Fotos des Opfers, die weniger Anstoß erregen werden als das Polizeifoto. Wir treffen uns um zwölf hier am Wagen, und dann sehen wir weiter. Noch Fragen?«

Alle schüttelten den Kopf.

»Also gut, dann los.«

Rebecca und Knut steuerten als Erstes die Villa von Familie Schneider an. Nachdem sie geläutet hatten, war schnelles Fußgetrappel auf der Treppe zu hören. Kurz darauf wurde die Tür von Benjamin Schneider aufgerissen. Der Junge sah sie aus erstaunten Augen an und verzog dann das Gesicht zu einem spöttischen Lächeln.

»Sieh an, die Kommissarin schon wieder. Sagen Sie bloß, Sie haben Ihren Mörder immer noch nicht gefunden.«

»Wieso bist du dir so sicher, dass der Mann ermordet worden ist? Auf dem Foto, das wir dir gezeigt haben, war doch gar keine Verletzung zu sehen.«

Verunsichert zuckte Benjamin die Achseln.

»Nehm ich einfach mal so an. Ist mir auch eigentlich völlig egal, weshalb der Typ abgenibbelt ist. Hauptsache einer weniger von denen.«

»Was willst du denn jetzt damit sagen?«

Rebecca zog drohend die Augenbrauen hoch.

»Ich sage nichts mehr ohne meinen Anwalt.« Benjamin grinste sie frech und unverhohlen an. »Außerdem kann ich mich nicht erinnern, Ihnen das Du angeboten zu haben.«

»Da haben Sie allerdings Recht. Ich würde jetzt trotzdem gerne mit Ihrem ›Anwalt‹ reden. Ist Ihr Vater zu Hause?«

Benjamin ließ sie zögernd eintreten und führte sie in ein geräumiges Esszimmer, wo Herr und Frau Schneider beim Frühstück saßen.

»Sie schon wieder«, stieß Frau Schneider mit entsetztem Tonfall aus, als sie eintraten. »Guido, das ist die Kommissarin von der Kripo, von der ich dir erzählt habe.«

Herr Schneider erhob sich und streckte Rebecca zögernd die Hand entgegen.

»Ich hoffe, Sie haben einen triftigen Grund, uns so früh am Morgen zu stören. Ich schätze es gar nicht, bei der Lektüre der Morgenzeitung unterbrochen zu werden.«

»Der triftige Grund ist ermordet worden«, entgegnete Rebecca verbindlich lächelnd, »und wir haben Grund zu der Annahme, dass sein Tod im Zusammenhang mit einem Bewohner dieser Straße steht. Ich bin sicher, das dürfte als Entschuldigung für die frühe Störung ausreichen.«

Ohne eine Antwort abzuwarten, zog sie eines der Fotos aus der Jackentasche und zeigte es Herrn Schneider.

»Haben Sie diesen Mann schon einmal gesehen? So etwa vor vier Wochen könnte er hier in dieser Straße gewesen sein, vielleicht um jemanden, der hier wohnt, aufzusuchen.«

Herr Schneider betrachtete das Bild aufmerksam, doch schüttelte dann den Kopf. Rebecca reichte das Bild an Frau Schneider weiter.

»Bitte sehen Sie und Ihr Sohn sich das Bild auch noch mal an. Vielleicht erkennen Sie ihn auf diesem Foto wieder.«

Frau Schneider schüttelte ebenfalls energisch den Kopf und gab das Bild an ihren Sohn weiter.

»Ist ja ekelhaft!«, stieß dieser angewidert hervor, nachdem er einen Blick auf das Foto geworfen hatte.

»Was ist ekelhaft«, wollte Rebecca in scharfem Tonfall wissen.

»Na, die Frau scheint doch Deutsche zu sein. Wieso gibt die sich mit so 'nem Kanaken ab?«

»Benjamin, du hast gleich Schule«, schaltete sich sein Vater ein, »hol deine Sachen und mach dich auf den Weg!«

Sein Tonfall duldete keinen Widerspruch, und Benjamin verschwand achselzuckend. Rebecca, die rot angelaufen war und ihren Zorn nur mühsam unter Kontrolle halten konnte, sah ihm einige Sekunden lang nach.

»Sie müssen schon entschuldigen«, warf Herr Schneider ein, »aber der Junge ist in einem Alter, da sagt man schon mal Sachen, die man nicht so meint.«

»Sachen, die man nicht so meint«, brauste Rebecca auf, »da bin ich mir nicht so sicher, wenn ich an die Deko in seinem Zimmer denke. Ist Ihnen etwa entgangen, dass Ihr Sohn die Reichskriegsflagge über seinem Bett hängen hat?«

»Die ist nicht verboten, solange kein Hakenkreuz drauf ist«, bellte Herr Schneider.

»Ach! Und was ist mit der Musik, die Ihr Sohn so hört? Ist die auch nicht verboten?«

Herr Schneider hob resigniert die Schultern.

»Was weiß ich. Das klingt doch eh alles gleich, was die Kids heutzutage hören. Ich kann mir ja nicht jeden Text von jeder CD anhören, die er sich von Freunden ausleiht.«

»Wenn ich einen Sohn hätte, der die Reichskriegsflagge über sein Bett hängt, würde ich genau das tun!«

»Aber Sie haben keinen Sohn«, schnaubte Herr Schneider, »Sie haben ja nicht die leiseste Ahnung, was es bedeutet, Kinder großzuziehen!«

Rebecca straffte die Schultern und sah ihn herausfordernd an.

»Man muss nicht unbedingt Kinder haben, um in der Lage zu sein, Fehlentwicklungen zu erkennen. Schade, dass nicht alle Eltern diesen Weitblick in Bezug auf ihre Sprösslinge haben.«

Herr Schneider sah sie aus kalten Augen an.

»Das reicht jetzt. Falls Sie keine weiteren Fragen haben, möchte ich Sie bitten, mein Haus zu verlassen. Sie finden den Weg hinaus sicher alleine.«

Rebecca und Knut drehten sich wortlos um und gingen

in Richtung Tür. Kurz bevor sie den Flur erreicht hatten, drehte Rebecca sich noch einmal um.

»Eine Frage habe ich noch. Haben Sie irgendwelche Verbindungen zu Süd- oder Mittelamerika?«

Herr Schneider zögerte einen Augenblick und sah sie an.

»Verbindungen? Was für Verbindungen meinen Sie?«

»Geschäftliche, familiäre oder vielleicht auch nur Freunde.«

»Ich weiß nicht, worauf Ihre Frage abzielt, aber ich kann Ihnen nicht weiterhelfen. Ich habe keine Verbindungen dorthin.«

Rebecca nickte und verließ mit Knut das Haus. Als sie auf die Straße traten, sahen sie in einiger Entfernung vor ihnen Benjamin Schneider, der sich offensichtlich auf dem Weg zur Schule befand.

»Häng dich unauffällig an ihn dran«, sagte Rebecca zu Knut, »find heraus, ob er wirklich zur Schule geht und mit wem er sich unterhält. Ich will wissen, was das Neonazifrüchtchen so treibt. Vielleicht war es ja wirklich ein Mord mit ausländerfeindlichem Hintergrund, und dann steht Benjamin Schneider in der ersten Reihe der Verdächtigen. Auf jeden Fall liegt hier das einzige mögliche Motiv, das wir bis jetzt haben. Also los, schwing die Hufe.«

»Wird gemacht«, entgegnete Knut und nahm leise pfeifend die Verfolgung auf.

Thomas hatte sich gerade seinen ersten Kaffee eingeschenkt, als das Telefon klingelte und der Mann von der Information Frau Fuchs ankündigte.

»In Ordnung«, sagte Thomas, »schicken Sie die Dame

mit dem Aufzug neben den Vortragssälen in den vierten Stock. Ich komme sie dort abholen.«

Er legte auf und ging zum Aufzug, dessen Tür sich kurz darauf nach einem leisen ›Ping‹ öffnete. Frau Fuchs trug Jeans und einen königsblauen Pullover. Die dunkelblonden, langen Haare fielen glatt auf ihre Schultern, die grauen Augen musterten ihn teilnahmslos. Nachdem er sie ins Büro geführt und ihr einen Kaffee angeboten hatte, setzten sie sich an seinen Schreibtisch, und Thomas sah sie einen Augenblick lang prüfend an.

»Ich danke Ihnen, dass sie vorbeigekommen sind, und hoffe, es geht Ihnen heute besser.«

Sie zuckte nichts sagend die Achseln und betrachtete ihr Gegenüber abwartend.

»Nun, Frau Fuchs«, begann Thomas, »Sie haben gestern den Toten, den wir gefunden haben, eindeutig als Arturo Gandera identifiziert, den Sie vor zirka dreieinhalb Wochen als vermisst gemeldet hatten. Weiterhin haben Sie ausgesagt, dass Sie nicht genau wissen, welche Nationalität der Tote hatte. Wie ist das möglich, wo Sie doch offensichtlich zusammengelebt haben?«

Ihre Mundwinkel zuckten kurz nach oben, bevor sie ihm ruhig antwortete.

»Das ist nicht weiter verwunderlich. Ich kannte ihn erst seit knapp zwei Wochen.«

Thomas sah sie überrascht an, holte tief Luft und atmete wieder aus.

»Sie wollen sagen, Sie haben ihn erst zwei Wochen vor seinem Verschwinden kennen gelernt und ihn bei sich wohnen lassen.«

Sie zuckte gereizt die Schultern.

»Warum nicht?«

»Verstehe. Und in den zwei Wochen hat er Ihnen nie gesagt, woher er kam?«

»Doch, hat er. Aber ich habe es mir nicht gemerkt. Irgendwas Südamerikanisches, glaub ich. Ich meine Argentinien ... ja, Argentinien hat er gesagt. Aber ich weiß noch nicht einmal genau, wo Argentinien liegt. Erdkunde war noch nie meine Stärke. Vielleicht war es doch ein anderes Land.«

Thomas trommelte leicht genervt mit den Fingern auf den Schreibtisch.

»Also gut, vielleicht erinnern Sie sich in den nächsten Tagen ja noch genauer. Wie haben Sie ihn kennen gelernt?«

»Das war im ›Strickstrumpf‹, einer Kneipe in der Altstadt. Es war an einem Samstagabend Anfang November. Ich war mit einer Freundin dort, und wir saßen an der Theke und tranken ein paar Kölsch. Er saß neben mir und hat mich ein paar Mal angelächelt. Irgendwann kamen wir dann ins Gespräch, und als meine Freundin nach Hause wollte, bin ich noch geblieben.«

»Und an dem Abend haben Sie ihn mit nach Hause genommen?«

Frau Fuchs nickte.

»Ja, er hatte keine Bleibe für die Nacht, und ich sagte ihm, er könne bei mir pennen. Wir hatten ziemlich viel getrunken und haben uns erst am frühen Morgen auf den Weg gemacht. In der Nacht sind auch die Fotos entstanden, die Ihr Kollege gestern geholt hat, in einem Passfotoautomat im U-Bahn-Tunnel.«

Thomas zögerte kurz, bevor er die nächste Frage stellte.

»Waren Sie ein Paar ... ich meine, haben Sie miteinander geschlafen?«

Sie zog fragend die Brauen hoch.

»Hat Ihre Frage irgendeinen Sinn, oder sind Sie einfach nur neugierig?«

Thomas' blasse Gesichtshaut wandelte sich zu einem tiefen Rosa, das so typisch für alle Rothaarigen ist. Nach einem verlegenen Räuspern fuhr er hastig fort.

»Tut mir Leid, aber ich muss wissen, in welchem Verhältnis Sie zu dem Ermordeten standen.«

»In einem ausgezeichneten, aber um Ihre Fragen zu beantworten: Ja, wir haben miteinander geschlafen, aber das heißt noch nicht, dass wir ein Paar waren. Ich bin in dieser Beziehung nicht besonders romantisch veranlagt.«

»Das heißt, Sie waren nicht in ihn verliebt?« Thomas versuchte angestrengt, in diesen unergründlichen grauen Augen zu lesen, hatte jedoch nicht viel Erfolg.

»Ich finde, das geht jetzt zu weit. Ich habe nicht vor, meine Gefühle vor Ihnen auszubreiten!«

Er sah sie lange an und senkte dann als Erster den Blick.

»Okay«, fuhr er fort, »erzählen Sie mir dann bitte, was Sie von ihm wissen. Was machte er so? Hat er gearbeitet?«

Sie schüttelte langsam den Kopf und dachte nach.

»Nein, gearbeitet hat er nicht. Er war erst seit ein paar Tagen in Deutschland. Er sagte, er habe hier was zu erledigen und wollte dann zurück in seine Heimat.« Sie lachte kurz auf, bevor sie fortfuhr. »Er sagte, er wolle nicht länger als notwendig in einem Land bleiben, in dem man ständig friert und die Städte mit gelben und blauen Zelten verschandelt, obwohl man das Geld hätte, um schöne, neue Häuser zu bauen.«

Thomas sah sie fragend an, und Frau Fuchs setzte erklärend hinzu: »Er meinte den Musicaldome.«

»Aha, verstehe«, erklärte Thomas wenig überzeugt und stellte dann die nächste Frage.

»Was war das, was er zu erledigen hatte?«

Sie sah ihm mit unbewegtem Gesicht in die Augen.

»Keine Ahnung«, erwiderte sie dann, »er hat es mir nicht gesagt. Aber es schien ihm sehr wichtig zu sein. Was er tagsüber machte, während ich arbeiten war, weiß ich nicht. Die Abende haben wir meist zusammen verbracht. Am Freitag, dem sechzehnten November allerdings, zog er abends alleine los. Er sagte, er müsse sich mit jemandem treffen. Das war das letzte Mal, dass ich ihn gesehen habe. Am Sonntag habe ich dann die Vermisstenmeldung aufgegeben.«

»Wissen Sie, mit wem er sich an dem Abend treffen wollte?«

Sie schüttelte kurz den Kopf.

»Ist Ihnen sonst noch irgendwas an ihm aufgefallen? Vielleicht ein merkwürdiges Verhalten oder irgendetwas, das er gesagt hat und das Sie nicht einordnen konnten? Manchmal sind auch winzige Kleinigkeiten wichtig und können uns weiterhelfen.«

Er sah sie erwartungsvoll an, doch sie schüttelte bestimmt den Kopf.

»Nein, nichts.«

»Gut«, sagte Thomas leise seufzend, »dann danke ich Ihnen zunächst einmal für Ihre Hilfe. Falls Ihnen noch etwas einfallen sollte, können Sie mich jederzeit anrufen. Möglicherweise werde ich auch nochmal auf Sie zurückkommen, falls ich weitere Fragen habe.«

Sie erhoben sich, und Thomas geleitete Frau Fuchs zurück zum Fahrstuhl. Als sich die Aufzugtür hinter ihr schloss, starrte Thomas noch einige Augenblicke gedankenverloren auf den Punkt, wo die Frau verschwunden war. Dann ging er den Weg zurück in Richtung Büro. Auf der Mitte des Flurs kam ihm plötzlich Gottschalck entgegen.

»Herr Stockhausen, gut, dass ich wenigstens Sie antreffe. In Ihrem Büro ist ja gähnende Leere. Wo zum Teufel sind denn alle hin?«

Mit einem leisen Wutschnauben kam er vor Thomas zum Stehen und blitzte ihn aus schmalen Augen an. Da Thomas gut einen halben Kopf größer war, konnte er aus respektabler Höhe auf seinen Chef hinabsehen.

»Die sind alle in der Brahmsstraße in Lindenthal, um die Bewohner zu dem Mordfall zu befragen, und ich werde nachher auch noch da hinfahren.«

»Was hat denn diese Straße mit dem Mordfall zu tun?«, fragte Gottschalck aufgebracht.

»Na ja«, Thomas kratzte sich unbehaglich am Kopf, »in dem Stadtplan, den der Tote bei sich hatte, war dort ein Kreuz eingezeichnet.«

»Und wieso erfahre ich das erst jetzt?« Gottschalck stemmte die Hände in die Hüften und starrte ihn herausfordernd an.

»Ich bin sicher, Frau Huthmacher wird Sie bald über alles Wichtige informieren«, entgegnete Thomas lapidar.

»Verdammt nochmal, spiele ich hier eigentlich auch noch mit, oder hat Frau Huthmacher inzwischen komplett das Kommando übernommen? Die ist ja schlimmer als meine Ex-Frau!«

»Da möchte ich Ihnen ungern widersprechen! Aber falls es Sie beruhigt, bisher hat sie noch jeden Fall gelöst.« Thomas ließ kurz seine makellosen Zähne aufblitzen und fügte hinzu: »Sie ist nun mal eine sehr eigenwillige Frau und lässt sich nicht gerne gängeln.«

Gottschalck schnaubte vernehmlich und schüttelte resigniert den Kopf.

»Das, mein Lieber, habe sogar ich schon mitbekommen, obwohl sie mich meidet wie der Teufel das Weihwasser.«

»Lassen Sie ihr einfach ein bisschen Zeit, sich an Sie zu gewöhnen«, schlug Thomas versöhnlich vor, »in ein paar Tagen wird sie sicher von alleine ankommen und Ihnen alles berichten.«

»Ich hoffe, Sie haben Recht. Ansonsten könnte ich stinksauer werden! Sagen Sie ihr das!«

Damit drehte er sich um und ließ Thomas stehen.

Knut war in einiger Entfernung hinter Benjamin Schneider hergegangen und stand nun an der Straßenbahnhaltestelle auf der Dürener Straße. Benjamin befand sich etwa zehn Meter von ihm entfernt und sah teilnahmslos geradeaus. Wahrscheinlich war er ganz versunken in den zweifellos stampfenden Rhythmus, der aus seinen Kopfhörern drang. Jedenfalls schien er nichts um sich herum mitzubekommen und zuckte zusammen, als ein kleiner, muskulös gebauter Teenager in seinem Alter ihn kraftvoll in den Oberarm boxte. Als er den Neuankömmling erkannte, grinste er breit, zog die Kopfhörer aus den Ohren, und die beiden schlugen die Handflächen zusammen wie in einem schlechten amerikanischen Film.

»Hey, Dominik, du alter Sack«, begrüßte er sein Gegenüber, »da bist du ja endlich, ich dachte schon, du machst mal wieder blau!«

»Doch nicht ohne dich, Alter!«

Dominik grinste ihn an und zog den Riemen seiner Armytasche über die Schulter. Er hatte sehr kurze, weißblond gefärbte Haare, die jedoch einen dunklen Ansatz erkennen ließen. Auch seine dunkelbraunen Augen straften seine Haarfarbe Lügen. Knut, der sich seine Kapuze tief ins Gesicht gezogen hatte, war inzwischen durch die wartende Menge hindurch hinter sie getreten und tat so, als ob er aufmerksam den Fahrplan studierte.

Als die Straßenbahn kam, stiegen sie ein, und Knut ließ sich einige Sitzreihen hinter den beiden nieder. Nach zwei Stationen stiegen sie an der Wüllner Straße wieder aus und schlenderten am Kanal in Richtung Pädagogische Hochschule entlang. Knut heftete sich unauffällig an ihre Fersen. Zehn Minuten später hatten sie das Schultor der Liebfrauenschule erreicht und betraten hinter dem Oberstufenpausenhof das Gebäude durch den Haupteingang.

Knut wartete einige Sekunden und folgte ihnen dann. Er sah sich in der Eingangshalle um, durch die gerade die letzten Schüler in Richtung Klassenräume hasteten. Vor ihm lag ein begrünter Innenhof, der von allen vier Seiten verglast war. Leichter Raureif verlieh den Pflanzen einen weißen Schimmer. Links und rechts vom Atrium verliefen Gänge mit mehreren Türen. Auch zu seiner Rechten wurde die gleichmäßige rotbraune Backsteinwand von Türen unterbrochen. Auf der linken Seite führte ein breiter Gang in einen anderen Gebäudeteil. An der Wand davor hing ein schwarzes Brett. Die beiden Jungs waren nirgendwo mehr zu sehen. Leise fluchend näherte Knut sich dem schwarzen Brett und studierte missmutig die aufgehängten Zettel.

»Kann ich Ihnen irgendwie helfen?«, fragte plötzlich eine Stimme neben ihm. Er sah auf und erblickte einen großen, hageren Mann mit dunklem Vollbart.

»Nun, ich weiß nicht genau«, erwiderte Knut vorsichtig, »ich suche einen Bekannten, Benjamin Schneider. Ich muss ihn unbedingt sprechen.«

»Benjamin Schneider ist in der 10b, und die hat jetzt bei mir Chemie. Vielleicht suchen Sie ihn besser nach Schulschluss zu Hause auf, dann kommt er auch nicht auf die Idee, blauzumachen.«

Grußlos wandte er sich um und ging auf den Gang zu, der in den Neubau führte. Nach ein paar Schritten drehte er sich noch einmal um und fragte: »Sagen Sie, kennen wir uns nicht irgendwoher?«

Knut schüttelte rasch den Kopf und entgegnete: »Bestimmt nicht.« Als der Chemielehrer achselzuckend verschwunden war, seufzte er tief auf und wandte sich noch einmal dem schwarzen Brett zu. Rasch hatte er den Zettel mit den Vertretungsstunden ausfindig gemacht. Da stand es: Für die 10b fiel die dritte Stunde heute aus. Ein Blick auf die Uhr verriet ihm, dass er noch eineinhalb Stunden warten musste.

Um Viertel vor zehn stand er dann mit steif gefrorenen Fingern und roter Nase vor dem Haupteingang der Schule und ließ das Eingangstor nicht aus den Augen. Zwei Minuten später machte er in der herausstürmenden Schülermenge den weißblonden Schopf von Dominik ausfindig. Daneben tauchte Benjamin auf, und er verfolgte die beiden bis zur Dürener Straße, wo sie ins Café Pascher gingen. Er spähte durch die Glasscheibe, zögerte noch einen Augenblick und trat dann ein. Nach einem kurzen Blick durch das Café entdeckte er die beiden an einem kleinen runden Tisch im hinteren Teil. Rasch trat er zwei Schritte nach rechts, wo eine Garderobe, die voller Jacken hing, ihn davor bewahrte, entdeckt zu werden. Leise ließ er sich an einem Tisch vor der Garderobe nieder, sodass er sie zwar nicht sehen, aber hören konnte.

»Und gleich schreiben wir auch noch diesen abgefuckten Biotest«, hörte er Benjamins stöhnende Stimme, »hast du was dafür getan?«

»Eh, Alter, seh ich vielleicht so aus, oder was?«

»Ne, Scheiße, eigentlich nicht.« Und nach einer kurzen Pause: »Ich ruf nochmal bei Martin an, er müsste längst da sein.«

In dem Moment trat ein etwa zwanzig Jahre alter Mann mit Glatze und Bomberjacke ein und marschierte zielstrebig an Knut vorbei.

»Wenn man vom Teufel spricht«, war wieder Benjamins Stimme zu hören, »hallo, Martin, was steht an?«

Eine tiefe Stimme, die offenbar zu Martin gehörte, entgegnete gereizt: »Ich hab nicht viel Zeit. Ich muss gleich noch ein paar von den Jungs treffen. Morgen Abend wie immer im Biereck, und am Samstag steigt die Fete in der Eifel. Seht zu, dass ihr dabei seid. Das ist wichtig für die Moral und so.«

Unauffällig stand Knut auf, ging zur Toilette und wählte über Handy Rebeccas Nummer. Als sie sich meldete, sprach er leise und hastig.

»Rebecca? Hier Knut. Ich habe Benjamin Schneider und noch einen Schüler bis zur Schule verfolgt. Jetzt sind sie in einem Café auf der Dürener Straße und haben sich mit so einem Typen getroffen, der wie der Neonazi persönlich aussieht. Aber der will gleich wieder weg. Da scheint irgendeine Fete in der Eifel zu starten am Samstag, und morgen treffen sie sich wohl in einer Kneipe. Was soll ich jetzt tun?«

»Häng dich an den neuen Typen ran«, sagte Rebecca

bestimmt, »um die beiden anderen können wir uns später noch kümmern.«

Als Knut zurück an seinen Tisch kam, sah er Martin gerade zur Tür hinausgehen. Er schmiss ein paar Münzen auf seinen Tisch, schnappte seine Jacke und nahm die Verfolgung auf.

Christina und Sven traten aus der Wärme der Villa wieder hinaus auf die Straße. Das war jetzt schon das vierte Haus, in dem sie ohne großen Erfolg ihre Fragen gestellt hatten. Die beiden Ärzte waren wie erwartet nicht anwesend und erst nachmittags zu erreichen, und auch der Notar war schon früh aus dem Haus gegangen. Die Ehefrauen, Kinder und diversen Bediensteten hatten das Mordopfer noch nie vorher gesehen und konnten ihnen nicht weiterhelfen. Ebenso war es ihnen bei dem Personalleiter eines großen Kaufhauses ergangen, der zwar anwesend war, dem aber der Mann auf dem Foto genauso wenig sagte wie den anderen.

Langsam mutlos geworden, gingen sie auf das nächste Haus zu. Das alte rotbraune Backsteingebäude bildete mit seinem Nachbarhaus eine architektonische Einheit, und im ersten Stock waren kleine Türmchen aus der Fassade herausgebaut. Es gab keine Türklingel, und so betätigten sie den schweren Bronzeklopfer, der unter dem Namensschild mit der Aufschrift ›L'Angelo‹ angebracht war. Gerade als Christina erneut zu dem Klopfer greifen wollte, wurde die Tür von einer zierlichen Frau mit blonden Locken geöffnet.

»Guten Tag«, sagte Christina freundlich lächelnd, »mein Name ist Gerke, und das ist mein Kollege Herr Rademacher. Wir kommen von der Kripo Köln und ermitteln in einem Mordfall. Könnten Sie uns wohl einige Fragen beantworten?«

»Wer ist es denn, Schatz?«, erklang eine tiefe Stimme von irgendwo aus dem Haus, und gleich darauf erschien ein mittelgroßer, dunkelhaariger Mann hinter der Frau, der sie misstrauisch beäugte.

Nachdem Christina und Sven sich vorgestellt hatten, wurden sie hereingebeten und betraten ein modern eingerichtetes Wohnzimmer. Sie nahmen in mit schwarzem Leder bezogenen Stahlrohrstühlen Platz, die um einen großen Glastisch herum standen, und Christina zeigte ihnen das Foto.

»Haben Sie diesen Mann schon einmal gesehen?«, fragte sie. »Es könnte sein, dass er vor etwa vier Wochen hier in dieser Straße gewesen ist und vielleicht jemanden suchte.«

Die beiden betrachteten das Foto einige Sekunden lang, bevor sich das Gesicht von Frau L'Angelo aufhellte.

»Ja, natürlich«, sagte sie triumphierend, »den habe ich gesehen. Warten Sie ... wann war das doch gleich? Ich bin zum Einkaufen gegangen und hatte es ziemlich eilig, weil ich einen Termin bei meiner Kosmetikerin hatte. Ich hatte entgegen meinen Gewohnheiten einen ziemlich frühen Termin genommen, weil ich unbedingt noch an diesem Tag zu ihr wollte, um am nächsten Tag für meinen Geburtstag gut auszusehen. Dann muss es also am zwölften November gewesen sein, so gegen halb zehn.«

»Was hat der Mann gemacht?«, wollte Sven wissen.

»Nun ja, nicht besonders viel. Er schlenderte die Straße herauf und sah sich mit ziemlich finsteren Blicken um. Mir ist er eigentlich auch nur aufgefallen, weil er immer noch genau das Gleiche tat, als ich eine Dreiviertelstunde später vom Einkaufen zurückkam.«

»Ist Ihnen irgendwas an ihm aufgefallen«, fragte Christina mit angehaltenem Atem, »hat er vielleicht etwas zu Ihnen gesagt oder sich für irgendein Haus besonders interessiert?«

Frau L'Angelo schüttelte bedauernd den Kopf.

»Nein, nichts. Er schien einfach nur irgendwie zu warten, und das Warten schien ihm keinen großen Spaß zu machen.«

Christina dachte einen Augenblick nach und richtete ihre Frage dann an beide Eheleute.

»Möglicherweise kam der Mann aus Argentinien, Brasilien oder Mexiko. Vielleicht hing sein Besuch hier mit seiner Heimat zusammen. Wissen Sie zufällig, ob ein Bewohner dieser Straße Verbindungen zu diesen Ländern hat?«

Frau L'Angelo schlug ihrem Mann aufgeregt mit der Faust in die Seite und verkündete lautstark: »Na, du doch, Alessandro!«

Alessandro L'Angelo lief puterrot an und warf seiner Frau einen giftigen Blick zu. Christina sah interessiert zu.

»Und dürfte ich erfahren, welcher Art diese Verbindungen sind?«

Herr L'Angelo räusperte sich und versuchte, ein gleichgültiges Gesicht zu machen.

»Mein Vater war Argentinier.«

»Aha.« Christina überlegte kurz. »Ist es möglich, dass der Mann vielleicht ein entfernter Verwandter von Ihnen war und Sie besuchen wollte?«

»Ausgeschlossen! Ich kenne meine in Argentinien lebenden Verwandten überhaupt nicht, und ich bezweifle, dass sie wissen, wo ich wohne.«

»Haben Sie sonst eine Idee, weshalb der Mann hier gewesen sein könnte? Vielleicht irgendwelche geschäftlichen Beziehungen?«

Herr L'Angelo schüttelte entschieden den Kopf.

»Sagen Sie, Herr L'Angelo«, schaltete Sven sich ein, »was machen Sie eigentlich beruflich?«

»Ich bin Immobilienmakler.«

»Kölner Immobilien?«

»Zum größten Teil.«

»Auch Auslandsimmobilien?«

Herr L'Angelo zögerte einen Augenblick und nickte dann mit unbewegter Miene.

»Auch.«

Sven lächelte süffisant und neigte den Kopf.

»Dann danken wir Ihnen zunächst für Ihre Mitarbeit. Falls Ihnen noch etwas einfallen sollte, können Sie uns unter dieser Telefonnummer erreichen.«

Sven gab ihm seine Karte, und sie erhoben sich.

Als sie wieder auf der Straße standen, sah Christina ihn fragend an.

»Was denkst du?«

»Ich habe, verdammt nochmal, den Eindruck, als hätte er etwas zu verbergen.«

Christina nickte zustimmend.

»Das war auch mein Gefühl.«

Sie sah ein Stück die Straße hinauf, wo ihr Dienstwagen parkte.

»Da vorne ist Rebecca, und wenn mich nicht alles täuscht, kommt da vorne Thomas die Straße entlang. Lass uns erst mal eine Pause einlegen und beratschlagen, was wir als Nächstes machen.«

Sie saßen in einem Bistro auf der Dürener Straße, aßen Thunfischbaguettes und erzählten sich gegenseitig, was sie herausgefunden hatten.

»Ihr sagt, dass ihr den Eindruck hattet, dieser Alessandro L'Angelo habe etwas zu verbergen«, wandte Rebecca sich an Christina und Sven, »was könnte das sein?«

»Ich glaube, es hat irgendwas mit Argentinien zu tun«, entgegnete Christina nachdenklich. »Ich glaubte, ein kurzes Flackern in seinen Augen zu sehen, als wir sagten, dass der Mann möglicherweise aus Argentinien kam. Außerdem schien es ihm gar nicht recht zu sein, dass seine Frau so unverblümt seine Herkunft angesprochen hatte.«

»Vielleicht kannte er den Mann ja doch«, warf Thomas ein, der mit vollen Backen kaute, »wir müssten herausfinden, ob es möglicherweise eine verwandtschaftliche Beziehung zwischen L'Angelo und Gandera gab.«

»Darum kannst du dich ja mal kümmern, wenn wir wieder im Büro sind«, schlug Rebecca vor.

»Ich glaub nicht, dass die Beziehungen zwischen den beiden verwandtschaftlicher Natur sind«, mischte Sven sich ein, »ich hatte eher den Eindruck, es hat was mit seinem Job zu tun. Er hat so merkwürdig gezögert, als ich ihn fragte, ob er auch mit Auslandsimmobilien handelt.«

Rebecca nickte und trank einen Schluck von ihrem Kakao.

»In Ordnung, dann versuch mal mehr über seine Geschäfte herauszufinden, sobald du mit deiner Recherche über die Neonaziszene fertig bist. Hast du da schon etwas in Erfahrung bringen können?«

Rebeccas Blick wurde eisig, als sie Sven ins Gesicht sah. Kalte Wut schlich über seine Züge, doch er entgegnete mühsam beherrscht und mit zusammengebissenen Zähnen: »In der kurzen Zeit seit gestern Nachmittag, als du mir den Auftrag erteilt hast, konnte ich ja wohl nicht mehr besonders viel ausrichten. Immerhin habe ich herausgefunden, dass unser Staranwalt Recht hat. Die Reichskriegsflagge ohne Hakenkreuz ist tatsächlich nicht strafbar. Außerdem war die CD, die in Benjamins Zimmer lief, als wir ihn befragt haben, von den ›Landsern‹, einer rechtsextremistischen Skinband aus Berlin. Sie ist auch im letzten Bericht des Bundesverfassungsschutzes erwähnt.«

»Sonst noch was?« Rebeccas Gesicht blieb unbewegt. Sven schüttelte den Kopf und starrte angestrengt in seine Kaffeetasse.

»Okay, kümmere dich weiter um das Thema. Was ist bei dem Gespräch mit Frau Fuchs herausgekommen?« Rebecca nahm jetzt Thomas ins Visier, der sich gerade die letzten Krümel von den Händen wischte. Nachdem er von dem Verhör berichtet hatte, legte er die Stirn in Falten und lehnte sich zurück.

»Die Frau ist irgendwie merkwürdig. Man kriegt sie einfach nicht richtig zu fassen. Schlüpfrig wie ein Aal. Ich hatte nicht den Eindruck, als ob sie ihrem Kurzzeitfreund mehr als eine Träne nachweint, aber irgendwas schien sie mir zu verschweigen.«

»Es gibt nun mal Menschen, die ihr Seelenleben nicht gerne vor anderen ausbreiten, und schon mal gar nicht vor einem Fremden«, gab Christina zu bedenken.

»Nein, das war es nicht.«

Thomas schüttelte entschieden den Kopf.

»Es war vielmehr so, als ob sie mir nur ganz gezielt Dinge sagte. So als wenn sie sehr sorgfältig auswählte, was sie von ihrem Wissen preisgab, um mich zufrieden zu stellen, und was sie mir ganz bewusst verschwieg.«

»Also hältst du sie für verdächtig?«, wollte Rebecca wissen.

Thomas zuckte die Achseln.

»Verdächtig ist ihr Verhalten auf jeden Fall. Das heißt noch nicht unbedingt, dass ich sie für die Mörderin halte. Aber ich denke, sie weiß mehr, als sie sagt.«

Die vier sahen sich schweigend einige Sekunden lang an. Dem war nichts mehr hinzuzufügen.

»Übrigens habe ich Clint Eastwood auf dem Flur getroffen«, warf Thomas ein. »Er war ziemlich wütend, und ich soll dir sagen, dass er stinksauer werden wird, wenn du ihn nicht bald über den Stand unserer Ermittlungen informierst.«

»Der soll sich mal wieder einkriegen«, fauchte Rebecca ungnädig, »heute ist gerade mal Mittwoch, und wir haben erst gestern Mittag die Vereinbarung getroffen, dass ich ihn informiere, sobald ich finde, dass es Zeit dafür ist. Und ich finde, verdammt nochmal, nicht, dass es schon Zeit dafür ist!«

Thomas zuckte unbeeindruckt die Schultern.

»Ich hab's dir jedenfalls gesagt.«

»Gut. Lasst uns lieber überlegen, wie wir weiter vorgehen.«

Rebecca warf einen Blick auf ihre Uhr.

»Gleich werden vermutlich die ganzen Ärzte zu ihrem freien Nachmittag nach Hause kommen. Thomas, du wirst mit mir gehen, um sie zu befragen. Sven und Christina, ihr nehmt euch die beiden Mehrfamilienhäuser am Ende der Straße vor. Sehen wir zu, dass wir hier heute möglichst weit kommen. Ich habe wenig Lust, noch tagelang hier zuzubringen. Wenn wir durch sind, werden wir nochmal ins Büro fahren, um zu sehen, wie es Knut ergangen ist.

Ich nehme an, er wird direkt ins Präsidium zurückfahren, wenn er mit seiner Verfolgungsjagd fertig ist. Also los.«

Nachdem Rebecca und Thomas einen Allgemeinmediziner, einen Tierarzt und einen Apotheker befragt hatten, standen sie vor der Tür der Familie Fink.

»Ich hoffe, wir haben hier endlich mal mehr Glück«, brummte Thomas ungeduldig, »die anderen Weißkittel waren ja nicht gerade eine große Hilfe.«

Als die junge Haushälterin, die wieder die Tür öffnete, Rebecca erkannte, lächelte sie ihr freundlich zu und führte die beiden ins Wohnzimmer, wo Familie Fink gerade bei Tee und Gebäck saß. Rebecca und Thomas stellten sich vor und wurden aufgefordert, Platz zu nehmen.

Thomas betrachtete ihre Gesprächspartner aufmerksam und versuchte, in ihren Gesichtern zu lesen, während Rebecca die Fragen stellte. Dr. Markus Fink war ein drahtiger, mittelgroßer Mann mit dunklem, an den Schläfen leicht ergrautem Haar und einem energischen Gesichtsausdruck. Er mochte Ende vierzig sein, sah aber noch recht gut aus, was unter anderem an seiner sportlichen Figur lag. Seine Frau Elisabeth schien ein paar Jahre jünger zu sein, doch der leicht verhärmte Zug auf ihrem Gesicht machte eine Schätzung ihres genauen Alters schwierig. Sie war sehr klein und zierlich, und die rotblonden Haare fielen in weichen Wellen um ihr schmales Gesicht. Der helle, durchsichtig scheinende Teint war ungeschminkt, und unter den großen graublauen Augen lagen tiefe Schatten. Dominik, ihr Sohn, hatte wohl eher die sportliche Figur seines Vaters geerbt, wenn er auch nicht so drahtig, sondern kräftiger gebaut war. Die weißblond gefärbten Haare waren kurz geschnitten und standen in Kontrast zu seinen braunen Augen. Er sah interessiert zu Rebecca hinüber, die gerade das Foto des Toten aus der Jacke zog.

»Das ist ein Bild des Ermordeten«, sagte sie. »Haben Sie ihn vielleicht schon mal gesehen, vielleicht vor einigen Wochen hier in der Straße?«

Herr Dr. Fink, der Rebecca schweigend und ernst zugehört hatte, griff nach dem Bild und sah es an. Seine Augen blickten es sekundenlang an, bevor er es mit unbewegtem Gesicht zurückgab.

»Nein, nie gesehen.«

Auch Frau Fink schüttelte nach einem kurzen Blick den Kopf.

Als Rebecca das Bild mit einem aufmunternden Lächeln an Dominik weitergab, sah er es einen Moment lang an, bevor er es mit einer lockeren Drehung des Handgelenks in die Mitte des Tischs warf.

»Wieso verplempern Sie eigentlich so viel Zeit damit, den Mörder eines Ausländers zu suchen, haben Sie nichts Wichtigeres zu tun?«

Dr. Fink schlug mit der flachen Hand auf den Tisch und fuhr seinen Sohn aufgebracht an.

»Dominik! Du wirst dich sofort bei Frau Huthmacher entschuldigen, und ich sage dir jetzt zum letzten Mal, dass ich solche Aussprüche von dir nicht dulde!«

»Du hast mir überhaupt nichts zu sagen«, konterte Dominik patzig, »du glaubst wohl, nur weil du mein Vater bist, könntest du mir eine eigene Meinung verbieten!«

»Ich bezweifle stark, dass das wirklich deine eigene Meinung ist! Wohl eher die Meinung der Gehirnamputierten, mit denen du dich in letzter Zeit abgibst!«

Dominik starrte seinen Vater wütend an, erwiderte aber nichts.

»Jetzt pass mal auf, mein Freund«, zischte Dr. Fink gefährlich leise, »mir gefällt der Umgang nicht, den du in letzter Zeit hast. Überhaupt nicht! Und ich wünsche nicht, dass du dich weiter mit Benjamin und diesem ganzen Gesocks abgibst! Und jetzt verschwinde auf dein Zimmer und denk darüber nach, was ich gesagt habe!«

Dominik stand auf und drehte sich um.

»Despot!«, fauchte er noch, bevor er den Raum verließ und krachend die Tür hinter sich zuwarf.

Frau Fink, die dem Streit mit schreckensweiten Augen gefolgt war, fuhr sich mit zitternden Fingern durchs Haar.

Dr. Fink seufzte tief und starrte seinem Sohn hinterher.

»Ich weiß wirklich nicht mehr, was ich mit dem Jungen anfangen soll. Wir haben schon alles probiert. Wir haben es mit sachlichen Diskussionen versucht, mit viel Geschrei, mit Verboten und mit alternativer Freizeitgestaltung, damit er von diesem Irrsinn abgelenkt wird. Es hat alles nichts gebracht. Ich komme nicht mehr an ihn heran. Seit er sich mit Benjamin angefreundet hat, ist er mit diesen Leuten in Kontakt gekommen, und es ist wie eine schlimme Krankheit, mit der er sich infiziert hat. Leider sieht es so aus, als sei ich nicht in der Lage, ihn zu heilen.«

»Meinen Sie Benjamin Schneider?«, warf Rebecca ein.

Dr. Fink blickte kurz auf und nickte.

»Ja, er wohnt am Ende der Straße. Offensichtlich haben Sie ihn schon kennen gelernt. Die beiden gehen in dieselbe Klasse. Mein Gott, wenn ich bedenke, dass ich ihn extra auf eine Schule unter kirchlicher Trägerschaft geschickt habe, weil ich dachte, dass er da sicher ist vor Drogen, Rechtsextremismus, Messerstechereien und diesen ganzen Dingen, von denen man immer so viel hört. Es ist schon eine Ironie des Schicksals, dass er ausgerechnet da mit diesem Typen zusammentrifft, der ihn in diese Kreise zieht.«

»Wirklich sicher ist man vor diesen Dingen wahrscheinlich auf keiner Schule«, sagte Rebecca leise, »wir leben nun einmal in einer extrem gewaltbereiten und kranken Welt. Wichtig ist, dass man sich nicht unterkriegen lässt und dagegen ankämpft.«

»Da haben Sie wohl Recht«, entgegnete Dr. Fink und nickte ihr mit einem kleinen Lächeln zu.

»Es gibt Beratungsstellen für Eltern, deren Kinder in die rechtsextreme Szene abzurutschen drohen. Wenn Sie wollen, gebe ich Ihnen gerne eine Liste.«

»Das wäre sehr nett«, erwiderte er matt, »wissen Sie, mir ist wirklich sehr daran gelegen, dass er da wieder herauskommt. Von uns hat er solche Ansichten in keiner Weise gelernt. Wir haben eine sehr liberale Einstellung und lehnen jede Art von Diskriminierung aufs Entschiedenste ab.

Vielleicht waren wir ihm gegenüber ja zu liberal«, fügte er noch mit einem grimmigen Lächeln hinzu. »Aber wir haben jetzt wirklich genug über die Probleme mit unserem Sohn geredet. Sie haben sicher noch viel zu tun, und wir halten Sie auf.«

Rebecca nickte, zögerte jedoch noch, das Gespräch zu beenden.

»Vielleicht könnten Sie uns noch eine Frage beantworten. Haben Sie irgendeine Verbindung nach Argentinien, oder wissen Sie zufällig, ob einer Ihrer Nachbarn Kontakte dorthin hat?«

Der Löffel, mit dem Frau Fink ihren Tee umgerührt hatte, fiel klirrend auf die Untertasse. Doktor Fink zuckte zusammen und warf seiner Frau einen tadelnden Blick zu. Mit gesenkten Augen murmelte sie eine Entschuldigung.

»Nein, wieso?«, fragte Dr. Fink dann an Rebecca gewandt zurück.

»Nur so eine Möglichkeit. Der Tote war vermutlich Argentinier. Vielleicht steht sein Tod in Zusammenhang mit seiner Herkunft.«

»Tut mir Leid, da kann ich ihnen leider nicht weiterhelfen.«

Er sah sie offen an, und Rebecca und Thomas erhoben sich. Nachdem sie sich verabschiedet und die Haustür hinter sich zugezogen hatten, sahen sie sich an.

»Wie war dein Eindruck?«, wollte Rebecca wissen.

Thomas schüttelte nachdenklich seine langen roten Locken.

»Ich weiß nicht, aber langsam bekomme ich den Eindruck, als hätte hier jeder Dreck am Stecken. Jedenfalls verhalten sich die Leute alle sehr merkwürdig. Ob das am vielen Geld liegt?«

»Keine Ahnung, ich hab noch nie viel Geld besessen. Aber komisch sind die hier schon. Ob das ein Zufall war, dass Frau Fink den Löffel fallen ließ, als ich Argentinien erwähnte?«

»Möglich. Vielleicht aber auch nicht. Irgendwann werden wir es hoffentlich herausfinden. Und jetzt lass uns erst mal zurück ins Büro fahren. Sven und Christina warten schon im Auto.«

Als sie ihr Büro betraten, ließen sie sich erst einmal seufzend auf ihre Stühle fallen und streckten die Beine aus. Christina erbarmte sich und warf die Kaffeemaschine an, und bald war der Raum mit dem verheißungsvollen Duft von frisch gebrühtem Kaffee erfüllt. Als sie gerade selbstvergessen die ersten heißen Schlucke durch die Kehle rinnen ließen, öffnete sich die Tür, und Knut trat ein. Über seiner rechten Augenbraue war eine frisch genähte Platzwunde zu erkennen, und darunter wies sein Auge deutliche Anzeichen eines beginnenden Veilchens auf.

»Was ist denn mit dir passiert?«, fragte Rebecca und starrte ihn mit offenem Mund an.

»Och, ich hab in Erfüllung meiner beruflichen Pflichten ein paar Prügel kassiert. Ist aber halb so schlimm. Nur eine kleine Platzwunde, ein blaues Auge und ein paar Prellungen.«

Er schob sein Sweatshirt hoch und entblößte die bleiche Haut seiner mageren Hühnerbrust, die mit blauen Flecken übersät war.

»Herrgott nochmal, dich kann man aber auch keine Stunde alleine lassen«, schimpfte Christina und ging zu ihm, um sich seine Verletzungen näher anzusehen.

»Wie ist denn das passiert? Hast du an einem Preisboxen teilgenommen?«

»Nö, ich bin nur den Neonazis etwas zu nah gekommen. Ich hab doch diesen Martin verfolgt, der sich mit den beiden Jungs in dem Café getroffen hat. Na ja, ich folgte ihm kreuz und quer durch halb Lindenthal. Er hat verschiedene Leute abgeklappert, ich immer hinterher. Schließlich landeten wir in so einem Jugendclub, wo er sich mit 'ner ganzen Truppe Glatzen traf. Ziemlich unangenehmer Haufen. Die sind dann irgendwann alle zusammen in eine Kneipe auf der Luxemburger Straße gegangen. Der Laden hieß ›Biereck‹, und ich erinnerte mich, dass er vorher gesagt hatte, dass sie sich da morgen Abend, wie immer, treffen wollten. Also bin ich da rein, hab mich an die Theke gesetzt und sie beobachtet. Sie gaben sich keine Mühe, leise zu reden, sondern führten sich auf, als gehöre der Laden ihnen. Nach ein paar Bier fingen die Ersten an, ausländerfeindliche Parolen zu brüllen, und einer stimmte das Deutschlandlied an, die erste Strophe, versteht sich. Also fragte ich den Wirt, ob die Typen öfter hier sind. Und der sah mich argwöhnisch an und fragte: ›Warum willst du das denn wissen?‹ Und ich entgegnete, dass ich, wenn das meine Kneipe wäre, jetzt die Polizei rufen würde. Darauf sagte er nur, ich solle mich um meinen eigenen Mist kümmern. Kurz darauf ging ich zur Toilette, und als ich wieder herauskam, standen vier von den Typen vor der Tür, und dieser Martin sagte zu mir: ›Da ist ja der kleine Schnüffler. Was willst du denn hier? Bist wohl von der Presse, was, und willst dir die Schlagzeile für morgen sichern?‹ Ich sagte ihm, dass schon Weihnachten und Ostern zusammenfallen müssten, damit ich dafür sorge, dass so ein geistiges Pantoffeltierchen wie er auf die erste Seite der Zeitung kommt. Das hat er mir wohl übel genommen, obwohl ich mir sicher bin, dass er nicht weiß, was ein Pantoffeltierchen überhaupt ist.«

Christina stöhnte gequält auf und fasste sich an den Kopf.

»Männer!«, schnaubte sie, »könnt ihr nicht mal mit diesem hirnrissigen Imponiergehabe aufhören? Hättest du nicht einfach deine verdammte Klappe halten und dich höflich aus der Affäre ziehen können? Die Typen hätten dich umbringen können, und ich bin wirklich nicht erpicht darauf, dich als aufgeschwemmte Leiche aus dem Rhein zu fischen!«

Knut setzte sein Klaus-Kinski-Grinsen auf und meinte lapidar: »Ist ja nochmal gut gegangen. Sie haben mich ziemlich zusammengeschlagen, aber ein anderer Gast, der zwischenzeitlich hereingekommen war, hat die Polizei angerufen, und als das Martinshorn zu hören war, sind sie blitzschnell abgetaucht.«

Zufrieden lächelnd sonnte Knut sich in der allgemeinen Aufmerksamkeit, die ihm zuteil wurde. Rebecca schüttelte verzweifelt den Kopf.

»Trotzdem, Knut«, sagte sie und sah ihn strafend an, »so was machst du bitte nie wieder. Wenn es brenzlig wird, trittst du in Zukunft den Rückweg an und holst Verstärkung. Wir sind doch hier nicht in einem Krimi!«

Knut nickte zerknirscht, doch mit einem Auge zwinkerte er ihr verschwörerisch zu, und sie hatte die leise Befürchtung, dass er sich einen feuchten Dreck um ihre Anweisungen kümmern würde. Rebecca seufzte und ließ sich auf ihren Stuhl fallen.

»Was ist das eigentlich für eine Schule, auf die Benjamin und Dominik gehen?«, wollte sie dann wissen. »Dominik ist wahrscheinlich der zweite Junge, den du verfolgt hast, und der Sohn von Doktor Fink. Sein Vater sagt, die Schule steht unter kirchlicher Trägerschaft.«

Knut nickte zustimmend.

»Die Liebfrauenschule in Lindenthal. Früher von Nonnen geleitet und ein reines Mädchengymnasium. Aber seit fast zwanzig Jahren nehmen sie auch Jungs auf. Seitdem geht's etwas rauer zu. Ist aber alles in allem immer noch ein wohl behüteter Ort, der bestimmt nicht für die Ergebnisse der Pisastudie verantwortlich ist.«

»Interessant«, entgegnete Rebecca, »und woher weißt du so viel über die Schule?«

Knuts Gesicht überzog sich mit einem leichten Rosaton, als er entgegnete: »Ich war selber drauf.«

»Was?«, schaltete Sven sich ein, »du warst auf der Liebfrauenschule? Ich war schräg gegenüber auf dem APG, und zu meiner Zeit nannte man den Laden nur das Jungfrauenaquarium.«

»Na, da kannst du heutzutage zumindest in der Oberstufe lange suchen, bevor du eine findest«, antwortete Knut würdevoll und erweckte den Eindruck, als sei er höchstpersönlich für diesen Umstand verantwortlich.

Rebecca fuhr ungeduldig dazwischen: »Wie auch immer bist du damit geradezu dafür geschaffen, dich dort mal umzusehen. Wir müssen wissen, ob da noch andere Schüler von der braunen Seuche infiziert sind. Du wirst also morgen deine ehemalige Schule unter die Lupe nehmen.«

Knut stöhnte auf.

»Wirklich Rebecca, das ist mir peinlich. Ich bin heute schon nur knapp der Entdeckung durch meinen Ex-Chemielehrer entkommen. Wie soll ich denn da ein vernünftiges Verhör führen? Sobald die merken, dass ich ein ehemaliger Schüler bin, werden die mich doch behandeln wie den Abiturienten, der immer noch nicht seinen ›De Bello Gallico‹ übersetzen kann.«

»Keine Widerrede«, entgegnete Rebecca gnadenlos, »dann ist das halt eine hervorragende Gelegenheit, Durchsetzungsvermögen zu trainieren.«

Knut hob zum Zeichen, dass er sich geschlagen gab, die Hände und ließ sich auf einen Stuhl fallen.

»Also weiter«, fuhr Rebecca fort, »was wir bisher wissen, ist nicht besonders viel. Wir wissen, dass das Opfer vor seinem Tod erst kurze Zeit in Deutschland war und hier etwas erledigen wollte. Was das war, gehört zu den Dingen, die wir leider nicht wissen. Thomas, du wirst

Amtshilfe bei den argentinischen Kollegen anfordern und versuchen, möglichst viel über den Toten in Erfahrung zu bringen. Wir müssen wissen, ob er Kontakte nach Deutschland hatte und ob diese in Zusammenhang mit seinem Aufenthalt hier standen. Einige Leute, die wir befragt haben, verhielten sich ziemlich merkwürdig, aber einen konkreten Verdacht kann man bisher noch nicht daraus ableiten. Jedenfalls sollten wir uns Frau Fuchs sowie die Eheleute Fink und L'Angelo näher ansehen. Familie Schneider ist es sicher auch wert, überprüft zu werden.

Am wahrscheinlichsten ist bisher aber vielleicht noch die Möglichkeit, dass Arturo Gandera Opfer eines fremdenfeindlichen Übergriffes geworden ist, wenn man bedenkt, dass in der Straße, in der er – warum auch immer – gewesen ist, zwei mutmaßliche Neonazis wohnen. Wir werden also zunächst mal dieses Trüppchen etwas näher unter die Lupe nehmen. Morgen bei dem Treffen in der Kneipe werden höchstwahrscheinlich auch Benjamin und Dominik anwesend sein. Da Christina die Einzige ist, die keiner von beiden kennt, wird sie hingehen und sich mal umsehen. Bei ihr bin ich mir wenigstens sicher, dass sie keine abenteuerlichen Alleingänge versucht«, fügte Rebecca mit einem Seitenblick auf Knut hinzu. Dann wandte sie sich an Christina.

»Du wirst einen Kollegen aus Schmittchens Gruppe mitnehmen. Ich frag ihn gleich mal, ob er Kottmann entbehren kann, der ist fast zwei Meter groß und hat einen Brustkorb wie Arnold Schwarzenegger. Ich denke, das ist ein angemessener Begleitschutz. Nichtsdestotrotz werdet ihr einen Streifenwagen mit mindestens drei Kollegen um die Ecke postieren und mit ihnen sofort in Kontakt treten, falls es Schwierigkeiten geben sollte. Alles klar?«

Christina nickte ergeben.

»Alles klar, ich hatte morgen Abend sowieso noch nichts vor, und vielleicht ist Kottmann ja ganz amüsant.«

Als Rebecca an diesem Abend endlich ihren Bericht fertig hatte, atmete sie erleichtert auf und sah auf die Uhr. Gleich halb neun, und ihr Magen hing in den Kniekehlen. Sie fuhr mit dem Aufzug hinunter ins Erdgeschoss, durchquerte das Foyer mit dem riesigen rot geschmückten Weihnachtsbaum und schlug den Weg Richtung U-Bahntunnel ein. Eine halbe Stunde später erreichte sie den Johann-Heinrich-Platz. Rasch schloss sie die Wohnungstür auf und blieb überrascht stehen. Der geräumige Flur sah aufgeräumt und ordentlich aus. Die Jacken und Mäntel waren fein säuberlich an der Garderobe aufgehängt, und die beiden Umzugskartons mit den Schuhen waren verschwunden. Sie ging langsam in Richtung Wohnzimmer, von wo gedämpftes Licht auf den Flur drang. Als sie um die Ecke bog, drang leise Runrig an ihr Ohr. Sie warf einen Blick durch die Wohnzimmertür und lächelte. In dem ganzen großen Raum stand kein einziger Umzugskarton mehr. Alles sah gemütlich und wohnlich aus. In dem antiken Sideboard neben dem Esstisch war ihr blaues Steingutgeschirr dekorativ in den Vitrinenaufsatz platziert. CDs und Bücher waren an ihrem Platz, und verschiedene Dekorationsgegenstände zierten sogar Regale und Kommoden. Garfield und Spiky, ihre beiden Katzen, lagen schläfrig auf dem Sofa und schienen zum ersten Mal mit ihrem neuen Heim zufrieden zu sein. Der Esstisch war hübsch gedeckt, und eine geöffnete Flasche Rotwein stand vor dem fünfarmigen Kerzenleuchter, der die Essecke in ein warmes, flackerndes Licht tauchte.

»Scheiße!«

Der idyllische Anblick wurde plötzlich von einem Wutschrei aus der Küche gestört. Rebecca zog ihren Rucksack und ihre Jacke aus und folgte den leisen Flüchen, die nach wie vor zu hören waren. Sie blieb in der Tür stehen und beobachtete Krishna, der ihr den Rücken zuwandte. Er stand vor dem Backofen, aus dem kleine Rauchwolken quollen, und zog hektisch an der darin befindlichen Auflaufform. Als er sie zu packen bekam, warf er sie mit einem lauten Krachen auf die Spüle und wedelte mit einem Handtuch den Rauch weg.

»Gibt's heute Knuspergratin nach Köhlerart?«, fragte sie leise lachend.

Krishna wirbelte herum und starrte sie wütend an.

»Wenn du nicht immer so spät nach Hause kommen würdest, müssten wir auch keinen angebrannten Auflauf essen!«

Sie seufzte schuldbewusst und ging zu ihm. Langsam legte sie die Arme um seinen Hals und küsste ihn sanft auf die Lippen.

»Tut mir Leid«, sagte sie leise, »aber es war ein anstrengender Tag.«

Er murmelte etwas Undefinierbares und legte zögernd die Hände um ihre Taille.

»Mein Tag war auch ganz schön anstrengend«, entgegnete er dann vorwurfsvoll, »ich habe meinen schönen freien Nachmittag damit verbracht, den Großteil der Umzugskartons auszuräumen, falls du es noch nicht bemerkt haben solltest.«

Sie grinste ihn an.

»Du bist ein toller Mann!«, sagte sie mit Nachdruck.

»Schön, dass du wenigstens das einsiehst«, brummte er

immer noch leicht verärgert. Dann sah er ihr in die Augen und lächelte.

»Ich kann es nun mal nicht ohne dich aushalten. Du solltest mich nicht so lange allein lassen, sonst such ich mir noch eine andere!«

»Glaub ich gar nicht! Und wenn doch, dreh ich dir den Hals um wie einem alten Suppenhuhn!«

Er lachte und zog sie an sich.

»Gack, gack«, machte er leise in ihr Ohr und biss zärtlich in ihr Ohrläppchen, bevor er sie losließ.

»Lass uns jetzt lieber essen, bevor der Auflauf zu allem Überfluss auch noch kalt wird.«

Als sie den größten Hunger gestillt hatten, lehnte Krishna sich zurück, goss nochmal Rotwein nach und sah sie an.

»Na los, erzähl mal, wie war dein Tag?«

»Ach, nicht so toll«, entgegnete sie seufzend, »wir waren den ganzen Tag in Lindenthal und haben die Anwohner einer Straße zu dem Toten befragt, den wir am Montag gefunden haben. Jede Menge Ärzte, weißt du. Ein komisches Völkchen ist das.«

Krishna lächelte amüsiert.

»Ich wusste gar nicht, dass du eine Ärztephobie hast. Hättest du das früher gesagt, hätte ich meinen wahren Beruf verschwiegen und behauptet, ich sei Steuerberater.«

Rebecca sah ihn forschend an.

»Die sind mindestens genauso schlimm. Außerdem reagiere ich nicht auf alle Ärzte allergisch. Es gibt Ausnahmen.«

»Und die wären?«

»Wenn sie zum Beispiel verführerische Augen haben oder gut kochen können, ist es nicht ganz so schlimm.«

Er beugte sich vor und drohte ihr warnend mit seinem Messer.

»Das mit dem Kochen will ich überhört haben. Ansonsten fühle ich mich geschmeichelt.«

Seine braunen Augen blitzten angriffslustig, und die hellbraunen Punkte darin glitzerten im Kerzenschein. Rebecca sah schnell weg, bevor sie weiche Knie bekam, und widmete sich wieder ihrem Auflauf.

»Und wie war dein Tag«, wollte sie wissen.

»Oh, sehr interessant, wie immer«, entgegnete Krishna mit einem Anflug von Begeisterung.

»Ich habe eine vereiterte Nebenhöhle durchstoßen, ein Loch in einer Nasenscheidewand verödet und ein perforiertes Trommelfell ins Krankenhaus überwiesen.«

Krishna zählte zu den seltenen Exemplaren der Sorte Ärzte, die ihren Job als Passion betrachteten. Er konnte sich mit wahrem Hölleneifer in die Arbeit stürzen und stundenlang begeistert über medizinische Details referieren. Für ihn war es eine wahre Freude, morgens zur Arbeit zu fahren, und er sah immer ein bisschen ratlos aus, wenn er Menschen begegnete, die ihren Job als notwendiges Übel ansahen. Die Faszination, die das menschliche Hörorgan auf ihn ausübte, grenzte schon fast an Besessenheit, und es hatte ihn in arge Schwierigkeiten gebracht, als Rebecca vor zweieinhalb Jahren ihren ersten Mordfall zu lösen hatte, bei dem er stark tatverdächtig war. Auch heute noch durchfuhr ihn manchmal ein zuckender Schmerz, wenn er daran zurückdachte, dass sie ihn für einen Serienmörder gehalten hatte. Doch er liebte sie viel zu sehr, um ihr das noch nachzutragen. Rebecca, die seinen letzten Ausspruch mit einem leicht angeekelten Ausdruck quittiert hatte, lächelte ihn tapfer an und sagte: »Wie schön für dich.«

»Okay«, sagte er lachend, »lass uns das Thema wechseln. Was machen wir am Wochenende?«

Rebecca nickte erleichtert und überlegte kurz.

»Wie wär's, wenn wir zusammen eine kleine Weihnachtsmarkttour machen würden?«

Krishna verzog das Gesicht.

»Muss das sein?«

»Ja, das muss sein. Ich liebe Weihnachtsmärkte, und ich kann mir kaum was Schöneres vorstellen, als mit dir in eiskalter Winternacht unter glitzerndem Lichterzelt einen heißen Glühwein zu schlürfen.«

»Na gut«, lenkte Krishna ein, »und an welchen Weihnachtsmarkt hattest du so gedacht?«

»Och, ich könnte mir vorstellen, dass wir uns zuerst mal am Roncalliplatz umsehen, dann zum Altermarkt wechseln und uns zum Schluss noch den mittelalterlichen Markt am Schokoladenmuseum zu Gemüte führen.«

»Was?? Du willst drei Weihnachtsmärkte an einem Abend machen?«

»Na, sei froh, dass ich nicht auf alle sechs bestehe!«

»Du bist ja verrückt!«

»Ja, nach dir!« Sie grinste ihn kess an und trank einen Schluck Rotwein.

»Ich könnte dich am Freitag in der Praxis abholen, und wir würden das Wochenende mit einem Weihnachtsmarktabend einläuten.«

»Unter einer Bedingung«, sagte er und sah ihr über den Rand seines Weinglases hinweg tief in die Augen.

»Und die wäre?«

»Du trinkst jetzt dein Glas leer, kommst mit mir ins Schlafzimmer, lässt dich von mir ausziehen und verbringst mit mir die atemberaubendste Nacht, die du je erlebt hast.«

»Absolut einverstanden!«, entgegnete sie begeistert und trank ihr Glas leer.

Sie schwebte durch den dichten Nebel, der ihre Sicht stark behinderte. Entfernt hörte sie Geräusche, die lauter wurden, als der Nebel sich langsam lichtete. Die Hitze war unerträglich. In dem engen Raum stand die Luft, und es roch streng nach dem Schweiß der zusammengedrängten Leiber. Das hohe Wimmern eines Kindes erhob sich über dem leisen Weinen der Frauen. Sie bewegte sich zögernd und suchend vorwärts. Die Atmosphäre war von Angst erfüllt, und es fiel ihr zunehmend schwerer zu atmen. Dann sah sie ihn und streckte lächelnd die Hände nach ihm aus. Große braune Augen wie ein Rehkitz und eine winzige Stupsnase. Sie wollte ihn, zog an seinen Armen, doch die Frau ließ ihn nicht los. Laut und gellend ertönten ihre Schreie. Sofort fielen andere ein und trieben das Crescendo der Verzweiflung einem Höhepunkt entgegen.

Dann kamen die Männer und zogen die Frau weg, verschwanden mit ihr durch die Tür hinter dem aufziehenden Nebel. Nur ihre Schreie waren noch entfernt zu hören und dann der Knall, der die Luft zerfetzte, und ihr eigener markerschütternder Schrei, laut und dem Wahnsinn nah.

Sanft rüttelte jemand an ihrer Schulter.

»Wach auf, Liebling, du hast geträumt.«

Sie war schweißgebadet, und ihr Herz raste.

»War es wieder der alte Traum?«

Sie nickte und schluckte schwer. Langsam beruhigte sich ihre Atmung.

»Schlaf jetzt weiter. Es wird alles gut.«

Brauner Morast

Am nächsten Morgen war Rebecca als Erste im Büro und sah zunächst die Post durch, die am Vortag liegen geblieben war. Aus dem letzten Umschlag zog sie den Obduktionsbericht und studierte ihn aufmerksam. Als Sven und Thomas eine halbe Stunde später hereinkamen, war sie fast fertig.

»Na, was steht drin?«, fragte Thomas, nachdem er sich einen Kaffee eingegossen hatte und an ihren Schreibtisch gekommen war.

Rebecca runzelte die Stirn und legte den Bericht zur Seite.

»Viel Neues gibt es nicht. Der wahrscheinliche Todestag ist auch der Tag seines Verschwindens. Wir können also davon ausgehen, dass er am sechzehnten November, vielleicht auch erst am siebzehnten November ermordet wurde. Die einzige Verletzung war die durchtrennte Halsschlagader. Die Untersuchung der Fingernägel hat Reste von Hautabschürfungen zu Tage gefördert, die nicht vom Opfer stammen. Der genetische Fingerabdruck stimmt mit dem der Speichelspur auf der Jacke des Toten überein. Wir haben also zwei genetische Spuren, die höchstwahrscheinlich vom Mörder stammen, aber keine Übereinstimmung in der Strafdatei. Unser Mörder oder unsere Mörderin war also bisher ein unbeschriebenes Blatt.«

»Nicht mehr lange«, meldete sich Sven zu Wort, »wenn wir einen genetischen Fingerabdruck haben, der mit hoher Wahrscheinlichkeit vom Mörder stammt, brauchen wir bloß die Damen und Herren aus der Brahmsstraße zum Speicheltest zu bitten und zu vergleichen.«

»Der Gedanke ist mir auch schon ein-, zweimal durch den Kopf gegangen«, meinte Rebecca nachdenklich nickend, »das Problem ist, außer einem kleinen Kreuz in einem Stadtplan haben wir keine Anhaltspunkte, die darauf hindeuten, dass der Mörder in der Mozartstraße wohnt. Das reicht nicht für eine richterliche Verfügung.«

»Und was ist mit dem merkwürdigen Verhalten, das einige Bewohner an den Tag legten?«, fragte Sven aufbrausend, doch Rebecca schüttelte den Kopf.

»Viel zu vage, damit kommst du nicht durch. Die einzige Möglichkeit ist mal wieder ein freiwilliger Speicheltest.«

»Dann halt ein freiwilliger Test! Ich werde gleich mit Gottschalck darüber reden.«

Bevor noch einer ein Wort erwidern konnte, war Sven zur Tür hinausgestürmt.

»Wer leitet hier eigentlich diese Gruppe, du oder ich?«, rief Rebecca ihm noch hinterher, aber er zuckte nicht mal zusammen. Wütend sah sie ihm nach. Zehn Minuten später flog die Tür auf, und Sven kam wieder hereingestürmt.

»Alles klar, Gottschalck hat genickt. Ich werde gleich mit Knut zusammen in die Brahmsstraße fahren und die Sache in die Hand nehmen.«

Knut und Christina, die gerade hereingekommen waren, wechselten einen verwirrten Blick. Rebecca stellte ihren Kaffeebecher auf dem Schreibtisch ab, stand langsam auf und ging zu Sven hinüber, der schon nach seiner Jacke griff. Als sie vor ihm stehen blieb und ihn schweigend ansah, ließ er die Jacke wieder los. Er war ein paar Zentimeter größer als Rebecca und versuchte diesen Größenvorteil auszunutzen, indem er seine arroganteste Miene aufsetzte und sie von oben herab ansah.

»Du solltest dir eine Sache ein für alle Mal merken«, sagte Rebecca ganz leise, während sie ihn anfunkelte. »*Ich* leite diese Gruppe, und *ich* entscheide auch, wer zu welchen Ermittlungen fährt.«

»Dann fahr doch selber, wenn du unbedingt willst«, entgegnete Sven gereizt. Er verschränkte die Arme abwehrend vor der Brust und starrte sie übellaunig an.

»Nein, das werde ich nicht tun. Du hast die Sache an dich gerissen, jetzt wirst du sie auch durchführen. Ich kann dir nur raten, keine Fehler zu machen. Vielleicht ist das die größte Chance, die wir haben. Und deshalb werde ich dich auch nicht mit unserem Youngster losschicken, sondern mit Christina. Sie hat nämlich das Fingerspitzengefühl, das dir vollkommen abgeht.«

Sven bezähmte seinen Zorn und setzte einen gleichgültigen Gesichtsausdruck auf.

»Wie du meinst.«

Er schnappte sich seine Jacke und den Schlüssel des Dienstwagens und verließ grußlos das Büro. Christina, die den Streit leicht amüsiert verfolgt hatte, folgte ihm achselzuckend.

»Manchmal muss ich mich wirklich zusammenreißen, um ihm nicht die Faust zwischen die Augen zu rammen«, murmelte Rebecca mit noch immer vor Wut bebender Stimme.

»Cool down«, warf Thomas beschwichtigend ein und legte eine Hand auf ihre Schulter, »so erreichst du bei ihm gar nichts. Du solltest ihm ab und zu mal ein wenig den Bauch pinseln. Darauf steht er.«

»Ich glaub, mir wird schlecht. Das fehlt mir gerade noch zu meinem Glück. Was ist eigentlich mit dir?«, wandte sie sich dann an Knut, der interessiert zwischen

Thomas und Rebecca hin und her sah, »wolltest du dich nicht in der Schule umsehen?«

»Bin schon unterwegs!« Er nickte kurz, schürzte die breiten Lippen und stob leise pfeifend davon.

»Hast du eigentlich schon was über das Mordopfer herausfinden können?«, wandte Rebecca sich dann an Thomas.

»Nicht viel. Gandera lebte als kleiner Drogendealer in Buenos Aires. Seit drei Jahren war er untergetaucht und konnte sich erfolgreich dem Zugriff der Behörden entziehen. Er war 37 Jahre alt und hat sein Land bisher noch nie verlassen, jedenfalls nicht auf offiziellem Wege. Über Kontakte ins Ausland war nichts bekannt.«

»Das bringt uns leider nicht wirklich weiter«, seufzte Rebecca und sah Thomas an. »Also müssen wir weitersuchen, und deshalb werden wir uns jetzt mal die Schlüssel des Ermordeten vornehmen und versuchen herauszufinden, auf welches Schloss dieser Schließfachschlüssel passt.«

»Ich wusste schon heute Morgen beim Aufstehen, dass das kein guter Tag wird«, brummte Thomas und folgte Rebecca nach draußen.

Sven und Christina hatten sich im Labor mit dem nötigen Rüstzeug für einhundert Speichelproben versorgt und waren dann in die Brahmsstraße gefahren. Jetzt standen sie vor der Sandsteinvilla der Familie Schneider und warteten darauf, dass geöffnet wurde.

»Lass mich die Sache in die Hand nehmen«, wies Sven seine Kollegin an.

»Ich bin mir nicht sicher, ob das eine gute Idee ist«, murmelte Christina noch, dann wurde die Tür geöffnet, und sie standen Herrn Schneider gegenüber.

»Guten Morgen, Herr Schneider«, begann Sven und setzte eine wichtige Miene auf, »wir benötigen von Ihnen und Ihrer Familie eine Speichelprobe, damit wir sie mit den genetischen Spuren vergleichen können, die wir bei der Leiche gefunden haben und die höchstwahrscheinlich vom Mörder stammen.«

Herr Schneider sah ihn aus zusammengekniffenen Augen an, und sein Körper versteifte sich.

»Haben Sie eine richterliche Verfügung?«, fragte er dann in leicht drohendem Tonfall.

»Nein, aber es ist ...«

»Dann ist der Test also freiwillig.«

Es war keine Frage, sondern eine entschiedene Feststellung, und Sven nickte gezwungenermaßen.

»Darf ich fragen, wie Sie darauf kommen, dass der Mörder in meiner Familie zu suchen ist?«

»Nun, nicht unbedingt in Ihrer Familie, aber die Markierung in dem Stadtplan, den wir bei dem Toten gefunden haben, lässt den Schluss zu, dass möglicherweise ein Bewohner dieser Straße mit seinem Tod zu tun hat.«

Sven fühlte sich sichtlich unbehaglich, seine Ohren waren rot angelaufen. Herr Schneider holte zum Gegenschlag aus, und seine ganze Haltung strahlte Überlegenheit aus. Sarkasmus quoll ungefiltert zwischen seinen Worten hervor.

»Möglicherweise? Lässt den Schluss zu? Sie sehen mich wirklich erstaunt angesichts dieses offensichtlichen Dilettantismus. Sie erwecken den Eindruck, als stocherten Sie blindlings im Nebel herum. Aufgrund wilder Vermutungen und wegen eines Kreuzchens in einem Stadtplan verdächtigen Sie die Bewohner einer ganzen Straße des Mordes? Vielleicht hat jemand das Kreuz im Plan gemacht, um die Straßenbahnhaltestelle vorne auf der Ecke zu markieren, weil er einen Spaziergang im Stadtwald machen wollte! Und für Sie ist das ein ausreichender Grund, um von sämtlichen Bewohnern dieser Straße eine Speichelprobe zu fordern?«

»Jetzt hören Sie mal zu«, unterbrach Sven ärgerlich den immer lauter werdenden Redeschwall, »ich verbitte mir diesen Tonfall, und wenn Sie nichts zu verbergen haben, sollten Sie sich besser nicht weigern, die Speichelprobe abzugeben!«

Christina legte beschwichtigend eine Hand auf Svens Arm und lächelte Herrn Schneider an.

»Mein Kollege will damit nicht sagen, dass ...«

Doch es war schon zu spät, Schneider war bereits auf Hundertachtzig.

»Geben Sie sich keine Mühe«, fuhr er ihr über den Mund und fixierte Sven mit kaltem Blick, »ich habe Ihren Kollegen sehr gut verstanden. Und jetzt hören Sie mir mal zu! Sie haben sich den Falschen ausgesucht. Ich bin Anwalt, und zwar ein verdammt guter! Und ich werde es verhindern, dass Sie diesen Speicheltest durchführen. Ich werde mit jedem einzelnen Bewohner dieser Straße sprechen, ihm seine Rechte klarmachen und davon abraten, Ihnen die Speichelprobe zu geben. Sollte es Ihnen wider Erwarten aufgrund dieser dürftigen Verdachtsmomente gelingen, eine richterliche Verfügung zu erlangen, werde ich mit allen Rechtsmitteln dagegen ankämpfen und Sie in einen langen, zermürbenden Prozess verwickeln. Und Sie können mir glauben, dass ich sehr viel Erfahrung mit dieser Art von Prozessen habe. Ich hoffe, ich habe mich klar genug ausgedrückt.«

»Vollkommen klar«, stieß Sven zwischen zusammengebissenen Zähnen hervor und nickte kurz, bevor er sich steif umwandte und ging. Christina folgte ihm zum Auto, und Herr Schneider sah ihnen hinterher, bis sie an der Dürener Straße abbogen.

»Na prima«, bemerkte Christina, »Rebecca wird begeistert sein, wenn du ihr das erzählst.«

»Du kannst es ihr ja erzählen«, entgegnete Sven bissig, »du hast doch so viel Fingerspitzengefühl bei solchen Dingen!«

»Na, mehr als du ganz bestimmt!«

Thomas und Rebecca waren kreuz und quer durch die ganze Stadt gefahren und hatten fast alle Bahnhöfe und U-Bahn-Tunnel abgeklappert, an denen es Schließfächer gab. Vergeblich, der Schlüssel passte nirgendwo. Schließlich fanden sie im U-Bahn-Tunnel am Rudolfplatz ein weiteres Schließfach mit der Nummer 132, und Thomas schlug fluchend mit der flachen Hand gegen das Metallgehäuse, als sich auch dieses Fach mit dem Schlüssel nicht öffnen ließ.

»Verdammt nochmal«, sagte er gepresst, »es muss doch hier sein. Der Schlüssel sieht exakt so aus wie die anderen.« Erneut rappelte er an der Metalltür, und Rebecca ließ ihren Blick genervt über die anderen Fächer gleiten, bis ein Schild ihre Aufmerksamkeit erregte. Interessiert trat sie näher und las, was dort stand.

»Gib dir keine Mühe«, wandte sie sich dann an Thomas, »auch wenn dies das richtige Fach ist, wirst du es jetzt nicht mehr öffnen können.«

Thomas ließ von der Tür ab und sah sie fragend an.

»Hier steht, dass die Fächer aus Sicherheitsgründen nach 72 Stunden geöffnet werden, wenn der Mieter sie bis dahin nicht geleert hat.«

»Wieso denn das?«

»Vermutlich Angst vor Bomben. In irgendeinem U-Bahn-Tunnel ist doch mal eine Bombe in einem Schließfach explodiert, wenn ich mich recht entsinne.«

»Und jetzt?«

»Tja, was immer Gandera in dem Schließfach deponiert hat, er hat es vor etwa vier Wochen dort reingelegt, und da er es nicht innerhalb von drei Tagen wieder herausgeholt hat, ist das Fach zwangsweise geöffnet und geleert worden. Der Schlüssel, den wir haben, passt leider nicht mehr. Wahrscheinlich werden die Schlösser neu codiert. Auf dem Schild steht, dass die Sachen in den Schließfächern ins Fundbüro in der Scheidtweilerstraße gebracht werden. Also sollten wir unser Glück dort versuchen.«

Als sie eine Viertelstunde später das Verwaltungsgebäude der KVB in der Scheidtweilerstraße erreicht hatten, fragten sie sich bis zum Fundbüro durch. Vor der Tür wühlte Thomas leise fluchend in seinen Jackentaschen herum und ließ dann resigniert die Arme sinken.

»Was ist?«, wollte Rebecca wissen.

»Ich hab den verdammten Dienstausweis im Schreibtisch liegen lassen.«

»Warte, ich hab meinen dabei.« Rebecca begann die Innentasche ihrer Jacke zu durchforsten, doch Thomas winkte genervt ab.

»Was soll's? Schließlich haben wir den Schlüssel als legitimierte Inhaber des Schließfaches.« Entschlossen öffnete er die Tür zum Fundbüro. Rebecca folgte ihm achselzuckend. Gemeinsam betraten sie einen karg wirkenden Raum. Hinter einer Theke stand ein kleiner, schmaler Mann mit grauem Haar und Halbbrille und hörte sich ihren Wunsch an, den Inhalt des Schließfaches Nummer 132 zu sehen. Erwartungsvoll schob Rebecca ihm den Schlüssel hinüber und wartete, bis er ihn an sich genommen und begutachtet hatte.

»Rudolfplatz, nicht wahr«, murmelte er, und Rebecca nickte ungeduldig.

»Moment«, sagte er dann und schlurfte nach hinten in einen Gang, von wo aus er in einem angrenzenden Zimmer verschwand. Es dauerte mehrere Minuten, bevor er zurückkam und ihnen einen merkwürdigen Blick zuwarf.

»Sie müssen leider ein paar Minuten warten. Ich muss die Sachen erst suchen. Irgendjemand muss sie falsch einsortiert haben. Kann ein Weilchen dauern.«

»Okay«, schaltete Thomas sich ein, »wir sehen uns draußen noch etwas um und kommen in einer Viertelstunde wieder.« Energisch packte er Rebecca am Ellenbogen und schob sie zur Tür hinaus. Als sie draußen waren, machte Rebecca sich los und sah ihn fragend an.

»Was soll das? Wieso wolltest du nicht drinnen warten?«

»Weil es da nichts zu essen gibt, und bevor die Schnarchnase da drin die Sachen gefunden hat, bin ich verhungert.«

»Vielfraß«, meinte Rebecca grinsend.

»Wie? Hast du schon mal auf die Uhr geguckt? Es ist gleich eins, und ich habe seit dem Frühstück nichts mehr gegessen.« Empört schimpfte Thomas noch eine Weile weiter, während er seine Schritte Richtung Aachener Straße lenkte. Vor einer Imbissstube mit Gyrosspieß blieb er stehen und stellte sich mit gierigem Blick in die Schlange. Ein Streifenwagen mit vier Polizisten raste mit Blaulicht und Sirenengeheul an ihnen vorbei, bevor sie nach links in den Gürtel abbogen. Als Thomas seine Gyrospita bekommen hatte, schlenderten sie langsam den Weg zurück Richtung Scheidtweilerstraße. In der Eingangshalle des Verwaltungsgebäudes wandten sie sich Richtung Treppe, um zurück zum Fundbüro zu kommen. Thomas widmete seine gesamte Aufmerksamkeit dem Essen und sah sie noch nicht einmal kommen. Auch Rebecca bemerkte nur eine rasche Bewegung aus dem Augenwinkel, bevor ihr unsanft die Arme auf den Rücken gedreht wurden. Sie stieß einen überraschten Schrei aus und versuchte erfolglos, sich aus dem Griff zu befreien. Unterdrücktes Fluchen und Keuchen verriet ihr, dass Thomas in einer ähnlichen Situation sein musste. Sie drehte den Kopf zur Seite und sah zu Thomas hinüber. Seine langen roten Locken hingen ihm unordentlich ins gerötete Gesicht, und seine dunkelblauen Augen funkelten wütend. Die heiß geliebte Gyrospita lag vor ihm auf dem Boden, während ihm die Arme von zwei Polizisten auf seinem Rücken festgehalten wurden.

»Verdammt nochmal, geht's euch noch gut?«, keuchte er und versuchte, mit dem rechten Fuß einen gezielten Tritt auf einem Schienbein zu landen. Sein Gesicht verzog sich vor Schmerz, als der attackierte Polizeibeamte seinen Arm noch ein Stückchen höher zog.

»Thomas!«, rief Rebecca ihm warnend zu, »lass das sein, du machst alles noch viel schlimmer.«

»Sie sollten besser auf Ihre Freundin hören«, sagte der Beamte rechts von ihm und lockerte zögernd etwas seinen Griff.

»Eins kannst du mir glauben«, zischte Thomas in Rebeccas Richtung, »in spätestens zehn Minuten wird der Kollege hier mir einen neuen Gyros kaufen, oder ich vergesse mich!«

»Darf ich mal erfahren, was man uns vorwirft?«

Rebecca drehte den Kopf und sah dem Polizisten zu ihrer Linken in die unangenehm nahen Augen.

»Unerlaubter Waffenbesitz, tun Sie doch nicht so, als ob Sie das nicht wüssten. Sie sind vorläufig festgenommen. Gehen wir.«

Die beiden schoben sie in Richtung Ausgang.

»Moment mal«, rief Rebecca laut und stemmte die Fersen in den Boden, »könnte ich mich vielleicht erst mal ausweisen? Ich bin sicher, das wird zur Klärung eines Missverständnisses beitragen, das hier offensichtlich vorliegt. Ich bin nämlich zufälligerweise ...«

»Eine Kollegin von der Kripo«, ergänzte der Polizist, »ich weiß, ich weiß. Den Spruch höre ich jetzt schon zum hundertsten Mal. Und wenn Sie in Ihre Innentasche greifen, um Ihren Ausweis herauszuholen, ziehen Sie eine Knarre hervor und pusten mir die Birne weg.«

»Sie können ja selber in meine Innentasche greifen und den Ausweis herausziehen.«

»Das ist mir untersagt, und wir haben leider keine Kollegin dabei, die das tun könnte.«

»Dann suchen Sie halt in der Jacke meines Kollegen nach seinem Ausweis«, schlug Rebecca genervt vor.

»Den hab ich doch im Schreibtisch liegen lassen«, ließ Thomas sich zerknirscht hören, und der Polizist neben ihm grinste unverhohlen.

»Also gut«, seufzte Rebecca, »um dieser ganzen Posse ein Ende zu machen: Ich erlaube Ihnen ausdrücklich, aus der Innentasche meiner Jacke meine Papiere herauszuziehen. Sie haben genügend Zeugen.«

Der Beamte sah sie kurz an und nickte dann.

»Wie Sie wollen«, sagte er und überließ ihren linken

Arm seinem Kollegen, der seine Finger wie einen Schraubstock um ihr Handgelenk legte. Dann trat er vor sie, öffnete den Reißverschluss ihrer Jacke und griff in ihre Innentasche, wobei er ihrer Brust gefährlich nahe kam. Mit spitzen Fingern zog er die Ausweismappe heraus und klappte sie auf. Einige Sekunden lang sah er schweigend darauf. Dann las er mit bleichem Gesicht vor: »Rebecca Huthmacher, Kripo Köln, KK 11.«

Augenblicklich löste sich die Umklammerung ihrer Arme, und Rebecca rieb sich seufzend die Handgelenke, bevor sie nach ihrem Ausweis griff und ihn wieder in der Jacke verstaute. Auch Thomas' Bewacher hatten ihn inzwischen losgelassen, und er rieb sich die schmerzende Schulter, während er ihnen wütende Blicke zuwarf. Der Polizist, der Rebecca durchsucht hatte, sah sie unsicher an.

»Mein Name ist Mettmann. Tut mir Leid, aber das konnten wir ja nicht wissen.«

»Schon gut. Sagen Sie mir lieber, was in dem Schließfach war.«

Mettmann nickte und räusperte sich.

»Eine Pistole, mit der vor kurzem geschossen wurde.«

»Wo ist die Waffe jetzt?«

»Immer noch bei den Ballistikern.«

»Was? Die müssen die Waffe doch schon fast vier Wochen lang haben.«

Er zuckte entschuldigend mit den Schultern.

»Haben vielleicht viel zu tun, im Moment.«

»Gut, wir kümmern uns darum. Wenn Sie uns jetzt bitte entschuldigen würden. Ich glaube, mein Kollege braucht einen neuen Gyros.«

»Richtig«, stimmte Thomas grimmig zu, »und den stelle ich eurer Dienststelle in Rechnung.«

Mit einem letzten Wutschnauben drehte er sich um und folgte Rebecca nach draußen.

»Scheiße!«, rief Rebecca zornig, als sie von Sven und Christina erfuhr, dass Herr Schneider einen Boykott anzetteln wollte.

»Jetzt haben wir den Salat! Der Mann ist ein Topanwalt. Der kennt alle Tricks. Wenn er die anderen dazu überredet, den Speicheltest zu verweigern, können wir das Thema abhaken. Und ich habe keinen Zweifel, dass er es schaffen wird.«

Sie trommelte nervös mit den Fingern auf der Schreibtischplatte und dachte nach.

»Trotzdem müsst ihr es versuchen. Ihr fahrt morgen früh noch mal hin und versucht, mit den Leuten zu reden. Das Reden solltest du diesmal besser Christina überlassen«, fügte sie an Sven gewandt hinzu. »Vielleicht könnt ihr ja doch noch ein paar Leute überzeugen. Christina, du wirst mich heute Abend nach eurem Besuch im ›Biereck‹ zu Hause anrufen und darüber informieren, wie es mit den Neonazis gelaufen ist. Kottmann wird dich übrigens gleich um sieben hier abholen kommen.«

»Ich freu mich schon wahnsinnig«, antwortete Christina und klimperte mit den Wimpern.

»Was hast du an der Schule herausgefunden?«, wandte Rebecca sich jetzt an Knut, der den Kopf schüttelte.

»Keine weiteren Neonazis. Benjamin und Dominik scheinen die Einzigen zu sein. Ich habe allerdings etwas Interessantes über Benjamin herausgefunden.«

Die anderen sahen ihn interessiert an, und er fuhr fort.

»Er ist schon mal polizeilich aufgegriffen worden, vor einem knappen Jahr. Er hat zusammen mit ein paar anderen einen jungen Türken zusammengeschlagen. Als die Polizei eintraf, hatten sie ihn schon krankenhausreif geprügelt und traten immer noch auf ihn ein. Herr Schneider kam noch am selben Abend angerauscht und hat seinen Sohnemann da rausgeboxt. Irgendwie hat er es gedeichselt, dass keine Anklage gegen ihn erhoben wurde. Hat es so dargestellt, als habe sein Sohn nur zugesehen, und aufgrund seines jugendlichen Alters wurde die Anklage fallen gelassen, und es blieb bei einer Verwarnung.«

Thomas stieß einen leisen Pfiff aus.

»Na, sieh mal einer an. Der Junior hat also schon einschlägige Erfahrung, und der Herr Papa tut alles, um die Weste des jungen Mannes sauber zu halten.«

»Gute Arbeit, Knut«, stellte Rebecca anerkennend fest, »aus dir wird nochmal was werden.«

Knut grinste von einem Ohr zum anderen und verbeugte sich wie ein Schauspieler vor seinem Publikum.

Rebecca streute gerade Kräuter in die Tomaten-Thunfisch-Soße, als Krishna nach Hause kam. Genießerisch schnuppernd kam er in die Küche und umfing sie von hinten mit den Armen.

»An dem Spruch, dass Liebe durch den Magen geht, ist was dran«, stellte er leise fest und knabberte an ihrem Ohrläppchen. Sie kicherte und entwand sich seinen Händen, die sich schon auf dem Weg unter ihr Sweatshirt befanden.

»Finger weg«, meinte sie tadelnd, »Nachtisch gibt's später.«

Er zuckte enttäuscht die Schultern und ließ sich am Küchentisch nieder.

»Seid ihr heute weitergekommen mit eurem Fall?«,

fragte er und sah zu, wie sie die Nudeln in das kochende Wasser gleiten ließ.

»Frag lieber nicht. Eigentlich ist so ziemlich alles schief gegangen.«

Rasch informierte sie ihn über die neuesten Entwicklungen. Nachdenklich sah er sie an.

»Was könnte dieser Rechtsanwalt denn für einen Grund haben, die Speichelprobe zu verweigern? War das nur das dilettantische Auftreten von Sven, das ihn zum Widerspruch reizte, oder steckt da mehr dahinter?«

»Das habe ich mich auch schon mehrfach gefragt«, entgegnete sie. »Vielleicht ist er ja einfach nur ein Querulant, der seine vermeintliche Macht ausspielen möchte. Vielleicht hat er aber auch Dreck am Stecken.«

»Oder sein Sohn«, gab Krishna zu bedenken.

Rebecca dachte einen Augenblick nach und nickte dann.

»Oder sein Sohn«, wiederholte sie zustimmend. »Jedenfalls sollten wir die Familie Schneider im Auge behalten.«

Zwei Stunden später saßen sie im Wohnzimmer auf der Couch und sahen sich einen Schmachtschinken im Fernsehen an. Rebecca hatte schläfrig ihren Kopf auf Krishnas Schoß gelegt und die Beine ausgestreckt, als das Telefon klingelte. Nachdem Krishna sich gemeldet hatte, reichte er den Hörer an Rebecca weiter.

»Für dich«, sagte er, »Christina.«

»Hallo, Rebecca«, ertönte Christinas Stimme aus dem Hörer, »ich komme gerade aus dem ›Biereck‹. Wir haben die Neonazis den ganzen Abend unauffällig beobachtet. Sie haben zwar die ganze Zeit ihre rechten Parolen vom Stapel gelassen, aber kein Hinweis darauf, dass sie irgendwas mit dem Mord zu tun haben.«

»War auch nicht zu erwarten an so einem öffentlichen Ort.«

»Richtig, aber am Samstag dieses Treffen in der Eifel, das scheint interessant zu werden. Irgendwas ist an dem Abend geplant. Dieser Martin machte so geheimnisvolle Andeutungen, dass ein paar Gesinnungsgenossen aus Düsseldorf dazustoßen und eine Überraschung mitbringen werden.«

»Klingt interessant. Auf die Überraschung bin ich ja mal gespannt. Außerdem vermute ich, wenn sie irgendwas mit dem Mord zu tun haben, werden sie sich vielleicht bei so einem Treffen mit ihren Taten brüsten. Ich glaube, wir sollten uns das nicht entgehen lassen.«

Christina seufzte vernehmlich.

»Hab ich mir schon gedacht. Dieser Martin hat gesagt, dass er mit seinem Auto hinfahren und Benjamin und Dominik mitnehmen wird. Wir sind ihm nach Hause gefolgt und haben sein Auto ausfindig gemacht.«

»Das war sehr vorausschauend«, sagte Rebecca lächelnd, »wir kümmern uns morgen darum.«

Als sie aufgelegt hatte, sah Krishna sie fragend an.

»Ich fürchte, du wirst am Samstagabend auf mich verzichten müssen. Wir haben da eine heiße Spur, die wir verfolgen müssen.«

Krishna sah sie wütend an.

»Am Samstag sind wir auf der Fete von Andrea und Klaus!«

»Ich leider nicht«, entgegnete sie achselzuckend, »die Pflicht ruft.«

»Langsam, aber sicher fällt mir dein Pflichtgefühl auf die Nerven«, brauste er auf, »du solltest lernen, einen klaren Trennstrich zwischen Job und Privatleben zu ziehen. Ich habe keine Lust, ständig die zweite Geige zu spielen!«

Ohne ein weiteres Wort stand er auf und ging ins Schlafzimmer, wobei er die Tür krachend ins Schloss warf.

»Das hat mir heute gerade noch gefehlt«, seufzte Rebecca und folgte ihm ins Schlafzimmer, um die Wogen zu glätten.

Am nächsten Morgen fragte Rebecca ihre Mails ab und fand eine Nachricht von ihrem Chef, die er an alle seine Mitarbeiter verschickt hatte. *Ich möchte noch einmal an die bevorstehende Weihnachtsfeier am Montag erinnern*, las sie, *am Montagabend ist um achtzehn Uhr ein Tisch in der ›Schreckenskammer‹ für uns reserviert. Ich hoffe, dass Sie alle möglichst zahlreich erscheinen und dass der Abend dazu beiträgt, uns etwas näher kennen zu lernen.*

»Mist«, murmelte Rebecca, »das hatte ich glatt verschwitzt. Na, Krishna wird begeistert sein, wenn ich schon wieder nicht da bin.«

Kurz darauf trudelten die anderen ein, und Rebecca rief alle zu einer kurzen Lagebesprechung zusammen.

»Ich weiß, ihr hattet euch euer Wochenende wahrscheinlich anders vorgestellt, aber ich muss euch morgen Abend mit Beschlag belegen.«

Ein allgemeines Murren erhob sich, und Rebecca hob entschuldigend die Arme.

»Tut mir Leid, aber ich glaube, es ist sehr wichtig, dass wir uns morgen Abend bei diesem Neonazitreffen in der Eifel umsehen. Sollten die Kerle irgendetwas mit dem Mord zu tun haben, werden sie dort wahrscheinlich davon reden und vor den anderen damit prahlen. Außerdem hat

Christina herausgefunden, dass dort irgendeine Art von Überraschung geplant ist, und ich will wissen, was das ist. Deshalb war ich heute Morgen schon unterwegs und habe mich um die Erteilung richterlicher Anordnungen nach § 100 c (1) gekümmert. Ich hoffe, ich habe drei Richter gefunden, die meiner Argumentation hinsichtlich der Notwendigkeit folgen konnten, und rechne damit, dass ich noch heute Abend das Okay erhalte.«

»Wie stellst du dir das denn vor«, brauste Sven auf, »sollen wir da aufmarschieren und sagen ›Hallo, wir wollten nur mal sehen, ob ihr den Kerl im Stadtwald umgelegt habt. Aber lasst euch von uns nicht stören.‹ Ich glaube, zu so einer Schwachsinnsaktion habe ich überhaupt keine Lust!«

Rebecca schloss kurz, um Beherrschung ringend, die Augen und wandte sich dann direkt an Sven.

»Nein Sven, so werden wir es nicht machen, und ob du dazu Lust hast oder nicht, spielt hier, Gott sei Dank, überhaupt keine Rolle. Wir werden sie verfolgen und in ihrem Schlupfwinkel aus sicherer Entfernung belauschen. Sie werden nicht bemerken, dass wir überhaupt da sind, und wir werden diese Versammlung auch nicht stören. Wir werden einfach nur zuhören, was gesagt wird, und zwar alle fünf. Sollten sie den Mord zugeben, haben wir fünf polizeiliche Zeugen, die das bestätigen können. Noch Fragen?«

»Was ist mit dem Treffpunkt?«, wollte Thomas wissen. »Weißt du, wo das Treffen stattfinden wird?«

»Nein, aber Christina hat das Auto von einem der Skins ausfindig gemacht, mit dem er morgen dorthin fahren wird. Wir werden sie mittels GPS verfolgen. Du wirst dir gleich einen entsprechenden Sender besorgen und ihn zusammen mit Knut an dem Wagen anbringen. Aber mach bloß nichts falsch. Wenn das Ding nicht funktioniert, können wir einpacken. Außerdem könnt ihr euch auch gleich um ein Richtmikrofon und ein Tonbandgerät kümmern, damit wir auch genug von den Gesprächen hören und gegebenenfalls aufzeichnen können.«

»Alles klar, Chef«, grinste Thomas sie an, »Null-Null-Sieben meldet sich zum Dienst.«

Rebecca warf ihm eine Büroklammer an den Kopf und fuhr dann fort.

»Wir treffen uns morgen Abend um sechs hier im Präsidium. Ich will, dass jeder eine kugelsichere Weste trägt und seine Dienstwaffe umgeschnallt hat. Ich gehe zwar nicht davon aus, dass wir sie brauchen, aber für den Fall, dass wir entdeckt werden, könnte sie doch recht nützlich sein.«

Sie warf einen kurzen Blick in die Runde.

»Wenn keine Fragen mehr sind, könnt ihr loslegen. Sven und Christina, ihr fahrt, wie besprochen, nochmal in die Brahmsstraße wegen der Speichelproben.«

»Okay«, entgegnete Christina, während sie sich seufzend erhob. »Das Programm für morgen Abend gefällt mir eigentlich ganz gut. Wahrscheinlich ist es ja wesentlich spannender, einer Horde Skins aufzulauern, als mit Kottmann Pizza essen zu gehen.«

»Du warst für morgen Abend mit Kottmann verabredet?«, fragte Rebecca überrascht.

»Klar«, entgegnete Christina, »wann hat man schon mal die Gelegenheit, mit einem Kerl auszugehen, der ein Kreuz wie Arnold Schwarzenegger hat.«

»Christina, Christina«, Rebecca schüttelte grinsend den Kopf, »du solltest wirklich langsam etwas gesetzter werden und eine feste Beziehung eingehen.«

Christina kicherte und warf die langen Haare zurück.

»Was soll ich machen? Martin will ja einfach nicht anbeißen. Der ist einfach ein eingefleischter Single. Da muss man halt nehmen, was sich bietet. Aber ganz im Vertrauen, mein Traummann ist Kottmann nicht gerade.«

»Soll *ich* mal mit Martin reden?«, mischte Thomas sich ein und legte väterlich den Arm um Christinas Schultern.

»Untersteh dich, du Trampeltier! Den schnapp ich mir schon noch alleine!«

Als Rebecca allein im Büro war, nahm sie sich die bisherigen Zeugenaussagen vor und las sie aufmerksam durch. Während sie zum dritten Mal die Aussage von Frau Fuchs, der Freundin des Opfers, las, öffnete sich die Tür, und Gottschalck kam herein.

Er kam strahlend auf sie zu und sagte überschwänglich: »Na, da bin ich aber wirklich froh, dass wenigstens einmal jemand hier ist, wenn ich dieses Büro betrete. Ich hatte schon Befürchtungen, Ihnen allen sei etwas zugestoßen.«

Er setzte sich auf den Stuhl ihr gegenüber, stützte die Ellenbogen auf den Schreibtisch und legte den Kopf in die Hände. Dann sah er ihr erwartungsvoll in die Augen. Rebecca erwiderte seinen Blick zögernd und senkte nach einigen Sekunden die Augen. Als sie wieder aufsah, stellte sie fest, dass er sie immer noch ansah und dass sich in seine grünblauen Augen, die sonst so stahlhart aussahen, ein amüsiertes Funkeln geschlichen hatte. Ziemlich irritiert starrte sie ihn an.

»Nun?«, fragte er schließlich. »Haben Sie mir gar nichts zu sagen?«

Sie überlegte einen Augenblick und schüttelte dann den Kopf.

»Nicht wirklich«, entgegnete sie spitz.

Er warf den Kopf in den Nacken und lachte schallend, wobei er erstaunlich weiße und gesunde Zähne entblößte.

»Meine liebe Frau Huthmacher«, sagte er dann kopfschüttelnd, »Ihnen mangelt es eindeutig an Disziplin!«

Rebecca legte die Hände auf die Kante der Schreibtischplatte und beugte sich vor, bis sie ihm direkt in die Augen sehen konnte.

»Mein lieber Herr Gottschalck«, sagte sie dann leise, aber akzentuiert, »Disziplin ist etwas für Leute, die ihren Kopf nur benötigen, damit der Hut nicht herunterfällt.«

Ein amüsiertes Lächeln spielte um seine Mundwinkel. Dann beugte er sich ebenfalls vor und sagte leise: »Ich kannte mal ein Maultier, das war ähnlich stur wie Sie.«

Rebecca schnappte kurz nach Luft und setzte dann eine überhebliche Miene auf.

»Was hat es getan, um diesen Ruf zu erlangen? Hat es sich geweigert, Ihnen aus der Hand zu fressen?«

Er grinste sie an und schüttelte den Kopf. »Nein, aber es hat sich permanent geweigert, die Richtung einzuschlagen, die ich ihm vorgab.«

»Nun, ich würde sagen, dann wird es Zeit, über Ihre Führungsqualitäten nachzudenken.«

Er schüttelte lächelnd den Kopf und sah eine Weile auf den Schreibtisch. Dann hob er die Augen und sagte ernst: »Wollen wir nicht langsam das Kriegsbeil begraben?«

Sie zuckte die Schultern und nickte leicht.

»Okay, an mir soll es nicht liegen.«

»Gut!« Er seufzte erleichtert und lehnte sich in seinem Stuhl zurück. Dann sah er sie einen Augenblick lang nachdenklich an.

»Als ich das KK 11 in Bonn leitete, habe ich bei meinen Mitarbeitern die Hamburger Anrede bevorzugt, also

›Sie‹ und den Vornamen. Haben Sie etwas dagegen, wenn ich Sie Rebecca nenne?«

Rebecca schüttelte wortlos den Kopf.

»Prima, ich heiße Karsten.«

Er lächelte kurz und wurde dann wieder ernst.

»Und, wollen Sie mich jetzt vielleicht über den Stand Ihrer Ermittlungen informieren?«

Rebecca schüttelte den Kopf und versuchte den Frosch in ihrem Hals mit einem kräftigen Räuspern zu verscheuchen.

»Nein, ich glaube nächste Woche ist das sinnvoller. Dann weiß ich wenigstens, was morgen bei dieser Neonaziaktion herausgekommen ist.«

»Welche Neonaziaktion?«, fragte er scharf.

Sie setzte schon zu einer patzigen Antwort an, besann sich dann aber eines Besseren und berichtete kurz, was sie vorhatten. Er nickte nachdenklich.

»Könnte eine heiße Spur sein. Jedenfalls sollten Sie bei der Aktion auf alles vorbereitet sein und vor allen Dingen: Seien Sie vorsichtig!«

Er sah ihr beschwörend in die Augen und erhob sich dann. An der Tür blieb er noch einmal stehen und drehte sich um.

»Rebecca?«

Sie sah ihn fragend an.

»Auf gute Zusammenarbeit!«

Sie nickte, und er verließ den Raum. Erst als er weg war, wurde ihr bewusst, wie schnell ihr Herz schlug.

Krishna hatte seinen letzten Patienten verabschiedet und ging hinüber ins Zimmer seiner Sprechstundenhilfe, die gerade ihren Mantel anzog.

»Da sitzt noch eine junge Dame im Wartezimmer«, bemerkte sie viel sagend. »Sie hat ihren Namen nicht genannt, aber sie sagte, es sei privat.«

Krishna lächelte.

»Ah, ja richtig. Ich kümmere mich darum.«

Er ging hinüber zum Wartezimmer und blieb im Türrahmen stehen. Rebecca saß auf einem Stuhl wie damals, als sie noch seine Patientin gewesen war und er nichts unversucht gelassen hatte, um sie wieder zu sehen. Sie hatte die langen Beine übereinander geschlagen und war in eine Zeitschrift vertieft. Als sie aufsah und ihn anlächelte, wurde er von einer Welle der Zärtlichkeit durchflutet. Rasch ging er zu ihr und küsste sie.

»Schönes Wochenende«, flötete seine Sprechstundenhilfe von der Tür aus, und er fing aus den Augenwinkeln ihren neugierigen Blick auf.

»Gleichfalls«, entgegnete er, bevor sich die Tür hinter ihr schloss.

Rebecca hatte die Arme um seinen Hals gelegt und gab ihm einen Kuss auf die Nasenspitze.

»Na, bereit für den großen Weihnachtsmarktrundumschlag?«

»Was bleibt mir anderes übrig.«

»Na, dann mal los«, sagte sie und zog ihre Jacke an.

Rebecca hatte jetzt schon am dritten Stand mit Christbaumschmuck gehalten und diverse Einkäufe getätigt. Krishna sah ein wenig gequält aus und fing langsam an zu meckern.

»Was willst du eigentlich mit dem ganzen Krempel?«

»Na, was werde ich schon mit Christbaumschmuck wollen«, fragte sie gut gelaunt, »einen Weihnachtsbaum schmücken natürlich.«

»Was? Du willst einen Weihnachtsbaum haben?« Krishna sah sie an, als habe sie den Verstand verloren. »Aber das lohnt doch kaum. Wir werden doch sowieso an Weihnachten fast nicht zu Hause sein.«

»Werden wir nicht?« Rebecca sah ihn irritiert an und zog die Augenbrauen nach oben.

»Nein«, entgegnete er bestimmt, »ich hatte mir vorgestellt, dass wir Weihnachten bei meiner Mutter verbringen.«

»So, so«, entgegnete Rebecca ärgerlich, »hattest du dir also vorgestellt! Und wieso erfahre ich erst jetzt davon?«

»Du hast mich ja nicht gefragt!«

Rebecca funkelte ihn wütend an und stemmte die Hände in die Hüften.

»Das ist ja wohl die Härte! Ich habe dich nicht gefragt, und deshalb entscheidest du über meinen Kopf hinweg?«

Sie fuhr herum und bahnte sich zornig einen Weg durch die Menschenmenge. Krishna folgte ihr rasch und hielt sie am Ärmel fest.

»Schon gut, das war ein Fehler«, lenkte er ein, »lass uns morgen nochmal darüber reden, ja? Wir sollten uns nicht den Abend mit so einem dummen Streit versauen. Komm, ich lade dich auf einen Glühwein ein. Das wird deine Stimmung wieder heben.«

»Wenn du meinst«, entgegnete sie schnippisch und folgte ihm, immer noch leicht grollend, in die Mitte des Weihnachtsmarktes. Während Krishna den Glühwein holen ging, stellte sie sich an einen der freien Stehtische unter dem gleißenden Lichterzelt. Vor ihr erstrahlte majestätisch der Dom im Glanz seiner Beleuchtung, doch Rebecca konnte den Anblick nicht so recht genießen. Immer noch kochte ihr die Galle über, und als Krishna mit dem Glühwein zurückkam, fuhr sie ihn wütend an: »Was hast du dir eigentlich dabei gedacht, unser erstes Weihnachtsfest in der gemeinsamen Wohnung fest zu verplanen, ohne mich zu fragen?«

Krishna war mittlerweile rot angelaufen und sah deutlich ungehalten aus. Gerade als er ihr eine bissige Antwort geben wollte, erklang vom Stehtisch genau hinter ihnen eine wohl bekannte, tiefe Stimme.

»Na, wenn das kein Zufall ist, dass wir uns an einem Tag gleich zweimal sehen. Hallo, Rebecca.«

Rebecca drehte sich um und sah in die belustigt funkelnden Augen von Karsten Gottschalck.

»Hallo, Karsten«, entgegnete sie schwach und registrierte Krishnas gerunzelte Stirn, während er zwischen ihnen hin- und hersah.

»Darf ich vorstellen«, sagte Gottschalck und wies auf seinen Begleiter, »das ist Peter Beyer, ein Freund von mir, und das ist Rebecca Huthmacher, meine mit Abstand aufsässigste Mitarbeiterin.«

Herr Beyer nickte grinsend und fragte: »Doch nicht etwa die, von der du mir erzählt hast? Die dir immer so viele schlaflose Nächte bereitet?«

Krishna warf Rebecca, die rot geworden war, einen wütenden Blick zu, sagte aber nichts.

Karsten Gottschalck brach lachend hinter seinem Glühwein zusammen und wischte sich die Lachtränen aus den Augen.

»Genau die!«, erwiderte er dann amüsiert, »erst heute noch hat sie mich schier zur Verzweiflung gebracht. Hat mich abgekanzelt wie einen Schuljungen, aber das kann natürlich auch daran liegen, dass ich sie mit einem Maultier verglichen habe!« Kichernd standen die beiden auf ihren Stehtisch gestützt und schienen jede Sekunde in schallendes Gelächter ausbrechen zu wollen.

»Karsten?«, fragte Rebecca zuckersüß lächelnd, »wie viel Glühwein haben Sie eigentlich schon getrunken. Ihren Konversationsbeiträgen nach zu urteilen, geht der Zehnlitercontainer da vorne auf Ihre Kappe!«

Ihre Bemerkung wurde mit wieherndem Gelächter quittiert, und Karsten prustete los: »Hab ich's dir nicht gesagt, Peter. Eine Zunge wie ein Rasiermesser und niemals klein beigeben!«

Langsam begann die ganze Situation Rebecca zu amüsieren, und sie grinste ihren Chef an.

»Vorsicht, Karsten«, sagte sie mit drohendem Unterton, »Sie setzen den frisch geschlossenen Waffenstillstand aufs Spiel.«

»Och«, entgegnete er mit unschuldigem Augenaufschlag, »ich dachte, wir wären schon beim Frieden angekommen und nicht erst beim Waffenstillstand. Aber vielleicht darf ich Sie zum Zeichen meines guten Willens zu einem Glühwein einladen?«

»Nein, danke«, entgegnete Rebecca lachend, »ich sehe ja, was das für Folgen haben kann. *Das* Schlachtfeld überlass ich lieber Ihnen und den Brummschädel morgen früh auch. Wir sehen uns dann am Montag. Schönes Wochenende noch.«

Sie nickte kurz und zog Krishna rasch am Ärmel davon. Als sie ein Stück entfernt waren, machte er sich los und sah sie vorwurfsvoll an.

»Seit wann redet ihr euch denn mit den Vornamen an, wenn ich mal fragen darf.«

»Darfst du. Seit heute Morgen.«

»Na dafür klappt das ja schon ganz gut. Ich konnte da eine gewisse Vertrautheit feststellen.«

»Ach was, er hatte einfach nur zu viel getrunken. Morgen tut es ihm wahrscheinlich furchtbar Leid, und er lässt wieder Clint Eastwood raushängen. Schade eigentlich, er hat fast was Menschliches, wenn er einen im Tee hat.«

»Und darf ich auch mal erfahren, warum du mich dieser illustren Gesellschaft nicht vorgestellt hast?«

»Weil ihn mein Privatleben nichts angeht, und außerdem hätte er deinen Namen bis morgen sowieso schon wieder vergessen. Vermutlich kann er sich morgen früh an gar nichts mehr erinnern, was heute ab achtzehn Uhr passiert ist. Lass uns jetzt lieber zum Alter Markt gehen und einen Backfisch essen.«

Sie gingen schweigend hinunter zur Altstadt und konnten nicht verhindern, dass die Atmosphäre für diesen Abend nachhaltig gestört war.

Sie saßen zu fünft in dem Scorpio. Thomas, der die längsten Beine hatte, fuhr den Wagen. Sven saß auf dem Beifahrersitz und verfolgte auf dem Bildschirm vor ihm aufmerksam die Signale des Senders, welche die Position des verfolgten Autos auf einer Straßenkarte anzeigten. Rebecca nestelte missmutig an ihrer kugelsicheren Weste herum, die ihre Brust wie einen Panzer umklammerte.

»Wie ist es gestern in der Brahmsstraße gelaufen?«, fragte sie Christina, die neben ihr saß und versuchte, ihre Beine zu sortieren.

»Wie erwartet schlecht«, antwortete sie, »Herr Schneider hat die ganze Meute aufgewiegelt, und keiner war bereit, uns eine Speichelprobe zu geben. Ich schätze mal, wir haben ziemlich schlechte Karten.«

»Verdammt«, murmelte Rebecca, »das hätte nicht passieren dürfen. Ich werde am Montag versuchen, nochmal mit Herrn Schneider zu reden. Vielleicht ist er ja doch noch zur Vernunft zu bringen.«

»Wenn du mich fragst: ein ziemlich aussichtsloses Unterfangen«, antwortete Christina, »der Kerl ist knallhart. Bete lieber, dass wir heute Erfolg haben.«

Nach einer Stunde gab Sven das Zeichen, von der Autobahn abzufahren. Sie folgten dem Peilsignal noch eine halbe Stunde lang quer durch die Pampa. Dann wurde das Ende der Fahrt angezeigt. Sie ließen das Auto etwa 500 Meter vor dem Zielort stehen und bewegten sich vorsichtig durch die Dunkelheit des dichten Waldes. Es war eiskalt, die Sichel des Mondes nur als schmaler Streifen zu erkennen. Endlich sahen sie Licht durch die Bäume schimmern. Vorsichtig schlichen sie weiter, bis sie den Rand des Lichtkreises erreicht hatten. Vor ihnen lag eine Lichtung, die von einem großen Lagerfeuer erhellt wurde. Rund um das Feuer standen etwa fünfundzwanzig Skins und tranken Dosenbier. Im Hintergrund konnte man ein Blockhaus erkennen, dessen Kamin rauchte. Rechts neben der Eingangstür stand ein großer Schwenkgrill, auf dem Würstchen brutzelten.

»Sieht ja fast gemütlich hier aus«, bemerkte Thomas und kniff die Augen zum Schutz gegen das blendende Feuer zusammen.

»Na ja, ich glaube, ich würde meine Currywurst aber doch lieber im Imbissgrill um die Ecke essen«, murmelte Knut.

Schweigend beobachteten sie eine Weile die Meute. Fast alle waren mit Bomberjacken und Springerstiefeln bekleidet. Die Kälte schien ihnen aufgrund des hohen Bierkonsums wenig auszumachen, ganz im Gegensatz zu den fünf Beobachtern, die mit den Füßen stampften und sich die klammen Finger rieben.

Als die ersten Skins das Horst-Wessel-Lied anstimmten, hatte Thomas es endlich geschafft, das Richtmikrofon zu aktivieren, und ein leises Knistern zeugte von der Funktionstüchtigkeit. Atemlos folgten sie den Worten und Parolen, die jetzt durch das Mikro an ihr Ohr drangen.

»Scheiß Ausländer«, brüllte eine aggressive Stimme, »die Kanaken sollen doch hingehen, wo sie hergekommen sind!«

Zustimmendes Gegröle erfüllte die Nachtluft.

»Oder besser noch«, schrie wieder die erste Stimme, »wir machen sie alle platt, dann ist endlich Ruhe!«

Sofort setzte frenetischer Beifall der anderen Skins ein.

»Deutschland den Deutschen! Ausländer raus!«, grölte eine einzelne Stimme, und alle anderen fielen ein in eine rasende Kakofonie der Stimmen und des Verstandes. Arme reckten sich hoch zum Hitlergruß, und aggressionsgeladene Stimmen skandierten Parolen, die jedem vernunftbegabten Zuhörer Schauer des Entsetzens über den Rücken jagten. Rebecca starrte blicklos auf das Mikro.

»Wir sollten mal wieder einen von den Kanaken richtig aufmischen«, erhob sich eine kräftige Stimme über das Gegröle der anderen, »wäre ja schließlich nicht das erste Mal!«

Rebecca legte den Finger an die Lippen und sah die anderen beschwörend an, damit ihnen kein Wort entging.

Plötzlich war das Geräusch eines Motors zu hören, und dicht neben ihnen durchbrach ein Auto die dunkle Wand des Waldes und kam auf der Lichtung zum Stehen. Vier Personen waren in dem Wagen zu erkennen und wurden von den anderen mit lautem Beifall begrüßt.

»Da sind ja unsere Freunde aus Düsseldorf mit der kleinen Überraschung«, brüllte einer begeistert.

Drei der vier Personen verließen das Auto und begrüßten die anderen mit lautem Geschrei. Dann ging einer zurück zum Wagen und stellte sich an die Tür, hinter der die vierte Person saß.

»Und hier ist unsere Überraschung für euch«, schrie er heiser vor Ekstase und riss die Tür auf. Nach einem kurzen Handgemenge zerrte er eine sich windende Gestalt aus dem Inneren des Wagens. Es war ein junges Mädchen, vielleicht sechzehn oder siebzehn Jahre alt. Ihr schlanker Körper steckte in Jeans und T-Shirt, und die langen schwarzen Haare fielen in schweren Locken über ihren Rücken. Grob zerrte der Neuankömmling sie ans Feuer, und der Lichtschein fiel auf ihren dunklen Teint und ihre braunen, vor Schreck geweiteten Augen. Sie zitterte wie Espenlaub, und ihre Lippen zuckten unkontrolliert.

»Knut, renn zum Wagen, so schnell du kannst«, flüsterte Rebecca heiser, »verständige das Präsidium. Die sollen sämtliche verfügbaren Polizeieinheiten der Gegend aktivieren und hierher schicken. Sofort, hörst du? Sofort!«

Sie hatte noch nicht zu Ende gesprochen, als Knut in der Dunkelheit schon nicht mehr zu erkennen war. Trotz der Kälte standen ihr Schweißperlen auf der Stirn. Atemlos verfolgten die Zurückgebliebenen das Geschehen auf der Lichtung.

»Wie ihr alle wisst«, verkündete ein hoch gewachsener Skin, welcher der Anführer zu sein schien, »werden jedes Jahr bei unserem Wintertreffen die neuen Anhänger unserer Bewegung durch ein besonderes Ritual in unsere Gemeinschaft aufgenommen.«

Er warf einen langen Blick in die Runde und verharrte kurz bei dem Mädchen, das ihn entsetzt anstarrte.

»Dieses Jahr haben wir zwei neue Mitglieder, die sich erst noch als wahre Deutsche erweisen müssen.«

Zustimmendes Gemurmel und leises Gelächter erklang.

»Lasst uns dem endlich ein Ende machen«, wisperte Christina, die schon ihre Pistole aus dem Halfter geholt und entsichert hatte.

»Warte noch«, flüsterte Rebecca zurück, »wir brauchen Unterstützung. Wenn wir jetzt eingreifen, sind wir zahlenmäßig total unterlegen. Wahrscheinlich haben die auch Waffen dabei. Wir haben zwar das Überraschungsmoment auf unserer Seite, aber das wird nicht reichen. Möglicherweise gefährden wir so das Leben des Mädchens.«

»Verdammt, Rebecca«, zischte Christina aufgebracht, »kannst du nicht sehen, dass sie furchtbare Angst hat. Wir müssen sie da rausholen!«

»Ja, zum Teufel«, stieß Rebecca hervor, »ich kann sehen, dass sie Angst hat, aber daran kann ich im Moment leider nichts ändern. Zurzeit wird sie noch nicht körperlich bedroht, und wir müssen möglichst lange warten, bis Verstärkung anrückt. Tu, was ich dir sage, und warte ab!«

Ein leises Knacken hinter ihnen verriet, dass Knut zurückgekehrt war.

»Alles klar«, sagte er leise und nach Luft ringend, »sie sind im Anmarsch.«

Inzwischen hatten alle ihre Pistolen schussbereit und starrten auf die Szenerie vor ihnen. Die Stimmen aus dem Mikro waren leise, aber deutlich zu hören. Auf der Lichtung kam Bewegung in die Reihen der Skins, und nach einigen Sekunden wurden Benjamin und Dominik nach vorne ans Feuer geschoben. Sie standen stramm und hatten die Hände an der Hosennaht. Der Anführer betrachtete sie wohlwollend und ließ seinen Blick dann wieder über die Reihen der anderen Skins schweifen.

»Unsere Neuzugänge heute Abend sind von reinster arischer Abstammung und stolz darauf, Deutsche zu sein. Aber das müssen sie erst noch unter Beweis stellen. Wenn sie ihre Aufgabe gemeistert haben, werden wir ihnen zum Zeichen ihrer endgültigen Zugehörigkeit die Köpfe rasieren.«

Jubel brach unter den Skins aus, doch ihr Anführer brachte sie mit einer herrischen Gebärde zum Schweigen.

»Unsere neuen Freunde«, fuhr er fort, »haben sicherlich die Lehre von der Abstammung eifrig studiert und können mit einem Blick erkennen, dass dieses Subjekt hier ...«

Er zog die junge Frau unsanft an seine Seite und drehte ihr den Arm auf den Rücken, bis sie gequält aufschrie.

»... von höchst niederer Abstammung ist. Sie ist als Untermensch geboren und einzig und allein dazu bestimmt, der Herrenrasse zu Diensten zu sein. Zeigt ihr, was wir darunter verstehen!«

Er stieß das Mädchen grob nach vorne, sodass sie vor den beiden Jungen auf die Knie fiel. Sie atmete ein paar Mal schwer, hob trotzig den Kopf und kämpfte sich zitternd wieder auf die Beine. Rebecca beobachtete die beiden Jungen aus zusammengekniffenen Augen und hielt ihre Pistole im Anschlag. Dominik schien blass geworden zu sein und hatte die Lippen fest zusammengepresst. Im Schein des Feuers war zu erkennen, dass seine Stirn vor Schweiß glänzte. Benjamin hatte seine Zähne zu einem breiten Grinsen entblößt und die Fäuste geballt. Langsam ging er auf das Mädchen zu und blieb vor ihr stehen. Er war etwas größer als sie und sah ihr von oben in die Augen. Ohne Vorankündigung holte er aus und landete einen gezielten Faustschlag in ihren Magen. Sie keuchte und klappte zusammen wie ein Taschenmesser. Dann war die Hölle los. Rebecca und Christina waren gleichzeitig aus der Deckung hervorgesprungen und standen breitbeinig mit schussbereiten Waffen da.

»Keine Bewegung, hier spricht die Polizei«, rief Christina mit fester, lauter Stimme, »lassen Sie alle Waffen fallen und heben sie die Arme über den Kopf!«

Inzwischen waren auch die anderen hervorgekommen und versuchten, die Meute einzukreisen. Die Skins ließen sich allerdings nicht so leicht beeindrucken und stürmten auf die Dunkelheit am Rand der Lichtung zu. Schüsse erhellten die Nacht und übertönten sogar den Lärm der fliehenden Skins. Dann ertönte Sirenengeheul, und blaue Lichtblitze durchzuckten den dunklen Wald. Das Chaos konnte nicht größer sein.

Thomas goss seinen Kollegen Kaffee ein und warf einen Blick auf die Uhr an der Wand. Es war gleich halb zwölf in der Nacht, und sie hatten einen ziemlich anstrengenden Abend hinter sich. Die auf der Lichtung eintreffenden Polizisten hatten zwölf Skins festnehmen können, darunter Benjamin und Dominik. Sie waren mittlerweile alle sicher in diversen Zellen im Erdgeschoss des Präsidiums untergebracht. Die restlichen Skins hatten in den Wald fliehen können und wurden noch von den ankommenden Polizeieinheiten verfolgt. Die junge Frau war ins Krankenhaus gebracht worden. Die örtliche Polizei wollte sie am Montag zu den Geschehnissen der Nacht befragen.

Vorsichtig trank Thomas einen Schluck von seinem starken, heißen Kaffee und wandte sich an Rebecca.

»Willst du sie heute noch verhören?«

»Ja. Zumindest Benjamin und Dominik.«

»Keine Angst, dass Benjamins Vater uns wegen der fortgeschrittenen Stunde einen Strick dreht?«

»Na, von Schlafentzug kann man ja wohl kaum reden, auf der Skinfete wäre er jetzt bestimmt noch nicht im Bett. Außerdem wird Benjamins Vater versuchen, uns aus allem einen Strick zu drehen, egal, was wir machen. Und wenn ich es mir recht überlege, wird das Verhör mit Benjamin sowieso nur zwei Minuten dauern. Der Bengel sagt doch bestimmt nichts ohne seinen Anwalt. Hat er noch nicht verlangt, mit seinem Vater zu telefonieren?«

Thomas schüttelte den Kopf.

»Vielleicht hat der junge Mann ja nicht so viel von der Cleverness seines Vaters geerbt. Soll ich versuchen, was aus ihm herauszubekommen?«

»Okay, versuch es«, stimmte Rebecca zu, »aber vergiss nicht, ihm seine Rechte zu erklären. Ich kümmere mich derweil um Dominik.«

Das Neonlicht in dem Vernehmungszimmer ließ Dominiks Gesicht noch blasser erscheinen. An seinem linken Augenlid zuckte unkontrolliert ein kleiner Muskel, und seine Finger spielten nervös mit dem Rand seines Sweatshirts. Bei der Rangelei, die der Festnahme vorausgegangen war, hatte er sich einen Nasenstüber eingehandelt, und ein kleines eingetrocknetes Blutrinnsal befand sich unter seinem linken Nasenloch. Rebecca setzte sich ihm gegenüber an den Tisch und reichte ihm ein Tempo. Zögernd griff er danach, wischte sich das Blut ab und warf das Taschentuch in den Papierkorb, der neben ihm stand.

»Hallo, Dominik«, begann Rebecca dann, »ich würde

mich gerne mit Ihnen über das, was heute Abend geschehen ist, unterhalten. Ich bin sicher, Sie kennen das aus Filmen: Sie haben das Recht, die Aussage zu verweigern, und das Recht, einen Anwalt hinzuzuziehen. Möchten Sie das?«

Dominik schüttelte wortlos den Kopf, und Rebecca atmete leise auf. Dann legte sie ihm den Einwilligungsbogen vor und stellte schließlich die erste Frage.

»Was wollten Sie heute Abend auf der Feier?«

Dominik zuckte unbestimmt die Achseln.

»Spaß haben.«

»Spaß haben? Was genau bedeutet das für Sie?«

»Na, saufen, reden, sich mit Gleichgesinnten treffen. Feiern eben.«

»Zählt da auch das Verprügeln Unbeteiligter dazu?«

»Das war nicht geplant!«

»Ich habe aber gehört, dass diese kleine Überraschung schon seit längerem geplant worden ist.«

»Aber nicht von mir!«

»Du wusstest also nicht, was man von euch erwartete, um endgültig in die Gruppe der Skins aufgenommen zu werden?« Rebecca war zur persönlicheren Anrede übergegangen, während sie ihm einen Kaffee eingoss, den er dankend annahm. Er trank einen Schluck und schüttelte dann den Kopf.

»Nein, ich war ziemlich platt, als ich begriff, was los war.«

»Ist vorher schon mal etwas Ähnliches in eurer Gruppe passiert, dass Ausländer angegriffen wurden, zum Beispiel?«

»Nicht solange ich dabei bin.«

»Seit wann bist du denn dabei?«

»Seit drei Monaten.«

Rebecca sah ihn prüfend an, und er erwiderte ihren Blick mit erstaunlicher Offenheit.

»Wie bist du da reingeraten?«, fragte sie unvermittelt.

»Über Benjamin. Ich habe mich auf einer Schulfeier lange mit ihm unterhalten, und er erzählte mir von seinen Kumpanen und sagte Dinge, die einfach richtig und vernünftig waren.«

Rebecca lachte kurz auf.

»Ja, den ganzen Müll über die arische Abstammung zum Beispiel. Sag mal, glaubst du eigentlich an diesen Mist?«

Dominik reckte trotzig das Kinn nach oben und antwortete: »Ich halte es jedenfalls für ziemlich logisch!«

»Logisch?«, fuhr Rebecca ihn an. »Was ist denn daran logisch, die Menschheit einzuteilen in die Guten mit den blonden Haaren und den blauen Augen und in die Schlechten mit den schwarzen Haaren und den braunen Augen? Hast du keine Angst, bei dieser Klassifizierung von deinen arischen Freunden in die falsche Kategorie eingruppiert zu werden? Du bist ja auch nicht gerade naturblond, oder?«

Dominik wurde bis an die dunklen Haarwurzeln rot, und die Farbe seines Gesichts bildete einen deutlichen Kontrast zu seinen weißblond gefärbten Haarspitzen.

»Das ist doch viel zu vereinfachend«, wehrte er sich hitzig, »es gibt jede Menge Klassifikationsmerkmale und auch viele Beispiele für große Deutsche mit eindeutig arischer Abstammung, die dunkle Haare und Augen haben. Adolf Hitler, zum Beispiel!«

Rebecca holte zischend tief Luft und taxierte Dominik einige Sekunden lang. Dann wurde ihr Gesichtsausdruck undurchdringlich und ihre Stimme eisig.

»Adolf Hitler war der größte Massenmörder aller Zeiten und außerdem ein sadistischer, geistig minderbemittelter und größenwahnsinniger Zwerg, der seinen eigenen Ariernachweis fälschen musste, um seine ihm unliebsamen Vorfahren daraus zu tilgen!«

Dominik war aufgesprungen und schrie wütend auf Rebecca ein. »Das ist eine böswillige Verleumdung! Das ist Blasphemie!«

Rebecca hob erstaunt die Augenbrauen. Dann setzte sie eine verbindliche Miene auf und beugte sich anteilnehmend nach vorne.

»Ich gebe dir jetzt mal völlig kostenlos zwei gute Ratschläge: Sieh im Lexikon unter dem Stichwort ›Blasphemie‹ nach und verwende es in Zukunft nur noch an Stellen, wo es angebracht ist. Außerdem würde ich dir die Lektüre eines Geschichtsbuches empfehlen, und zwar eines, das nicht von deinen braunen Freunden gedruckt wird.«

»Du kannst mich mal, Kanakenschlampe«, zischte Dominik sie an, »ich verweigere jede weitere Aussage ohne einen Anwalt!«

Rebeccas Kiefer mahlten vor unterdrückter Wut angestrengt aufeinander, die Wangenknochen traten weiß hervor. Christina, die bisher an einem kleinen Tisch an der Wand gesessen hatte, stand rasch auf und legte Rebecca beschwichtigend eine Hand auf den Arm. Dann wandte sie sich freundlich lächelnd Dominik zu.

»Einen Anwalt werden Sie auch brauchen, junger Mann. Zu der langen Liste der Anklagepunkte gesellt sich jetzt auch noch Beamtenbeleidigung. Wenn Sie mir jetzt bitte folgen würden. Ich werde Sie zurück in Ihre Zelle bringen lassen. Da können Sie ja dann noch ein Weilchen über den Führer und seine Vorfahren nachdenken.«

Nachdem Dominik und Christina den Raum verlassen hatten, kam Thomas herein, der das Geschehen aus dem Nebenraum durch den venezianischen Spiegel verfolgt hatte.

»Was hältst du von ihm?«, fragte er.

Rebecca schnaubte verächtlich durch die Nase.

»Kleiner, arroganter, irregeleiteter Spinner. Aber ich denke, in dem, was er vor seinem Ausbruch sagte, war er ehrlich.«

»Den Eindruck hatte ich auch«, entgegnete Thomas. »Wenn es also stimmt, was er sagte, dann ist in den letzten drei Monaten von dieser Gruppe keine Jagd auf Ausländer gemacht worden. Das widerspricht unserer Vermutung, dass das Mordopfer durch einen ausländerfeindlichen Übergriff ums Leben gekommen ist, an dem unsere jugendlichen Neonazis beteiligt waren. Die Gespräche auf der Feier heute Abend ergaben auch keine Hinweise auf einen Mord. Also bisher nichts, was unsere Theorie untermauert.«

»Wie war dein Verhör mit Benjamin?«, wollte Rebecca wissen.

»Wie erwartet nach zwei Minuten beendet. Er hat die Aussage verweigert und verlangt, seinen Vater anzurufen. Der alte Herr dürfte schon auf dem Weg hierher sein.«

Rebecca seufzte und ließ sich auf einen Stuhl fallen.

»Langsam geht mir dieser Herr Schneider verschärft auf die Nerven. Erst die Sache mit den Speichelproben, und jetzt wird er wahrscheinlich dafür sorgen, dass sein feiner Sohn in kürzester Zeit wieder auf freiem Fuß ist. Dabei hätte Benjamin das Mädchen wahrscheinlich halb tot geprügelt, wenn wir nicht da gewesen wären.«

Müde angelte Rebecca nach dem Papiertaschentuch mit Dominiks Blut und reichte es Thomas.

»Hier, lass das mal im Labor untersuchen. Zur Sicherheit.«

Gähnend sah sie auf die Uhr und erhob sich.

»Ich sag dir was: In den nächsten beiden Tagen sehen wir zu, dass wir alle Skins verhören. Sollte sich dabei kein Zusammenhang mit unserem Mordfall ergeben und auch die Untersuchung des Taschentuchs nichts bringen, dann werden wir die ganze Neonazisache den Kollegen übergeben, die sich häufiger mit diesem Sumpf beschäftigen. Langsam kotzt mich dieser braune Scheißdreck an!«

Weihnachtsfeier

Bis Montagmittag hatten sie alle Skins verhört, ohne einen konkreten Hinweis auf den Mordfall zu erhalten. Als Dominik und Benjamin am Morgen dem Haftrichter vorgeführt wurden, hatte Herr Schneider dafür gesorgt, dass die beiden bis zur Verhandlung auf freien Fuß gesetzt wurden.

Da Rebecca den halben Sonntag mit Verhören zugebracht hatte, war Krishna abends ziemlich kurz angebunden gewesen. Als sie ihm dann auch noch mitteilte, dass sie am Montagabend auf der Weihnachtsfeier ihrer Abteilung sein werde, hatte er gereizt geantwortet, sie solle ihm Bescheid sagen, wenn sie mal wieder einen Termin frei habe. Im Moment wurde ihre Beziehung wirklich auf eine harte Probe gestellt.

Am Montagnachmittag kam aus dem Labor das Ergebnis zur Untersuchung des Taschentuchs. Es ergab sich keine Übereinstimmung zwischen den genetischen Fingerabdrücken vom Tatort und Dominiks Blut. Frustriert schmiss Rebecca den Laborbericht auf ihren Schreibtisch und starrte Thomas schlecht gelaunt an.

»Also, lass uns die ganze Sache mit den Neonazis erst mal vergessen. Kümmern wir uns lieber um die anderen Spuren, die wir haben. Christina und Knut, ihr werdet noch mal Frau Fuchs, der Freundin des Opfers, auf den Zahn fühlen. Wenn sie uns wirklich was verheimlicht, will ich wissen, was es ist. Sven, du kümmerst dich um die Pistole aus dem Schließfach. Die Ballistiker hatten mir für Anfang dieser Woche einen Bericht versprochen. Thomas, du kommst mit mir. Wir werden uns noch einmal Herrn Schneider und die Eheleute Fink vornehmen. Um sechs heute Abend ist die Weihnachtsfeier in der ›Schreckenskammer‹. Am besten, wir treffen uns gleich dort.«

Thomas sah sie missmutig an.

»Du willst mit dem Dienstwagen zur Weihnachtsfeier fahren?«

»Ja, wieso?«

»Ich hatte mir eigentlich vorgestellt, wir könnten ein paar gepflegte Kölsch trinken.«

Rebecca winkte ab.

»Ich heute nicht. Ich werde den Dienstwagen mit nach Hause nehmen.«

Sofort hellte sich Thomas' Gesicht auf.

»Prima, dann kannst du uns ja alle nach Hause fahren!«

Rebecca lachte und zeigte ihm einen Vogel.

»Ich glaub, da bist du völlig schief gewickelt. Ich bin doch kein Taxiunternehmen. Und jetzt schwing gefälligst die Hufe!«

In der Brahmsstraße öffnete Frau Schneider ihnen die Tür und sah sie wenig erfreut an.

»Guten Tag, Frau Schneider«, sagte Rebecca freundlich lächelnd, »wir würden gerne noch einmal mit Ihrem Mann reden. Ist er zu Hause?«

»Ist er. Aber ich kann mir nicht vorstellen, dass er gerne mit Ihnen reden würde.«

Hinter Frau Schneider schob sich die Gestalt ihres Mannes in die Türöffnung, und er sah Rebecca aus kalten Augen an. Sie nickte ihm zu und sagte zögernd: »Ich freue mich, Sie zu sehen.«

»Eine Freude, die ich ganz und gar nicht mit Ihnen teile!«

Rebecca versuchte, sich nicht aus dem Konzept bringen zu lassen, und setzte erneut an.

»Ich wollte mit Ihnen noch einmal über die freiwillige Speichelprobe reden, die Sie bisher ja abgelehnt und erfolgreich verhindert haben. Das ist natürlich Ihr gutes Recht, aber Sie sollten doch bedenken, dass Sie damit eine zügige Bearbeitung des Falles behindern. Sie sind doch sicherlich auch daran interessiert, dass der Mörder möglichst schnell gefasst wird. Außerdem wäre dies doch eine Möglichkeit, Sie und Ihre Familie von jeglichem Verdacht reinzuwaschen.«

»Sie brauchen *mich* wirklich nicht über meine Rechte aufzuklären«, entgegnete er spitz, »damit kenne ich mich mit Sicherheit besser aus als Sie! Darüber hinaus sehe ich nach der Bespitzelung meines Sohnes keinerlei Veranlassung, Ihnen gewogener zu sein. Wenn Sie mich jetzt bitte entschuldigen würden. Ich habe noch einen Termin bei einem Mandanten.«

Rebecca holte tief Lust und startete einen letzten Versuch.

»Ich möchte Sie trotzdem bitten, Ihren Einfluss auf Ihre Nachbarn geltend zu machen und dafür zu sorgen, dass wir den Speicheltest machen können.«

»Die Antwort lautet: Nein!«

»Verstehe.«

Rebecca nickte zum Abschied.

»Du mich auch!«, murmelte sie noch, als sie ein paar Meter entfernt waren.

Lustlos schlenderten sie auf die Villa der Finks zu und läuteten. Frau Fink öffnete ihnen die Tür. Ihre rotblonden Haare waren ungewaschen, und die großen Augen sahen aus, als habe sie mehrere Tage nicht geschlafen.

»Guten Tag, Frau Fink«, sagte Rebecca leise, »wir würden gerne nochmal mit Ihnen und Ihrem Mann über die freiwillige Speichelprobe sprechen, die Sie bisher verweigert haben.«

Frau Fink schüttelte müde den Kopf.

»Mein Mann ist in der Praxis, und mir gehen im Moment wirklich andere Dinge durch den Kopf. Außerdem bin ich nicht bereit, in dieser Angelegenheit eine Entscheidung ohne meinen Mann zu treffen. Er ist der Ansicht, wir sollten auf den Rat von Herrn Schneider hören, und ich vertraue ihm.«

Rebecca nickte resigniert.

»Gut, dann werden wir zunächst Ihren Mann in der Praxis aufsuchen und mit ihm reden.«

Sie wandten sich um, doch Rebecca hielt nochmal inne und fragte vorsichtig: »Wie geht es Dominik?«

Frau Schneiders graublaue Augen füllten sich mit Tränen, und sie sah rasch zu Boden.

»Mein Mann hatte einen fürchterlichen Streit mit ihm, als er nach seiner Festnahme nach Hause kam. Er darf bis auf weiteres das Haus nur noch verlassen, um zur Schule zu gehen. Am Freitag haben wir einen Termin bei einer der Beratungsstellen, die Sie uns empfohlen hatten.«

»Viel Glück«, murmelte Rebecca und wandte sich schnell um.

Eine halbe Stunde später erreichten sie die urologische Abteilung der Uniklinik und machten die Praxis von Dr. Fink ausfindig. Sie warteten im Empfangsbereich, bis Dr. Fink mit einem Patienten aus einem Sprechzimmer kam und ihn verabschiedete. Als er sie erblickte, sah er sie neugierig und fragend an.

»Frau Huthmacher«, sagte er herzlich, während er ihre Hand schüttelte, »Sie wollten zu mir?«

»Ja, wenn Sie etwas Zeit für uns erübrigen könnten.«

»Natürlich. Gehen Sie doch schon mal in das Sprechzimmer dort. Ich muss mich nur noch gerade um einen Patienten im anderen Sprechzimmer kümmern, dann stehe ich Ihnen voll und ganz zur Verfügung.«

Rebecca und Thomas betraten den Raum und setzten sich auf die beiden Stühle hinter dem wuchtigen Holzschreibtisch. Neugierig sah Rebecca sich um. Die linke Wand wurde von Regalen eingenommen, die bis obenhin mit Fachliteratur voll gestopft waren. An der Wand hinter dem Schreibtisch hingen einige eingerahmte Urkunden und Zeugnisse, welche die erfolgreichen Stationen seiner Universitätslaufbahn dokumentierten. Der große Schreibtisch war nahezu leer. Außer einem PC, einer Schreibtischlampe und einer Schale mit Stiften lagen dort nur noch ein Rezeptblock, ein kleiner Stapel geöffneter Briefumschläge und ein Organspendeausweis.

»Wahrscheinlich gehört es als Chefarzt der urologischen Abteilung zum Pflichtprogramm, nach seinem Ableben seine Nieren zu spenden«, murmelte Rebecca und warf einen interessierten Blick auf den Ausweis. In dem Augenblick wurden Stimmen vor der Tür laut, und Dr. Fink betrat den Raum und ließ sich auf seinen Schreibtischstuhl sinken.

»Nun«, fragte er, »was kann ich für Sie tun?«

»Wir wollten Sie bitten, Ihre Haltung bezüglich des freiwilligen Speicheltests zu ändern. Nachdem sich unser Verdacht hinsichtlich eines fremdenfeindlichen Übergriffes dieser Neonazitruppe bisher nicht erhärten ließ, müssen wir jede andere Spur verfolgen, und wir versprechen uns einige Erkenntnisse vom Ausgang eines solchen Tests.«

Rebecca sah ihn offen an. Einen Augenblick verhärteten sich seine Züge, dann lächelte er verbindlich.

»Ich fürchte, ich kann Ihnen da nicht entgegenkommen. Sehen Sie, das ist nicht nur meine Entscheidung. Wir haben uns gemeinschaftlich in der gesamten Nachbarschaft dazu entschlossen, dieser Aufforderung nicht nachzukommen. Wir sind uns sicher, dass Sie mit Ihrer Vermutung auf dem Holzweg sind und sich kein Mörder in unseren Reihen verbirgt. Einige meiner Nachbarn sind sehr erbost darüber, dass man sie aufgrund der dürftigen Anhaltspunkte, die Sie bisher hervorgebracht haben, für verdächtig hält. Ich muss gestehen, dass ich auch dazu zähle. Falls Sie konkretere Verdachtsmomente haben, können wir gegebenenfalls unsere Haltung noch einmal überdenken. Momentan allerdings sehe ich hierfür keine Veranlassung.«

»Herr Doktor Fink«, sagte Rebecca beschwörend, »ich halte Sie für einen verantwortungsvollen Menschen, und da draußen läuft ein Mörder frei herum. Es ist unsere Aufgabe, ihn dingfest zu machen, und Sie können uns dabei helfen.«

Doktor Fink zuckte die Schultern und schüttelte den Kopf.

»Bedaure, aber ich glaube, das kann ich nicht. Ich habe Ihnen meine Gründe bereits dargelegt. Aber ich bin sicher, Sie werden ihn auch ohne mich fangen.«

Thomas strich sich eine lange rote Locke aus dem Gesicht und sah Doktor Fink forschend an.

»Bei unserem Gespräch letzte Woche haben Sie ausgesagt, keinerlei Verbindungen nach Argentinien zu haben. Bleiben Sie bei dieser Aussage?«

Doktor Fink runzelte erstaunt die Stirn.

»Selbstverständlich! Wieso sollte ich etwas anderes sagen?«

»Nun, Ihre Frau schien durch diese Frage leicht aus der Fassung gebracht worden zu sein. Ihr ist der Löffel aus der Hand gefallen, als das Wort ›Argentinien‹ fiel.«

»Meine Frau hat ein sehr schwaches Nervenkostüm«, entgegnete Doktor Fink ärgerlich, »und die Sache mit Dominik hat sie in letzter Zeit sehr aufgeregt. Sie lässt ständig irgendwelche Dinge fallen und ist zurzeit auch in ärztlicher Behandlung. Höchstwahrscheinlich ist sie durch den vorangegangenen Streit mit meinem Sohn aus der Fassung gebracht worden. Das hatte wirklich rein gar nichts mit Ihrer Frage zu tun.«

Thomas nickte, und die beiden standen auf, um sich zu verabschieden. Als die Tür hinter ihnen ins Schloss fiel, ging Doktor Fink seufzend zum Empfangsbereich.

»Da sitzt noch eine Patientin im Wartezimmer«, sagte seine Sprechstundenhilfe, »das ist dann die letzte.«

Doktor Fink hob ergeben die Arme und stöhnte: »Na

gut, eine noch, aber dann reicht es auch für heute. Sie können schon mal gehen. Ich glaube, ich komme jetzt allein zurecht.«

Rebecca lenkte den Wagen schweigend Richtung Innenstadt, während Thomas mit seinen langen Fingern den Takt der Musik auf seinem Bein mittrommelte.

»Mir ist da eben etwas Merkwürdiges aufgefallen«, sagte sie plötzlich und warf Thomas einen kurzen Blick zu.

»Und was?« Er sah sie mäßig interessiert an und schlug weiter den Takt.

»Auf dem Organspendeausweis eben stand, dass Doktor Fink die Blutgruppe AB hat.«

»Ja, und?«

»Heute Nachmittag in dem Laborbericht über das Blut an dem Taschentuch stand aber, dass Dominik die Blutgruppe Null hat. Wenn mich meine spärlichen Schulbiologiekenntnisse nicht im Stich lassen, geht das nicht.«

Thomas überlegte einen Augenblick und hörte auf, den Takt zu schlagen.

»Du meinst, Doktor Fink ist gar nicht der Vater von Dominik?«

»Sicher bin ich mir nicht, ich muss das nochmal nachlesen.«

Thomas grinste süffisant.

»Na sieh mal einer an, da hat jemand unserem souveränen Doktor Fink Hörner aufgesetzt. Hätte ich seiner Frau gar nicht zugetraut.«

»Du weißt doch: Stille Wasser sind tief.«

Thomas sah eine Weile nachdenklich aus dem Fenster.

»Glaubst du, hier könnte ein Motiv für unseren Mordfall liegen?«, fragte er dann. »Vielleicht ist ja Gandera der Vater. Fink hat es herausgefunden und ihn aus Eifersucht umgebracht.«

Rebecca schüttelte lächelnd den Kopf.

»Manchmal geht deine Fantasie wirklich mit dir durch. Wenn es so wäre, würden sie wohl kaum noch als glückliches Paar weiterleben. Außerdem müssten sich Frau Fink und Gandera dann ja wohl vor siebzehn Jahren mal getroffen haben, und erst heute Vormittag hast du mir erzählt, dass Gandera sein Land vorher noch nie verlassen hat. Und Frau Fink sieht auch nicht gerade aus wie die geborene Weltenbummlerin. Nein, ich glaube, es hat weiter nichts zu bedeuten. Es ist mir halt einfach nur aufgefallen.«

Inzwischen hatten sie den Eigelstein erreicht, und Rebecca hielt nach einem Parkplatz Ausschau. Als vor ihr eine Parklücke frei wurde, schlug sie blitzschnell zu.

»So«, sagte sie, während sie das Auto abschloss, »und jetzt will ich heute Abend nichts mehr über den Mordfall hören. Lass uns einfach mal einen ruhigen, gemütlichen Abend verbringen. Das hatten wir in letzter Zeit wirklich selten.«

Sie betraten das Brauhaus und kämpften sich bis zu dem Nebenraum vor, wo ein langer Tisch für sie reserviert war. Die Luft war erfüllt von Stimmengewirr und Gelächter. Ein Köbes flitzte in seiner traditionellen blauen Schürze durch die Reihen gescheuerter Holztische und stellte ungefragt ein Kölschglas vor jedem Gast ab.

Auf Thomas' Gesicht machte sich ein seliges Grinsen breit, und er setzte sich auf einen der beiden noch freien Stühle an dem Tisch. Das gesamte KK 11 war bereits versammelt. Auch die anderen Gruppen waren vollständig erschienen. Rebecca konnte sich ein Lächeln nicht verkneifen, als sie Christina direkt neben Kottmann entdeckte, der seine Arnold-Schwarzenegger-Brust reckte und Christina unverblümt anhimmelte. Dann setzte sie sich auf den letzten freien Platz zwischen Thomas und Karsten Gottschalck und hatte ihre liebe Not, den Köbes davon zu überzeugen, dass sie kein Kölsch, sondern ein Wasser wollte.

»Sieh an, sieh an, auch Rebecca gibt sich die Ehre«, säuselte neben ihr Karsten Gottschalck gut gelaunt, »irre ich mich, oder hatten Sie mir nicht für heute einen Bericht zum Stand der Ermittlungen versprochen?«

Seine grünblauen Augen blitzten sie erwartungsvoll an, und Rebecca strich sich nervös eine vorwitzige Haarsträhne hinters Ohr.

»Ich habe niemals von heute gesprochen«, antwortete sie schnell, »ich habe nur ›diese Woche‹ gesagt.«

»Na, da bin ich ja wirklich froh, dass eine Woche nur sieben Tage hat!«

Karsten hob sein Glas und prostete ihr zu.

»Ich hoffe trotzdem, Sie werden mir noch vor dem Wochenende Ihre Aufwartung machen. Ich hab schon richtig Sehnsucht nach Ihnen!«

Rebecca blitzte ihn aus blauen Augen an und grinste.

»Höre ich da etwa Spott in Ihrer Stimme?«

»Nein, wirklich! Jeden Morgen komme ich ins Büro und frage mich: Wird sie heute vorbeikommen, oder wird sie nicht vorbeikommen? Ich hatte schon mal überlegt, diese Frage an den Blättern eines Gänseblümchens abzuzählen. Leider gibt es im Dezember so wenig Gänseblümchen!«

Rebecca lachte schallend.

»Komisch, immer wenn Sie was getrunken haben, werden Sie mir richtig sympathisch«, bemerkte sie lächelnd.

»Oh, wirklich?« Gottschalck schlug in gespieltem Erstaunen die Hände vor den Mund. »Dann werde ich mir in Zukunft immer einen genehmigen, bevor ich Ihnen gegenübertrete!«

»Lieber nicht«, stellte Rebecca kategorisch fest, »am Ende werden wir uns noch vertragen, und das wäre doch wirklich schade, oder?«

Karsten schüttelte grinsend den Kopf.

»Rebecca, Rebecca«, sagte er dann leise, »Sie sind wirklich eine bemerkenswerte Person.«

Sie ging lächelnd den nur schwach erleuchteten Fußweg entlang und dachte über die Geschehnisse der letzten Stunden nach. Es war gut gelaufen, so viel stand fest. Sie hatte ihn aus der Fassung gebracht, und er hatte begriffen, dass sie es ernst meinte. Als sie ihn verlassen hatte, war sie in die Stadt gefahren und hatte fast bis Geschäftsschluss die Auslagen der Kaufhäuser bewundert. Tausend Dinge hatte sie sich ausgesucht, und bald würde sie alle besitzen. Mit überlegenem Lächeln war sie durch die Schmuckabteilung stolziert und hatte den Verkäuferinnen hinter den Glasvitrinen mit den funkelnden Diamantschmuckstücken gönnerhaft zugelächelt. Bald war es so weit. Sie hatte alles unter Kontrolle und war Herrin der Lage. Um kurz vor acht hatte sie in der Lebensmittelabteilung noch eine Flasche Champagner erstanden. Die würde sie zur Feier des Tages heute Abend öffnen.

Sie atmete tief durch und fühlte sich glücklich. Sie hatte es geschafft! Plötzlich empfing ihr Unterbewusstsein eine

Störung, die sie, tief in Gedanken versunken, bisher nicht registriert hatte. Sie spitzte die Ohren. Schnelle Schritte, die sich ihr näherten. Sie warf einen Blick über die Schulter und sah eine Gestalt, die rasch näher kam. Hektisch durchforstete sie die Dunkelheit vor ihr, doch kein Mensch war weit und breit zu sehen. Schlagartig wurde ihr klar, dass sie die Situation falsch eingeschätzt hatte und doch nicht Herrin der Lage war. Ihr Puls begann zu rasen, und sie rannte, von Panik ergriffen, los wie ein gehetztes Tier. Die hohen Absätze ihrer Stiefel hämmerten auf den Asphalt und vermischten sich mit den rasenden Schritten, die jetzt dicht hinter ihr waren. Sie wollte schreien, brachte aber keinen Ton über die Lippen. Ein kräftiger Schlag riss sie von den Beinen, und sie flog kopfüber in das Gebüsch neben dem Fußweg. Ihr Gesicht schlug auf dem gefrorenen Laub auf, und sie rang nach Atem. Mit einem schmerzhaften Ruck wurde ihr Kopf an den Haaren zurückgerissen, und ein nasses Tuch drückte sich auf Mund und Nase. Sie holte röchelnd Luft und konnte einen unangenehmen Geruch feststellen. Dann verlor sie das Bewusstsein.

Das laute Lärmen und Gelächter aus der ›Schreckenskammer‹ verstummte augenblicklich, als sich die Tür hinter ihr schloss. Rebecca blieb einen Augenblick stehen und atmete tief die kalte, klare Nachtluft ein. Die Tür des Brauhauses öffnete sich erneut, und zusammen mit einem Schwall warmer Luft stolperten lachend Thomas, Knut, Sven und Gottschalck heraus. Christina hatte sich schon vor einer Stunde zusammen mit Kottmann verabschiedet. Das stark angeheiterte Häuflein, das sich jetzt um Rebecca versammelte, war der harte Kern dieser Weihnachtsfeier.

»Und die liebe Rebecca wird uns jetzt sicher alle nach Hause fahren, nicht wahr«, säuselte Thomas und legte schmeichelnd einen Arm um ihre Schultern. Rebecca lachte und wollte gerade zu einer Erwiderung ansetzen, als Karsten Gottschalck begeistert zustimmte.

»Thomas hat vollkommen Recht!« Karsten hatte im Laufe des feuchtfröhlichen Abends auch den anderen vorgeschlagen, sich mit den Vornamen anzureden, und war auf allgemeine Zustimmung gestoßen. »Ich erteile hiermit die ausdrückliche Erlaubnis, dass Sie den Dienstwagen dazu missbrauchen, diese höchst dienstliche Feier zu beenden und den letzten Rest der Versammlung sicher nach Hause zu bringen. Vorausgesetzt natürlich, Sie vergessen mich nicht dabei.«

Rebecca sah nacheinander in vier glasige Augenpaare, die sie erwartungsvoll ansahen, und gab sich seufzend geschlagen.

»Also los, bevor ich es mir anders überlege.«

Entschlossen ging sie auf das geparkte Auto zu und schloss auf. Die anderen folgten ihr im Gänsemarsch und drängelten, sich gegenseitig schubsend, ins Wageninnere. Eine halbe Stunde später hatte sie Sven und Knut auf der anderen Rheinseite abgeliefert und fuhr zurück über die Severinsbrücke, um Thomas in der Südstadt abzusetzen. Nachdem Thomas sich schulterklopfend von seinem Chef verabschiedet hatte, ließ Karsten sich auf den Beifahrersitz sinken und sah Rebecca von der Seite an.

»Ich wohne in der Berrenrather Straße«, sagte er, »finden Sie da hin?«

Rebecca nickte stumm, legte den Gang ein und wendete auf der Straße. Schweigend fuhren sie durch die Straßen und erreichten zehn Minuten später ihr Ziel. Rebecca steuerte den Wagen an den Straßenrand und wartete. Karsten hatte sich ihr zugewandt und machte keine Anstalten auszusteigen. Lange sah er sie schweigend an. Dann lächelte er und sagte: »Ich mache Ihnen einen Vorschlag: Sie kommen jetzt mit mir nach oben, wir trinken noch ein Glas zusammen, und Sie erzählen mir endlich mal, wie weit Sie mit Ihren Ermittlungen in dem Mordfall sind. Irgendwann müssen Sie es schließlich hinter sich bringen, oder? Und es macht keinen Sinn, es noch weiter hinauszuzögern.«

Rebecca sah ihn an und warf einen forschenden Blick in seine blaugrünen Augen. Ein leichtes Lächeln umspielte seine Mundwinkel.

»Angst?«, fragte er leise. Sie schüttelte langsam den Kopf und zog dann den Zündschlüssel ab.

»Nein«, entgegnete sie, stieg aus und folgte ihm in den Flur des Jugenstilhauses.

Krishna warf einen Blick auf die Uhr. Viertel nach elf, und der Spätfilm begann ihn zu langweilen. Vielleicht sollte er doch schon zu Bett gehen und nicht länger auf Rebecca warten. Das Läuten des Telefons riss ihn aus seinen Gedanken. Er griff zum Hörer und meldete sich. Am anderen Ende erklang Thomas' Stimme.

»Hallo! Thomas hier. Kann ich Rebecca nochmal kurz sprechen?«

»Die ist noch gar nicht da.«

»Nicht? Sie hat mich vor etwa einer halben Stunde zu Hause abgesetzt und danach nur noch unseren Chef nach Hause gefahren. Dann wird sie sicher jeden Moment kommen.«

»Soll sie dich nochmal zurückrufen?«

»Nein, lass mal. Ich hatte nur gerade noch etwas nachgesehen, worüber wir heute Nachmittag geredet hatten. Aber das kann ich ihr auch morgen noch sagen. Mach's gut. Ich ruf dich vielleicht diese Woche nochmal an, wir könnten mal wieder eine Runde Squash spielen.«

»Ja klar, bis dann.«

Krishna trennte die Verbindung und runzelte die Stirn. Eine halbe Stunde später schaltete er den Fernseher ab und goss sich ein Glas Whisky ein. Schweigend wartete er bis ein Uhr. Dann ging er zu Bett und lag lauschend in der Dunkelheit, bis ihm eine Dreiviertelstunde später ein leises Klirren von Schlüsseln Rebeccas Rückkehr anzeigte. Er hörte ihre Schritte im Flur und dann im Wohnzimmer. Angestrengt horchte er auf weitere Geräusche, konnte aber nichts mehr hören. Lautlos stand er auf und schlich auf Zehenspitzen zum Wohnzimmer. In der Tür blieb er stehen und beobachtete sie. Rebecca saß auf der Couch und hatte ihm halb den Rücken zugekehrt. Sie hatte die Unterarme auf ihre Knie aufgestützt. In ihren Händen hielt sie sein Whiskyglas, das sie noch einmal gefüllt hatte, obwohl sie sonst nie Whisky trank. Gedankenverloren starrte sie eine Weile auf die bernsteinfarbene Flüssigkeit. Dann hob sie mit einem tiefen Seufzer das Glas und stürzte den Inhalt hinunter. Leise schlich Krishna zurück ins Bett. Kurz darauf hörte er das gedämpfte Rascheln ihrer Kleidung, als sie sich rasch auszog. Mühsam beherrscht stellte er sich schlafend und lauschte mit pochendem Herzen auf ihre gleichmäßigen tiefen Atemzüge.

Am nächsten Morgen stand er früh auf und trank mehrere Tassen Kaffee, um wach zu werden. Er hatte kaum geschlafen in der Nacht und fühlte sich furchtbar. Als Rebecca in die Küche kam, gab sie ihm einen flüchtigen Kuss und murmelte: »Morgen, schon so früh auf?«

»Ich konnte nicht mehr schlafen«, entgegnete er unbestimmt und beobachtete, wie sie sich Marmelade auf eine Brötchenhälfte strich.

»Und«, wollte er dann wissen, »wie war die Weihnachtsfeier?«

»Feuchtfröhlich, wie immer.«

Rebecca kaute an ihrem Brötchen, und Krishna sah ihr prüfend ins Gesicht.

»Und wie lief's mit deinem Chef? Habt ihr euch wieder gestritten, oder warst du diesmal etwas netter zu ihm?«

Krishnas unbeteiligter Gesichtsausdruck verriet keinerlei Regung. Nur seine Zähne rieben leise knirschend gegeneinander, als er beobachtete, wie Rebecca knallrot anlief und rasch aufstand, um an der Kaffeemaschine herumzuhantieren, die auf der Arbeitsplatte stand. Während sie sich einen Becher Kaffee eingoss und unendlich lange mit einem Löffel darin herumrührte, zuckte sie die Achseln und murmelte kaum hörbar: »Nein, er war eigentlich ganz erträglich. Jedenfalls haben wir uns kaum gestritten.«

Krishna sog hörbar die Luft durch die Nase ein und versuchte, seine Stimme ruhig klingen zu lassen, als er fragte: »Wann warst du eigentlich zu Hause? Ich habe bis kurz nach elf auf dich gewartet und bin dann schlafen gegangen. Aber da warst du noch nicht da.«

Rebecca hatte sich inzwischen mit ihrem Kaffee wieder an den Tisch gesetzt und befeuchtete sich die trockenen Lippen mit der Zunge. Sie überlegte kurz und antwortete dann zögernd: »Muss wohl so gegen halb zwölf gewesen sein, schätze ich.«

Krishna sah ihr ausdruckslos in die blauen Augen und nickte.

»Dann haben wir uns ja nur knapp verpasst.«

Neue Rätsel

Zwei Stunden später saß Rebecca an ihrem Schreibtisch und versuchte, sich auf die vor ihr liegenden Unterlagen zu konzentrieren, doch ihre Gedanken schweiften immer wieder ab. Stöhnend ließ sie den Kopf in die Hände sinken und raufte sich die blonden kurzen Haare, bis sie wirr in alle Richtungen standen. Sie war unfähig, einen klaren Gedanken zu fassen, und wäre am liebsten wieder nach Hause gefahren, um sich unter der Bettdecke zu verkriechen. Als sie gerade dabei war, diesen Gedanken ernsthaft ins Auge zu fassen, kam Thomas leise pfeifend zur Tür herein.

»Du sollst mal zu Karsten ins Büro kommen«, teilte er ihr mit. Rebecca zuckte zusammen und starrte Thomas an, als wäre er ein Geist.

»Jetzt sofort?«, fragte sie schwach.

Thomas nickte. »Ja, möglichst sofort, hat er gesagt. Er sieht ziemlich mitgenommen aus. Hat wohl ein wenig zu viel getrunken gestern.«

Rebecca erhob sich mit zitternden Knien und machte sich auf den Weg in Karstens Büro. Vor der Tür holte sie noch einmal tief Luft und trat dann beherzt ein.

Eine halbe Stunde später kam Thomas an der Tür vorbei und hörte lautes Gelächter dahinter. Als Rebecca kurz darauf wieder ihr Büro betrat, spielte ein amüsiertes Lächeln um ihre Lippen.

»Na, das scheint ja eine lustige Besprechung gewesen zu sein«, stellte Thomas zielsicher fest, »man konnte dein Gekicher bis auf den Flur hören.«

»Du sollst doch nicht an Türen lauschen.« Rebecca hob mahnend den Zeigefinger und grinste ihn unverhohlen an.

»Dazu muss man nun weiß Gott nicht lauschen. Ich hätte taub sein müssen, um das zu überhören.«

Kopfschüttelnd griff er nach der Kaffeekanne und goss sich einen Becher voll ein.

»Übrigens habe ich gestern Abend, als ich nach Hause kam, nochmal die Sache mit den Blutgruppen nachgesehen. Du hattest Recht. Wenn die beiden Blutgruppen stimmen, kann Doktor Fink nicht der leibliche Vater von Dominik sein. Er hat ein Kuckucksei im Nest. Ist die Frage, ob er davon weiß.«

»Na, von mir wird er es wohl kaum erfahren, solange es nicht für unseren Fall von Bedeutung ist«, entgegnete Rebecca.

Inzwischen waren auch die anderen eingetroffen und zankten sich um den letzten Rest Kaffee.

»Was ist eigentlich gestern Nachmittag bei der Befragung von Frau Fuchs herausgekommen?«, fragte Rebecca an Christina gewandt.

»Fehlanzeige«, Christina hob in einer hilflosen Geste die Hände, »auf der Arbeit war sie nicht mehr. Sie hatte sich eine halbe Stunde, bevor wir kamen, den Rest des Nachmittags freigenommen, wegen eines Arzttermins, wie sie sagte. Ihre Kollegin bemerkte allerdings naserümpfend, dass sie nicht sonderlich krank aussah. Zu Hause haben wir sie allerdings auch nicht angetroffen.

Wir wollten es nachher nochmal auf der Arbeit versuchen.«

Sven, der während Christinas Erklärung einen Anruf entgegengenommen und gerade aufgelegt hatte, wandte sich um und sah Christina an.

»Da werdet ihr wohl auch heute nicht mehr Glück haben«, bemerkte er lakonisch, »Andrea Fuchs wurde heute Morgen in einem Gebüsch in der Nähe ihrer Wohnung tot aufgefunden. Die Kollegen sind schon vor Ort.«

Augenblicklich herrschte Totenstille. Alle starrten Sven an.

»Verdammt«, hauchte Rebecca schließlich, »was zum Teufel hat sie gewusst? Was immer es war, es muss sie das Leben gekostet haben.«

Sie sprang mit einem Satz auf und rannte zur Tür.

»Ich bin bei Karsten«, rief sie, bevor sie verschwand.

Eine viertel Stunde später kam sie zurück und gab Anweisungen.

»Thomas und Knut, ihr kommt mit mir zum Tatort. Sven und Christina, ihr nehmt euch nochmal die L'Angelos vor, diesen Immobilienmakler mit dem argentinischen Vater und seine Frau. Findet alles über seine argentinische Verwandtschaft und über die Geschäfte, die er betreibt, heraus. Vielleicht finden wir da einen Anhaltspunkt. Also los, Abmarsch!«

Sie standen auf, griffen nach ihren Jacken und verließen das Büro. Auf dem Weg in die Tiefgarage sah Thomas sie von der Seite an und fragte: »Und, was hat Karsten gesagt?«

Rebecca schnaubte grimmig und grinste dann.

»Zuerst wollte er mir den Kopf waschen, weil ich angeblich zu viel Zeit mit dieser Neonazisache verschwendet hätte. Nachdem wir uns eine Weile wutschnaubend angebrüllt haben, hat er schließlich eingesehen, dass er auch nicht anders gehandelt hätte. Manchmal kann er richtig einsichtig sein.«

»Na, du musst es ja wissen«, knurrte Thomas, schwang seine langen Beine hinters Steuer und fuhr mit quietschenden Reifen an.

Kurze Zeit später erreichten sie den asphaltierten Fußweg, der durch ein Stück unbebautes Land führte, das mit Bäumen und Sträuchern bewachsen war. Etwa in der Mitte des Grünstreifens standen einige Polizeiautos und ein Krankenwagen auf dem Weg. Die Polizisten hatten ein größeres Gebiet abgesperrt und hielten die Schaulustigen in Schach, die sich neugierig am Rande der Absperrung drängelten. Rebecca holte tief Luft, zog ihren Dienstausweis hervor und schob sich an einem der Polizisten vorbei. Nach wenigen Schritten durch das dichte, aber blattlose Gestrüpp erreichte sie den Fundort der Leiche, wo schon verschiedene Leute vom Erkennungsdienst ihre Arbeit verrichteten. Thomas und Knut folgten ihr.

Andrea Fuchs lag immer noch auf dem Bauch, das Gesicht im gefrorenen Laub verborgen und die dunkelblonden langen Haare wie einen Schutzschild um den Kopf gelegt. Rebecca ging langsam um die Leiche herum und sah Michael, der die Rückseite des langen Mantels nach Spuren absuchte, bei der Arbeit zu. Sein weißer Schutzanzug hob sich deutlich von der braunschwarzen Umgebung ab. In der rechten behandschuhten Hand hielt er eine Pinzette. Nach längerer aufmerksamer Suche zupfte er von der Schulter der Toten ein Haar und hielt es mit der Pinzette vor die Augen, um es zu betrachten. Dann ließ er es vorsichtig in ein kleines Plastiktütchen fallen, das er sorgfältig verschloss.

»Irgendwas gefunden?«, fragte Rebecca, die sich neben ihn gekniet hatte.

»Ja, ein Haar, das eindeutig nicht von der Toten stammt. Ansonsten bisher nichts.«

Hinter ihnen erscholl ein lautes Niesen, und Rudolf, der Gerichtsmediziner, trat heran. Er hatte einen dicken Schal um den Hals gewickelt, und aus seiner feuerroten Nase löste sich ein kleiner Tropfen.

»Guten Morgen zusammen«, sagte er mit stark nasaler Stimme und zog sich Handschuhe an.

»Lasst uns schnell machen, ich muss aus dieser Kälte raus, sonst hole ich mir noch den Tod. Wenn du hier auf der Rückseite fertig bist, können wir die Dame ja mal umdrehen und von vorne begutachten.«

Michael nickte zustimmend.

»Ja, ich bin hier so weit. Wenn Dirk genügend Fotos geschossen hat, kann's losgehen.«

Dirk, der gerade einen neuen Film einlegte, gab ihnen mit dem zu einem Kreis geformten Zeigefinger und Daumen sein Okay, und sie drehten die Leiche vorsichtig um. Aufgrund der großen Kälte war die Tote schon steif gefroren, und die angewinkelten Arme blieben auch in der Rückenlage in ihrer grotesken Pose. Sie sah hilflos aus, wie ein auf den Rücken gedrehter Käfer. Vorsichtig befreite Michael ihr Gesicht von ein paar festgefrorenen Laubblättern. Sie hatte die Augen geschlossen und den Mund leicht geöffnet. Es war keine Verletzung zu erkennen. Fast sah sie aus, als würde sie schlafen. Rasch öffnete Rudolf den Mantel der Toten und tastete mit sicheren Händen ihren Körper ab.

»Was ist das für ein Geruch?«, fragte Rebecca und beugte sich schnuppernd dichter über die Leiche.

»Dazu kann ich im Moment wirklich nichts sagen«, entgegnete Rudolf, während er sich geräuschvoll die rot geschwollene Nase putzte, »momentan könnte ich dem Geruch nach keinen Blumenstrauß von einem Hundehaufen unterscheiden.«

»Er hat sich schon wieder verflüchtigt«, murmelte Rebecca, »es war irgendwie ein schwerer, süßlicher Geruch.«

»Ich hoffe, nach der Obduktion kann ich dir mehr sagen. Bisher kann ich keinerlei Verletzungen feststellen, die ihren Tod verursacht haben könnten. Jedenfalls liegt sie schon eine ganze Weile hier, wahrscheinlich die ganze Nacht. Ich werde sie mir heute Nachmittag noch vornehmen. Sagen wir um vier?«

Rebecca nickte und erhob sich. Dann ging sie zu einem der Polizisten, der an der Absperrung stand.

»Wer hat sie gefunden?«, wollte sie wissen.

»Da vorne, das ältere Ehepaar.« Der Polizist wies mit dem Kopf die Richtung. »Sie haben gerade ihren Hund ausgeführt, der die Leiche im Gebüsch aufgestöbert hatte. Die Personalien habe ich hier notiert.«

Er reichte ihr einen Zettel, und sie nahm ihn dankend entgegen. Dann wandte sie sich an Thomas und Knut.

»Ich werde das Ehepaar, das sie gefunden hat, befragen. Kümmert ihr euch um die Schaulustigen. Vielleicht hat jemand irgendetwas gehört oder gesehen. Danach werden wir uns bei ihren Nachbarn umhören. Möglicherweise hat ihr Mörder ihr ja zu Hause aufgelauert und sie bis hierher verfolgt. Also an die Arbeit.«

Um Viertel vor vier hatten sie die Schaulustigen und die meisten der Nachbarn befragt, leider ohne Erfolg. Keiner hatte Frau Fuchs gestern Abend noch gesehen, und niemandem war ein fremder Besucher aufgefallen, der sich in der Nähe des Hauses herumtrieb. Eine Frau hatte gestern Abend gegen neun einen ihr unbekannten Mann auf dem Weg gesehen. Aber da sie ihn nur von hinten und in der Dunkelheit sah, konnte sie nur spärliche Angaben über sein Aussehen machen.

Rebecca warf seufzend einen Blick auf ihre Uhr und sagte dann: »Okay, lasst uns hier für heute Schluss machen. Die restlichen Nachbarn werden wir uns morgen vornehmen. Wir müssen jetzt zur Obduktion, und danach sind noch einige Berichte fällig. Ich fürchte, das wird mal wieder ein langer Tag heute.«

Rudolf führte die Obduktion zusammen mit einem jungen Kollegen durch. Thomas und Knut sahen ihnen interessiert über die Schulter, als sie eine Probe des Mageninhalts entnahmen und anschließend die Lungenflügel sezierten. Rebecca hatte sich auf einen Hocker neben dem langen Metalltisch an der Wand gesetzt. Sie war hundemüde und fühlte sich elend. Die Obduktion hatte nicht gerade zur Verbesserung ihres Befindens beigetragen. Mit einem leichten Vibrieren kündigte das Handy in ihrer Jackentasche einen Anruf an. Sie meldete sich und hörte sofort Krishnas gereizte Stimme in der Leitung.

»Hast du vor, heute nochmal nach Hause zu kommen?«, bellte er.

Sie schloss kurz die Augen und holte tief Luft.

»Es wird wahrscheinlich spät werden heute. Wir haben eine zweite Leiche gefunden. Es ist die Freundin unseres ersten Mordopfers, und sie ist wahrscheinlich ebenfalls ermordet worden.«

»Tatsächlich?« Seine Stimme war voll beißender Ironie. »Na, dann hast du ja mal wieder einen ausreichenden Grund, deinen Abend im Präsidium zu verbringen!«

»Verdammt nochmal«, brauste Rebecca auf und senkte sofort wieder die Stimme, als Thomas ihr einen fragenden Blick zuwarf. »Das ist mein Job! Kannst du das nicht begreifen? Mein Chef macht mir die Hölle heiß. Ich kann hier jetzt nicht alles stehen und liegen lassen.«

»Ach so ist das«, entgegnete Krishna sarkastisch, »Karsten macht dir also die Hölle heiß. Wie schön für dich! Ich hoffe, du amüsierst dich gut in der Hölle!«

Bevor sie noch etwas erwidern konnte, hatte er die Verbindung unterbrochen. Fassungslos starrte sie das Handy an. Rudolf war inzwischen mit der Obduktion fertig und gab diverse Erklärungen hinsichtlich Todesursache und -zeitpunkt ab, doch Rebecca hörte nur mit halbem Ohr zu.

»Ich werde noch ein paar Tests durchführen. Den vollständigen Bericht habt ihr dann spätestens am Donnerstag auf dem Tisch«, sagte Rudolf, während er ihr zum Abschied die Hand schüttelte. Rebecca nickte wie betäubt und verließ das Gebäude in Richtung Parkplatz.

Trennungsschmerz

Es war fast zehn, als Rebecca endlich zu Hause ankam. Sie hatte noch den ganzen Abend Berichte geschrieben, doch ihre Gedanken waren immer wieder abgeschweift. Eine nagende Unruhe rumorte in ihrem Magen, und irgendetwas kroch ihr ständig eiskalt den Rücken herauf.

Als sie die Wohnungstür aufschloss, registrierte sie sofort, dass die gesamte Wohnung dunkel war. Kein Lichtschimmer, der unter einer Tür hervorquoll, kein noch so geringes Geräusch. Sie machte das Licht im Flur an und ging langsam ins Schlafzimmer, um sich umzuziehen. Als sie die Tür des Kleiderschrankes öffnete, blieb sie wie angewurzelt stehen. Krishnas Seite war komplett leer geräumt. Ein kurzer Blick nach oben sagte ihr, dass die große Reisetasche und der Koffer fehlten. Der kleine Eisklumpen, der sich schon den ganzen Abend in ihrem Magen bemerkbar gemacht hatte, mutierte zu einem faustgroßen Schneeball. Voll Panik rannte sie durch die Wohnung. Im Wohnzimmer fand sie dann den Zettel auf dem Esstisch. Nur wenige Zeilen mit wütender Handschrift aufs Papier geworfen: *Wenn du glaubst, du könntest mich nach Strich und Faden betrügen und belügen, ohne dass ich es merke, hast du dich gründlich getäuscht! Das war's dann wohl! Vielleicht wirst du mit ihm ja glücklich. Leb wohl!*

Rebecca starrte sekundenlang auf das Stück Papier, das in ihrer Hand zu zittern begann. Ihre Gedanken überschlugen sich. Innerlich fluchend, presste sie stöhnend beide Hände an die Schläfen. Nachdem sie mehrmals tief durchgeatmet hatte, konnte sie wieder einigermaßen klar denken. Nüchtern analysierte sie die Situation, griff dann nach ihrer Jacke und den Schlüsseln und verließ die Wohnung.

Krishna saß auf der zusammenklappbaren Schaumstoffmatratze, die er mitgebracht hatte, und warf seit einer geschlagenen Stunde einen Squashball auf die gegenüberliegende Wand. Jedes Mal schlug der Ball mit einem dumpfen Geräusch auf und sprang zurück in Richtung Matratze, wo Krishna ihn wieder auffing. Er hatte sein Notlager in seiner ehemaligen Wohnung aufgeschlagen, die erst ab Mitte Januar vermietet war und zurzeit noch leer stand. Vielleicht konnte er den Mietvertrag ja noch rückgängig machen. Dumpf hallte der Klang des aufschlagenden Balls in der leeren Wohnung wider.

Sie hatte ihn mit ihrem neuen Chef betrogen, so viel stand fest. Und nicht nur das! Sie hatte ihn nicht nur bei der ersten sich bietenden Gelegenheit betrogen, sondern ihn auch noch angelogen. Ihre Reaktion heute Morgen, als er sie zum gestrigen Abend befragt hatte, war eindeutig. Sie hatte ein schlechtes Gewissen und wollte alles vertuschen. Und sie war voll in die Falle, die er ihr gestellt hatte, hineingetappt. Sie konnte ja nicht wissen, dass er noch wach war, als sie um Viertel vor zwei nach Hause kam und ganz offensichtlich ziemlich durcheinander war. Und deshalb hatte sie behauptet, diese zwei entscheidenden Stunden früher zu Hause gewesen zu sein. In seinem ganzen Leben war er noch nie von einem Menschen so enttäuscht worden.

Im Hintergrund drang leise Musik aus dem Gettoblaster, den er mitgebracht hatte. Krishna fing den Squashball mit der rechten Hand auf und trank einen großen Schluck

Rotwein aus einem Wasserglas, das neben der Matratze stand. Er würde ihr eine Menge verzeihen können, vielleicht sogar einen Seitensprung. Aber nicht, dass sie ihn angelogen und zum Narren gehalten hatte. Mit zusammengebissenen Zähnen begann er erneut, den Squashball gegen die Wand zu werfen. Sein Herz schlug immer noch wild in seiner Brust, und er hatte das Gefühl, als würde er zusammenbrechen, wenn das monotone Geräusch des Squashballs aufhörte.

Er war so darauf konzentriert, die Fassung zu bewahren, dass er sie nicht kommen hörte, nicht den Schlüssel im Schloss der schweren Wohnungstür und nicht ihre leisen Schritte auf der Treppe, als sie ins obere Stockwerk der Maisonettewohnung kam. Er sah sie aus dem Augenwinkel, als sie in der geöffneten Schlafzimmertür stand. Seine Hand verfehlte den Squashball, und es entstand ein leises, raschelndes Geräusch, als der Ball in den Falten der Bettdecke verschwand.

Krishna sah sie an, und er spürte, wie er begann, seine mühsam aufrechterhaltene Fassung zu verlieren. Seine Gesichtszüge schwankten zwischen grenzenloser Zärtlichkeit und unendlicher Wut und Enttäuschung. Vorsichtig kam Rebecca näher und sah ihm ins Gesicht. Sein Unterkiefer bebte, und sein gesamter Körper war voll angespannt. Plötzlich sprang er blitzschnell auf die Beine und packte sie bei den Schultern.

»Du wirst mir jetzt sofort deinen Schlüssel zu dieser Wohnung geben und dann augenblicklich wieder verschwinden! Hast du mich verstanden?«

Sie nickte und hob herausfordernd den Kopf.

»Ja, aber ich werde trotzdem nicht gehen. Nicht, bevor du mir erklärt hast, warum du mich verlassen willst.«

In seinem Kopf fand eine kleine Explosion statt, und er verspürte eine unbändige Lust, ihr ins Gesicht zu schlagen. Mühsam beherrschte er sich und grub stattdessen seine Finger noch tiefer in ihre Oberarme. Er konnte in ihrem Gesicht sehen, dass er ihr wehtat, doch sie sagte kein Wort, sah ihn einfach nur stur und unerschütterlich an.

»Mein Gott«, stieß er schließlich hervor, »hast du eigentlich überhaupt kein Gewissen mehr? Wie kannst du die Dreistigkeit besitzen, deine Lügengeschichte immer noch aufrecht halten zu wollen, obwohl sie schon längst aufgeflogen ist?«

»Was meinst du«, wisperte Rebecca, während ihr Gesicht blass wurde.

»Ich meine zum Beispiel, dass Thomas gestern Abend um Viertel nach elf angerufen hat und mir sagte, dass du nach ihm nur noch deinen Chef nach Hause fahren wolltest!«

Krishna schrie ihr jetzt mitten ins Gesicht, und seine Augen funkelten gefährlich.

»Ich rede davon, dass es fast zwei Uhr in der Nacht war, als du endlich nach Hause kamst, und dass du heute Morgen behauptet hast, es wäre halb zwölf gewesen, nachdem ich dir sagte, ich sei um elf zu Bett gegangen! Ich rede davon, dass du offensichtlich total verstört warst, als du heute Nacht zurückkamst, und dass du knallrot geworden bist, als ich dich heute Morgen fragte, ob du netter zu deinem Chef gewesen bist!«

Rebecca war leichenblass geworden und starrte ihn wortlos an.

»Ich rede davon, dass du mich betrogen hast, verdammt nochmal!«

Krishna brüllte seine gesamte Enttäuschung heraus.

Voller Wut stieß er Rebecca von sich fort, und sie stolperte Richtung Schlafzimmertür. Krishna stand schwer atmend in der Mitte des Raumes und sah sie mit schmerzverzerrtem Gesicht an.

Als Rebecca sich wieder aufgerappelt hatte, warf sie ihm einen verzweifelten Blick zu.

»Krishna, ich ...«, begann sie, doch er brüllte sie sofort nieder.

»Nein! Kein Wort! Ich will keine weiteren Lügen mehr hören! Geh einfach! Geh! Verschwinde aus meinem Leben!«

Sie starrte ihn noch einige Sekunden lang an, dann drehte sie sich wortlos um und ging schnell die Treppe hinunter. Krishna folgte ihr langsam. An der Tür blieb sie stehen und löste mit bebenden Fingern die Schlüssel aus dem Bund. Ihre Schultern zuckten, als sie sich noch einmal umdrehte und ihm mit gesenkten Augen die Schlüssel übergab. Dann verließ sie die Wohnung und zog leise die Tür hinter sich zu.

Krishna hatte schweigend zugesehen, wie sie ging. Als die Tür ins Schloss fiel, brach er zusammen. Die Schlüssel, die er in der Hand gehalten hatte, fielen klirrend zu Boden. Er sank in sich zusammen, als hätte er keine Knochen mehr. Er zog die Knie an den Oberkörper, schlang die Arme um die Beine und ließ den Kopf auf die Oberschenkel fallen. Ein gewaltiges Schluchzen rann in Wellen durch seinen Körper. Er blieb lange so sitzen. Dann ging er hoch ins Schlafzimmer, ließ sich kraftlos auf die Matratze fallen und fiel in einen bleiernen Schlaf.

Rebecca kam spät zur Arbeit am Mittwochmorgen. Thomas genügte ein Blick in ihre verquollenen, umschatteten

Augen. Wortlos stand er auf, goss zwei Becher mit Kaffee voll und ging hinüber zu ihrem Schreibtisch. Schweigend saßen sie sich eine Weile gegenüber, während Rebecca auf die Schreibtischplatte starrte. Schließlich nahm er seufzend ihre Hand und sah sie an.

»Willst du mir nicht erzählen, was passiert ist?«, fragte er leise. Sie starrte weiterhin sekundenlang auf den Schreibtisch. Dann sah sie auf und sagte leise: »Krishna ist ausgezogen.«

»Verdammt! Warum?«

Sie schüttelte langsam den Kopf.

»Das ist eine ziemlich lange und komplizierte Geschichte.«

»Verstehe. Falls du mal das Bedürfnis haben solltest, sie mir zu erzählen: Ich höre dir zu.«

»Ich weiß. Aber im Moment muss ich erst mal sehen, wie ich die Situation in den Griff bekomme.«

»Glaubst du, das lässt sich wieder einrenken?«

Rebecca zuckte die Achseln und stützte seufzend den Kopf in die Hände.

»Ich weiß es nicht. Ich weiß noch nicht einmal, wie ich es anstellen soll, mit ihm zu reden. Er ist völlig ausgerastet gestern Abend. Ich kam überhaupt nicht an ihn heran. Außerdem habe ich momentan auch noch ein paar andere Probleme. Ich habe zwei Mordfälle zu lösen, und das ist wirklich eine verdammt schlechte Zeit für Liebeskummer.«

»Dann sollten wir zusehen, dass wir die Mordfälle möglichst schnell lösen, damit du danach den Kopf frei hast für deine privaten Probleme«, stellte Thomas pragmatisch fest.

»Ja, das sollten wir wirklich«, stimmte Rebecca zu und

wischte sich entschlossen eine Träne aus dem Augenwinkel.

»Wo sind die anderen?«, fragte sie dann, als ihr auffiel, dass sie alleine im Büro waren.

»Knut hat sich krank gemeldet. Sven und Christina sind nochmal bei den L'Angelos. Gestern haben sie nur Frau L'Angelo angetroffen. Ihr Mann war geschäftlich unterwegs, ist aber heute zu Hause.«

»Gut. Dann sollten wir beide uns die restlichen Nachbarn von Frau Fuchs vornehmen und nochmal mit der Frau sprechen, die diesen Mann abends in der Nähe der Leiche gesehen hat. Vielleicht ist ihr ja über Nacht noch irgendetwas eingefallen.«

Sven und Christina hatten fast den gesamten gestrigen Tag mit Recherchen über Alessandro L'Angelos Leben verbracht und dabei einige interessante Dinge zu Tage gefördert. Sven, der zusammen mit einem Abteilungsleiter des Finanzamtes Fußball spielte, hatte seine Beziehungen spielen lassen und aus L'Angelos Steuerakte die letzte Gewinnermittlung zur vertraulichen Einsicht erhalten. Christina hatte zwar zunächst die Nase darüber gerümpft, war jedoch schnell bereit, ihre Skrupel zu vergessen. Die Gewinnermittlung wies mit hundertdreißigtausend Mark vor Steuern gute, aber keine überragenden Verhältnisse aus. Sie zweifelten beide daran, dass dies ausreichen sollte, um den luxuriösen Jaguar und seinen aufwändigen Lebensstil zu finanzieren. Stutzig wurden sie, als sie unter den sonstigen Kosten einen enorm hohen Betrag für Reisekosten entdeckten. Mehrere Telefonate mit Fluggesellschaften bestätigten ihnen, dass Alessandro L'Angelo häufige Flugreisen nach Afrika, Südamerika und immer wieder auf die Bahamas unternahm. Den entscheidenden Hinweis erhielten sie bei einem Gespräch mit der Lufthansa: L'Angelo hatte im Oktober einen Flug von Frankfurt nach Buenos Aires gebucht.

Jetzt saßen sie ihm an dem großen Glastisch im Wohnzimmer gegenüber, und Christina begann mit der Befragung, während Sven sich Notizen machte.

»Herr L'Angelo, Sie haben bei unserer letzten Befragung ausgesagt, dass Sie Ihre Verwandten in Argentinien nicht kennen. Sie haben sie also nie gesehen?«

Alessandro L'Angelo schüttelte die dunklen Locken und sah ihr offen ins Gesicht.

»Nein, mein Vater war im Streit mit seiner Familie auseinander gegangen, als er Argentinien verließ und nach Deutschland kam. Er hat jeglichen Kontakt abgebrochen, und ich habe nie einen seiner Verwandten gesehen.«

»Und hatten Sie nie das Bedürfnis, nach Ihren Wurzeln zu suchen und nach Argentinien zu reisen?«

»Doch, nach dem Tod meines Vaters habe ich ein paar Mal mit dem Gedanken gespielt, aber ich bin nie dort gewesen.«

»Sie waren also niemals in Argentinien?«, vergewisserte Christina sich noch einmal, und L'Angelo schüttelte entschieden den Kopf.

»Wie erklären Sie es dann, dass für den siebzehnten Oktober ein Flug von Frankfurt nach Buenos Aires auf Ihren Namen gebucht wurde?«

Alessandro L'Angelo starrte Christina fassungslos an. Er war leichenblass geworden. Seine Augen waren zu schmalen Schlitzen verengt und seine Lippen fest aufeinander gepresst. Seine Frau sah mehrmals zwischen Christina und ihrem Mann hin und her. Dann blieb ihr

Blick an Alessandros Gesicht hängen, und sie fragte mit hoher, schriller Stimme: »Aber Liebling, warum sagst du denn der Frau Kommissarin nicht, dass du zu der Zeit geschäftlich in München warst? Das mit dem Flugticket kann sich nur um einen Irrtum handeln!«

L'Angelo sah immer noch Christina an und stieß zwischen zusammengepressten Zähnen hervor: »Halt den Mund, Katrin.«

Dann holte er tief Luft und verkündete: »Ich sage nichts ohne meinen Anwalt.«

Christina nickte.

»Das dachte ich mir. Dann schlage ich vor, Sie rufen Ihren Anwalt an, und wir treffen uns dann mit ihm im Präsidium zu einem Verhör.«

Alessandro L'Angelo stand langsam auf und führte ein kurzes Telefonat. Auch Christina und Sven hatten sich zögernd erhoben und ihre Jacken angezogen. Frau L'Angelo kämpfte sichtbar mit den Tränen und fuhr sich immer wieder mit den Händen durch die blonden Locken.

»Ich verstehe das alles nicht«, murmelte sie, »was wirft man ihm denn vor?«

Ihr Mann strich ihr beruhigend übers Haar und küsste sie kurz, bevor auch er nach seiner Jacke griff. Als sie auf dem Weg zur Haustür waren, läutete es, und vor der Tür war eine Gestalt zu erkennen.

»Das wird mein Anwalt sein«, erklärte L'Angelo kurz und öffnete die Tür.

Überrascht sahen Sven und Christina in das arrogante Gesicht von Guido Schneider.

Nachdem sie L'Angelo und Schneider eine Stunde Zeit gelassen hatten, sich zu beraten, betraten Sven und Christina das Vernehmungszimmer. Der Raum war vom beißenden Qualm der Zigarillos erfüllt, die Guido Schneider geraucht hatte. Sven setzte sich ihnen gegenüber an den Tisch in der Mitte des Zimmers. Christina nahm an einem kleineren Tisch an der Wand Platz.

»Herr L'Angelo«, begann Sven das Verhör, »würden Sie uns jetzt bitte sagen, was Sie in Argentinien gemacht haben?«

L'Angelo warf Schneider einen kurzen Blick zu und wandte sich dann an Sven.

»Ich habe ein Grundstück gekauft.«

»Ein Grundstück? Wie interessant. Was wollten Sie denn mit einem Grundstück in Argentinien?«

»Ich hatte mir überlegt, dass es vielleicht schön sein könnte, später meinen Lebensabend in dem Land zu verbringen, in dem meine Wurzeln liegen.«

»Sie wollen damit sagen, Sie haben dieses Grundstück für sich privat gekauft?«

Sven hatte sich an dem Tisch nach vorne gebeugt und sah L'Angelo direkt in die Augen, als dieser zustimmend nickte.

»Und was ist mit Brasilien, mit Mexiko, mit Kamerun und Ghana? Wollten Sie auch dort Ihren Lebensabend verbringen?«

Ein gehetzter Ausdruck legte sich auf L'Angelos Gesicht, und er leckte sich nervös über die Lippen.

»Ich weiß wirklich nicht, wovon sie reden«, murmelte er dann lahm.

Sven war aufgesprungen und marschierte, wild mit den Händen gestikulierend, am Tisch entlang.

»Ich rede von den vielen Auslandsreisen, die Sie in diese Länder gemacht haben. Und ich rede von mehreren

Flügen nach Nassau auf den Bahamas. Wissen Sie, was die meisten Leute machen, die nach Nassau fliegen?«

Sven hatte die Hände auf den Tisch gestützt und sah L'Angelo von oben herab an. Die unausgesprochene Antwort auf seine Frage hing schwer in der Luft. Geräuschvoll atmete er durch die Nase ein und sagte leise: »Wisch, wasch, wisch, wasch!«

Herr Schneider zog die Augenbrauen nach oben und runzelte die Stirn.

»Darf ich fragen, wo Sie Ihre Informationen herhaben?«

Sven warf ihm einen Blick zu und zuckte mit den Schultern.

»Recherche«, entgegnete er unbestimmt.

Dann richtete er sich auf und wandte sich wieder an L'Angelo.

»Was haben Sie in den anderen Ländern gemacht, in die Sie in den vergangenen Monaten geflogen sind? Haben Sie dort auch Grundstücke gekauft?«

Alessandro L'Angelo schüttelte mit zusammengebissenen Zähnen den Kopf.

»Nein, ich habe Urlaub gemacht.«

»Urlaub?«, Sven sah ihn ungläubig und amüsiert an. »Allein und ohne Wissen Ihrer Frau?«

»Ja doch, ich sagte es Ihnen doch. Ich habe Urlaub gemacht.«

»Und Sie haben keine weiteren Grundstücke dort gekauft?«

»Nein, Herrgott nochmal!«

»Sie wissen doch sicherlich, dass wir es herausfinden, wenn Sie lügen. Also sagen Sie uns besser sofort die Wahrheit.«

»Ich habe meiner Aussage nichts mehr hinzuzufügen«, antwortete L'Angelo trotzig und verschränkte die Arme vor der Brust. Sven sah ihn einige Sekunden lang an und nickte.

»Also gut. Kommen wir zu einem anderen Punkt. Kannten Sie Arturo Gandera?«

»Wen?« L'Angelo sah ihn fragend an.

»Arturo Gandera. Der Tote, den wir im Stadtwald gefunden haben und den Ihre Frau auf dem Foto wieder erkannt hat.«

L'Angelo schüttelte langsam den Kopf.

»Ich habe den Mann noch nie zuvor gesehen.«

»Genauso wie Sie noch niemals in Argentinien waren?«

»Was unterstellen Sie mir hier eigentlich?« L'Angelo war aufgesprungen und rot angelaufen. Seine Stimme, die leicht vibrierte, hatte einen schneidenden Tonfall angenommen. Auch Sven erhob seine Stimme, als er antwortete: »Ich unterstelle Ihnen gar nichts, ich will die Wahrheit wissen!«

»Ich habe Ihnen die Wahrheit gesagt«, brüllte L'Angelo, jetzt sichtlich aus der Fassung gebracht, »ich habe diesen Mann noch niemals gesehen, und ich habe mit seinem Tod nicht das Geringste zu tun!«

Sven nickte, wandte sich um und bedeutete Christina, ihm nach draußen zu folgen.

»Mach du mal weiter«, sagte er leise, als sie vor der Tür standen, »ich versuche inzwischen, eine Genehmigung zur Einsichtnahme in seine Bankkonten zu bekommen. Irgendwas ist da doch faul, und ich fresse einen Besen, wenn ich es nicht herausbekommen sollte.«

Christina zuckte die Schultern und ging zurück ins Vernehmungszimmer.

Drei Stunden später kam sie zurück in ihr Büro, wo Sven an seinem Schreibtisch saß und mit gereiztem Gesichtsausdruck den Telefonhörer auflegte.

»Und, hast du was wegen der Bankkonten erreicht?«, wollte Christina wissen.

»Ja, ich habe eine Genehmigung, aber bei der Bank ist keiner mehr zu erreichen. Ich muss es morgen früh nochmal versuchen.«

»Woher weißt du, bei welcher Bank er ein Konto hat?«

Sven grinste überlegen.

»Aus seiner Gewinnermittlung. Stand im Anhang. Und was ist bei dem Verhör noch rausgekommen?«

»Nicht viel. Er blieb in allen Punkten bei seiner Aussage, sooft ich ihn auch gefragt habe. Frau Fuchs will er angeblich auch noch nie gesehen haben. Am Montagabend war er allein zu Hause. Seine Frau war bei ihren Eltern und hatte dort übernachtet. Für den vermutlichen Tatzeitpunkt hat er also kein Alibi, aber das war's auch schon. Etwas fand ich allerdings merkwürdig: Schneider hat die ganze Zeit über kaum ein Wort gesagt. Er hat kein einziges Mal eingegriffen, als ich L'Angelo hart anging. Von einem Staranwalt hätte ich eigentlich anderes erwartet.«

»Ja, das war mir auch aufgefallen«, murmelte Sven zustimmend, »er hat noch nicht einmal mit den Wimpern gezuckt, als ich Geldwäsche andeutete und seinem Mandanten unterstellte zu lügen.«

Nachdenklich schwiegen sie eine Weile. Dann fragte Sven: »Wo sind die beiden jetzt?«

»Zu Hause, nehme ich an. Schneider hat natürlich darauf bestanden, dass sein Mandant bis zur Erhebung einer begründeten Anklage auf freiem Fuß bleibt, und bis jetzt haben wir nichts gegen ihn in der Hand.«

»Da kann man nichts machen«, entgegnete Sven achselzuckend, »aber den kriegen wir schon noch. Verlass dich drauf!«

Er griff nach einigen Blättern, die auf seinem Schreibtisch lagen, und reichte sie Christina.

»Die Ballistiker haben endlich den Bericht über die Pistole geschickt, die in dem Schließfach war. Es handelt sich um eine Waffe, die fast hundert Jahre alt ist und hauptsächlich in der argentinischen Armee eingesetzt wurde. Es befinden sich frische Schmauchspuren im Lauf, also ist vor kurzem damit geschossen worden.«

Christina überflog rasch die Seiten und reichte sie dann an Sven zurück.

»Bleibt die Frage, auf wen oder was damit geschossen wurde. Außerdem würde mich interessieren, warum Gandera eine so alte Waffe benutzte. Ich würde mich eher auf neuere Technologie verlassen.«

»Oh, die Pistole soll sehr zuverlässig und präzise sein, steht in dem Bericht. Vielleicht ist es ein altes Erbstück, das er schon seit vielen Jahren benutzte und mit dem er sich auskannte. Seine Pistole genau zu kennen kann ein unschätzbarer Vorteil sein, wenn man vorhat, sein Ziel zu treffen. Worauf er geschossen hat, kann ich dir allerdings auch nicht sagen. Aber auch das werden wir sicherlich noch herausfinden.«

Rebecca stieg aus der Straßenbahn und holte ihr Kickboard aus dem Rucksack. Langsam rollte sie die kurze Strecke bis zum Johann-Heinrich-Platz. Mit einem flauen Gefühl in der Magengegend stieg sie die Stufen bis zum Haus hinauf und öffnete die Tür. Vor ihrer Wohnungstür hielt sie nochmal kurz inne, um zu lauschen. Von drinnen war kein

Geräusch zu hören. Sie trat ein, und Enttäuschung schnürte ihr die Kehle zu, als sie sah, dass die Wohnung dunkel und verlassen war. Was hatte sie erwartet? Dass er zurückgekommen war?

Rasch schloss sie die Tür und machte Licht im Flur. Zögernd ging sie auf das Wohnzimmer zu und blieb wie angewurzelt im Türrahmen stehen. Krishna schien seinen freien Mittwochnachmittag sinnvoll genutzt zu haben. Die Hälfte der Regale war leer. Er hatte seine gesamten Bücher mitgenommen und fast alles, das ihm gehörte. Einzig Garfield und Spiky, die behaglich schnurrend auf der Couch lagen, lockerten die Tristesse etwas auf. Langsam ging sie zu den Regalen hinüber. Ihre Schritte auf dem Parkettboden klangen merkwürdig hohl, als sie von der Leere des Raumes reflektiert wurden. Auf der kleinen Holzkommode lag ein Bilderrahmen mit dem Gesicht nach unten. Sie hob ihn hoch und starrte das Foto an. Es war ein Bild aus ihrem ersten gemeinsamen Urlaub. Sie standen Arm in Arm und lachten frisch verliebt in die Kamera. Hinter ihnen erhoben sich die Berge Korsikas vor azurblauem Himmel. Ein Schluchzen kroch ihren Hals hinauf und nahm ihr die Luft zum Atmen. Vorsichtig stellte sie das Bild zurück auf die Kommode und strich sanft mit dem Zeigefinger über das glatte, kühle Glas über Krishnas lachendem Gesicht.

»Verdammt«, flüsterte sie leise, »das darf doch nicht einfach so zu Ende sein.«

Verzweifelt fuhr sie sich mit beiden Händen über das Gesicht. Dann ging sie zum Couchtisch und griff nach dem Telefonhörer.

Krishna saß seit einer Stunde fast bewegungslos auf seiner Matratze und starrte die Umzugskartons an, die er heute aus der Wohnung mitgebracht hatte. Ihr Anblick vermittelte den Eindruck von Endgültigkeit, und er war noch nicht bereit, das zu akzeptieren. Er dachte an Rebecca und an die schönen Zeiten, die sie miteinander verbracht hatten. Doch immer, wenn ihr Bild vor seinem inneren Auge auftauchte, sah er die tiefe Röte, die ihr Gesicht erfasste, als er sie auf den Abend der Weihnachtsfeier ansprach. Stöhnend ließ er sich zurückfallen und starrte die Decke an. Wieso hatte er sich so in ihr getäuscht?

Er hatte den Vormittag in der Praxis nur mit äußerster Selbstbeherrschung hinter sich gebracht. Nachmittags hatte er wie in Trance die Sachen aus der Wohnung geräumt. Und jetzt war er hier, und seine Nerven lagen blank. Aus dem Gettoblaster erklang leise Liquido: I don't mind, I think so, I will let you go!

Das Klingeln seines Handys ließ ihn hochfahren. Sekundenlang ertrug er das fordernde Läuten, dann stellte er die Verbindung her und meldete sich. Rebeccas Stimme klang belegt, und es versetzte ihm einen schmerzhaften Stich.

»Krishna, bitte lass uns nochmal miteinander über alles reden.«

»Da gibt es nichts mehr zu reden, es ist vorbei!«

Mist, warum klang das so platt? Er starrte auf die gegenüberliegende Wand und spürte sein Herz heftig schlagen.

»Du kannst doch nicht einfach unsere Beziehung beenden, ohne mir die Chance zu geben, dir alles zu erklären!«

Sie klang verzweifelt, und es verschaffte ihm Genugtuung. Sollte sie doch auch ein wenig leiden, wenn er schon litt wie ein Hund! Wut kroch durch seinen Körper wie Gift. Ehe er sich versah, brüllte er sie an, ungestüm und wild.

»Es ist mir scheißegal, was du noch zu sagen hast! Ich bin fertig mit dir, verstehst du? Tu mir einen Gefallen und ruf mich nicht mehr an, nie mehr! Mir wird schlecht, wenn ich deine Stimme höre, und ich könnte kotzen, wenn du mir deine Lügen auftischst! Lass mich endlich in Ruhe!«

Ohne ein weiteres Wort trennte er die Verbindung und fuhr sich schwer atmend durch die kurzen Haare. Mehrere Sekunden vergingen, und das Handy klingelte erneut.

»Hast du mich nicht verstanden?«, brüllte er wutschnaubend in den Hörer, »du sollst mich endlich in Ruhe lassen!«

Zwei Sekunden lang war Schweigen am anderen Ende, dann erklang Thomas' Stimme.

»Klingt, als hättest du gerade mit Rebecca telefoniert und als ob du verdammt gut jemanden gebrauchen könntest, mit dem du reden kannst.«

Krishna holte zitternd Luft und bedeckte die Augen mit der freien Hand.

»Nein«, antwortete er dann schwach, »ich will nicht reden, ich will gar nichts mehr außer sterben.«

Thomas' Stimme klang zögernd, als er vorsichtig weitersprach.

»Willst du mir nicht sagen, was ihr zwei für ein Problem habt? Ihr wart doch immer das Traumpaar.«

Krishna lachte freudlos auf.

»Auch das beste Traumpaar kann an einem Seitensprung zerbrechen.«

Einige Sekunden lang war kein Laut zu hören. Dann erklang Thomas' Stimme leise, aber bestimmt: »Das glaub ich nicht. Nicht Rebecca!«

»Glaub, was du willst. Ich weiß es.«

Krishna klang plötzlich todmüde und ausgebrannt. Thomas räusperte sich leise und fuhr dann in aufmunterndem Tonfall fort: »Okay, wie du meinst. Eigentlich wollte ich dich auch nur zu einer Partie Squash überreden, und ich glaube, eine kleine Abwechslung täte dir jetzt ganz gut.«

»Nein, tut mir Leid. Aber mir ist im Moment wirklich nicht nach Spielen zu Mute. Ein andermal vielleicht.«

»Na gut, aber tu mir einen Gefallen und lass dir noch mal alles in Ruhe durch den Kopf gehen. Ich glaub das einfach nicht.«

Krishna schloss kurz die Augen und nickte.

»Ich hab's auch zuerst nicht geglaubt.«

Thesen und Antithesen

Als Thomas am nächsten Morgen ins Büro kam, saß Rebecca an ihrem Schreibtisch und studierte den Obduktionsbericht von Frau Fuchs. Er ging zu ihr hinüber und setzte sich.

»Dein Abend gestern war wohl auch nicht so toll, oder?«, fragte er schließlich.

Sie sah auf und hob fragend die Augenbrauen.

»Was meinst du?«

»Ich hab gestern mit Krishna telefoniert, kurz nachdem du mit ihm gesprochen hast.«

Rebecca schnaubte verächtlich.

»Gesprochen kann man das wohl kaum nennen. Er hat mich ungespitzt in den Boden gestampft und dann aufgelegt.«

»Kann ich mir vorstellen. Mich hat er auch zuerst angebrüllt wie ein rasender Stier, weil er glaubte, du seist wieder am Apparat. Ich wusste gar nicht, dass er so ausrasten kann.«

»Ja, wenn er richtig in Fahrt kommt, ist es besser, man versteckt sich irgendwo und wartet, bis der Anfall vorbei ist. Es passiert zwar selten, aber wenn er eine bestimmte Schwelle überschritten hat, wird er ausgesprochen jähzornig. Vernünftig reden kann man dann nicht mehr mit ihm. Ein falsches Wort, und er explodiert wie ein überhitzter Dampfkessel.«

Ein kleines Lächeln spielte um Thomas' Mundwinkel.

»Und, hast du denn vor, dich zu verstecken, bis der Anfall vorbei ist?«

»Ich fürchte, das könnte diesmal ziemlich lange dauern. So wütend habe ich ihn noch nie erlebt.«

Thomas sah sie eine Weile schweigend an. Eine Frage lag ihm auf der Zunge, doch er schluckte sie wieder herunter. Er wusste, dass es ihn nichts anging. Schließlich wies er auf den Obduktionsbericht und fragte: »Was hat Rudolf denn noch herausgefunden?«

Rebecca schlug die erste Seite des Berichts auf und las vor: »Der Tod trat durch Ersticken infolge einer Beatmung mit Trichlormethan ein. Spuren hiervon konnten in den Lungenflügeln des Opfers nachgewiesen werden.«

»Trichlormethan?« Thomas sah sie verständnislos an.

»Chloroform«, übersetzte Rebecca, »das war wohl auch der Geruch, den ich wahrgenommen habe, als Rudolf den Mantel der Toten geöffnet hat.«

»Ich dachte immer, mit Chloroform könne man einen Menschen betäuben. Dass es auch zum Töten reicht, ist mir neu.«

»Ist wohl alles eine Frage der Dosis und der Dauer der Anwendung. Aber wenn man minutenlang nur Chloroformdämpfe zu atmen bekommt, macht man wohl irgendwann die Grätsche.«

Sie blätterte weiter in dem Bericht und stellte fest: »Todeszeitpunkt zwischen acht und elf am Montagabend bestätigt. Das Haar, das auf dem Mantel gefunden wurde, passt zu den genetischen Spuren aus dem ersten Mordfall. Wir haben es also mit demselben Mörder zu tun.«

»Wie gehen wir jetzt weiter vor?«, wollte Thomas wissen.

Rebecca sah sich suchend um und fragte in den Raum: »Wo ist Sven?«

»Bei der Bank von L'Angelo«, ließ Christina sich vernehmen, »er nimmt Einsicht in seine Kontobewegungen. Wir hatten gestern ein sehr interessantes Verhör mit ihm, bei dem wir einige bemerkenswerte Dinge herausgefunden haben.«

Kurz berichtete sie, was geschehen war. Rebecca nickte nachdenklich.

»Gut, wenn Sven zurück ist, werden wir uns zusammensetzen und Resümee ziehen.«

Drei Stunden später saßen sie alle in einer Runde und trugen zusammen, was sie bisher herausgefunden hatten. Sven begann mit seinen Erkenntnissen aus der Überprüfung von L'Angelos Bankkonten.

»Ich habe mir die Bewegungen auf seinem Geschäftskonto aus den letzten Monaten angesehen. Dabei ist mir aufgefallen, dass jeweils kurz nach den Terminen, an denen er im Ausland war, Überweisungen mit ausländischen Empfängern getätigt worden sind.«

»Was waren das für Überweisungen?«, fragte Rebecca und sah Sven erwartungsvoll an.

Sven setzte ein überlegenes Lächeln auf, bevor er fortfuhr.

»Ich habe mir Kopien von den Zahlungen machen lassen. Alle Überweisungen gingen in die Länder, in denen L'Angelo kurz vorher gewesen ist, und alle Überweisungen trugen als Verwendungszweck: Grundstückskaufpreis!«

Er ließ seine Worte eine Weile wirken und sah in die Runde.

»Dann hat er uns also gestern angelogen«, stellte Christina fest, »er hat sehr wohl Grundstücke dort gekauft. Was glaubst du, was er damit vorhatte?«

Sven zuckte die Achseln.

»Vermutlich das große Geld machen. Die Kaufpreise waren für mitteleuropäische Verhältnisse lächerlich gering, umso größer dürfte die Gewinnspanne bei einem Verkauf hier zu Lande sein.«

»Okay«, schaltete Rebecca sich ein, »nehmen wir mal an, er hat im außereuropäischen Ausland Grundstücke zu Spottpreisen erworben. Nehmen wir weiterhin an, er hat hier ein paar durchgeknallte Millionäre gefunden, die es sich einiges kosten lassen, eine Rinderfarm mitten in der argentinischen Pampa ihr Eigen zu nennen. Dann hat er sich eine goldene Nase daran verdient, aber das ist meines Wissens nicht verboten. Warum hat er gelogen und versucht, seine Geschäfte zu vertuschen?«

Sven straffte die Schultern und warf Rebecca einen Blick zu.

»Darüber habe ich auch nachgedacht und zunächst einmal versucht herauszufinden, wie viel er denn an den Verkäufen verdient hat. Dabei musste ich allerdings feststellen, dass auf seinem Geschäftskonto keinerlei Geldeingänge zu verzeichnen waren, die auf den Verkauf der ausländischen Grundstücke hinwiesen. Entweder er hat sie noch gar nicht verkauft, oder die Kaufpreise sind über andere Kanäle geflossen.«

»Wie könnte das alles mit dem Mord an Arturo Gandera zusammenhängen?«

Thomas sah fragend in die Runde und wartete auf eine Antwort. Schließlich meldete Christina sich zu Wort.

»Vielleicht war Gandera der Verkäufer eines argentinischen Grundstücks, der bei der momentanen Wirtschaftskrise in Argentinien gezwungen war, sein Land weit unter Preis zu verkaufen. Möglicherweise hat er erfahren, wie viel der neue Besitzer für das Land bezahlt hat und kam her, um sich seinen Anteil zu holen. Dabei kam es zum Streit, und L'Angelo hat ihm die Kehle durchgeschnitten.«

»Aber wieso bringt er dann auch noch Frau Fuchs um?«

Thomas ließ nicht locker, und alle dachten eine Weile nach. Schließlich griff Knut, der am Morgen mit triefend roter Nase wieder zum Dienst erschienen war, nach einem Taschentuch und schnäuzte sich geräuschvoll. Dann holte er seufzend Luft und schlug vor: »Nehmen wir mal an, L'Angelos Immobiliengeschäfte waren nicht sauber. Ich meine Steuerhinterziehung, Geldwäsche und der ganze Sumpf. Nehmen wir weiterhin an, Gandera fand heraus, dass er von L'Angelo beim Kaufpreis über den Tisch gezogen worden ist. Er hat Nachforschungen angestellt und ist dabei seinen unsauberen Geschäften auf die Schliche gekommen. Er nutzte sein Wissen für eine kleine Erpressung und ließ dabei sein Leben. L'Angelo hatte Angst, dass Gandera Frau Fuchs auch in sein Wissen eingeweiht haben könnte, und hat sie ebenfalls umgebracht. Sicherheitshalber, sozusagen.«

»Aber woher wusste L'Angelo, dass Frau Fuchs mit Gandera befreundet war?«, warf Rebecca in die Runde.

Alle schwiegen wieder eine Weile. Dann ergriff Sven wieder das Wort.

»Was wäre, wenn sie ebenfalls versucht hat, ihn zu erpressen?«

Rebecca nickte und sah Sven nachdenklich an.

»Das wäre eine Möglichkeit. Wir müssen unbedingt L'Angelos Geschäftsunterlagen studieren, um herauszufinden, wie viel an unserer Theorie dran ist. Sven, Christina und Knut, ihr besorgt euch nachher einen Durchsuchungsbefehl und werdet sein Büro auf den Kopf stellen. Wenn es diese Geschäfte gibt, dann muss er irgendwo Unterlagen dazu haben. Hieraus können wir dann wohl auch erkennen, ob eine Verbindung zu Gandera besteht. Oder bist du seinem Namen bei den Kaufpreiszahlungen auf L'Angelos Konto begegnet?«

Sven schüttelte kurz den Kopf.

»Nein, aber das muss nichts bedeuten. Wahrscheinlich werden solche Geschäfte sowieso über irgendwelche Mittelsmänner abgewickelt.«

Rebecca nickte zustimmend, warf ihm dann noch einen Blick zu und sagte: »Gute Arbeit, Sven.«

Überrascht von dem unerwarteten Lob lief Sven dunkelrot an und senkte leicht verlegen den Blick.

»Danke«, murmelte er, und Thomas bemühte sich verzweifelt, seine zuckenden Mundwinkel unter Kontrolle zu bringen.

»Also gut«, fuhr Rebecca fort, »was gibt es sonst noch

für Möglichkeiten, die ein Motiv für die Morde liefern könnten? Was ist zum Beispiel mit Schneider? Warum versucht er so beharrlich, die Speichelproben zu verhindern, und warum zeigt er so wenig Einsatz dabei, L'Angelos Kopf aus der Schlinge zu ziehen?«

Christina strich sich die langen Haare aus dem Gesicht und meinte dann nachdenklich: »Ich weiß nicht, aber ich habe das Gefühl, wir sollten die Geschichte mit den Neonazis nicht ganz aus den Augen verlieren. Wir glauben zu wissen, dass es in letzter Zeit keine fremdenfeindliche Aktion der Skingruppe gegeben hat. Aber was ist, wenn es eine Einzeltat von Benjamin Schneider war? Vielleicht weiß sein Vater davon oder vermutet es zumindest und versucht seinen Sohn zu schützen, indem er die Speichelproben boykottiert.«

»Stellt sich wiederum die Frage, warum Frau Fuchs dann sterben musste«, gab Thomas erneut zu bedenken. Er hatte die Ellenbogen auf die Oberschenkel gestützt und ließ den Kopf in die Hände sinken. Langsam schüttelte er den Kopf, sodass ihm schwere rote Haarsträhnen ins Gesicht fielen.

»Ich weiß darauf keine vernünftige Antwort«, gab er zu.

»Du hattest bei dem Verhör mit Frau Fuchs doch auch den Eindruck, dass sie etwas vor dir verbirgt«, warf Christina ein, »es muss irgendwas damit zu tun haben. Sie hat etwas gewusst, was sie zu ihrem Vorteil nutzen wollte, aber der Schuss ging nach hinten los.«

»Möglicherweise glaubte sie an dem Abend, als sie starb, dass sie etwas erreicht hatte, was gefeiert werden musste«, stellte Rebecca fest, »ansonsten fände ich die Flasche sündhaft teuren Champagner, die in ihrer Tasche war, ziemlich merkwürdig. Als Kassiererin in einem Supermarkt trinkt sie den wohl kaum jede Woche. Aber was könnte es gewesen sein, was sie wusste und woraus sie hätte Kapital schlagen können? Und wo ist sie gewesen an diesem Nachmittag?«

»Vielleicht hat sie den Mord an Arturo Gandera beobachtet«, schlug Christina vor.

»Und uns nichts davon gesagt?« Rebecca runzelte die Stirn.

»Wenn sie vorhatte, Herrn Schneider damit zu erpressen ...«, gab Christina zu bedenken.

»Möglich«, gestand Rebecca ein, »was ist mit Alibis von Benjamin und Guido Schneider für die Tatzeit?«

Keiner antwortete, und Rebecca seufzte.

»Also hat das noch keiner überprüft. Dann sollten wir dies möglichst bald tun. Knut, darum wirst du dich morgen früh kümmern. Außerdem kannst du dafür sorgen, dass ein Bild von Frau Fuchs an die Presse weitergegeben wird. Vielleicht hat sie jemand gesehen, an dem Nachmittag, bevor sie starb. Gibt es sonst noch tatverdächtige Personen, die ein Motiv haben könnten?«

Nach einer kurzen Pause hob Thomas den Kopf und sah sie an.

»Es macht zwar keinen großen Sinn, aber mir geht einfach Frau Fink und ihr heruntergefallener Kaffeelöffel nicht aus dem Kopf.«

Rebecca nickte zustimmend.

»Den Gedanken hatte ich auch schon. Irgendwie ist die Dame merkwürdig, und ich würde ihr mal gerne ohne ihren Mann auf den Zahn fühlen. Das wäre eine gute Aufgabe für heute Nachmittag. Während die anderen L'Angelos Büro durchsuchen, können wir uns Frau Fink vornehmen. Vielleicht finden wir ja etwas heraus, was uns zu einem

Motiv führt. Wenn es keine Fragen mehr gibt, können wir eigentlich loslegen.«

Augenblicklich kam Bewegung in die Gruppe, und alle erhoben sich. Als Sven, Christina und Knut das Büro verlassen hatten, grinste Thomas Rebecca an und meinte: »Das war ein voller Erfolg eben, als du Sven gelobt hast. Habe ich es dir nicht gesagt? Du musst ihm nur gelegentlich den Bauch pinseln, und schon frisst er dir aus der Hand.«

Rebecca lächelte schief.

»Ich bin wirklich nicht sonderlich scharf darauf, dass Sven mir aus der Hand frisst«, bemerkte sie und wandte sich dann zur Tür. »Ich sage nur noch gerade Karsten Bescheid, dann können wir losfahren.«

»Na, du lässt dich ja in letzter Zeit ziemlich oft bei unserem Chef blicken«, brummte Thomas, doch Rebecca ging nicht darauf ein.

Die freundliche junge Haushälterin der Familie Fink bot ihnen im Wohnzimmer Platz an, während sie die Dame des Hauses, die sich etwas hingelegt hatte, wecken wollte. Es dauerte fast zwanzig Minuten, bevor Elisabeth Fink im Wohnzimmer erschien. Ihr Gesicht schien noch blasser als sonst, und tiefe Schatten um die Augen legten die Vermutung nahe, dass ihr Schlaf nicht sehr erholsam gewesen war. Zögernd ging sie auf Rebecca und Thomas zu. Mit einem kleinen, müden Lächeln streckte sie ihnen die Hand entgegen.

»Martina hat mir gesagt, Sie wollten mich nochmal sprechen? Leider kann ich Ihnen nicht mehr sagen als bei Ihrem letzten Besuch, und mein Mann ist auch nicht zu Hause.«

»Das macht nichts«, entgegnete Rebecca verbindlich

lächelnd, »wir wollten auch speziell mit Ihnen reden und hoffen, dass Sie vielleicht etwas Licht in unsere Mordfälle bringen können.«

»Fälle?«

Frau Fink sah sie überrascht an.

»Gab es denn noch einen Mord?«

»Ja, am Montagabend ist Andrea Fuchs, die Freundin des ersten Opfers, in der Nähe ihrer Wohnung ermordet worden.«

Thomas zog ein Foto aus der Innentasche seiner Jacke und zeigte es Frau Fink.

»Haben Sie die Frau schon einmal gesehen?«

Elisabeth Fink griff nach dem Bild und betrachtete es mit gesenkten Augenlidern. Dann schüttelte sie wortlos den Kopf.

»Sind Sie sich sicher?« Thomas sah sie aufmerksam an. »Vielleicht ist sie am Montagnachmittag hier in der Nähe gewesen.«

Frau Fink schüttelte erneut den Kopf.

»Ich habe sie noch nie gesehen.«

Rebecca warf Thomas einen Blick zu und fuhr mit der Befragung fort.

»Waren Sie denn hier am Montagnachmittag und -abend?«

»Ja, ich war zu Hause.« Frau Fink lächelte nervös.

»Allein?«

Rebeccas Frage kam leise und war von einem freundlichen Lächeln begleitet. Trotzdem hatte sie die Wirkung eines Peitschenhiebs. Frau Finks Blick umwölkte sich, und sie sah Rebecca sekundenlang verstört an, während die Hände in ihrem Schoß sich wieder und wieder ineinander verschlangen.

»Ja«, hauchte sie schließlich, »ich war allein. Das heißt, nein, mein Mann war da.«

»Was denn jetzt? Waren Sie allein oder war Ihr Mann bei Ihnen?« In Thomas' Stimme schwang eine Spur Gereiztheit mit.

»Mein Mann war bei mir«, entgegnete Frau Fink ohne weiteres Zögern.

»Wann kam er denn nach Hause?«

»Ich weiß nicht mehr genau.«

»Nur so ungefähr.«

Sie zuckte hilflos mit den Schultern.

»Ich kann es beim besten Willen nicht sagen.«

»War es denn vor oder nach der Tagesschau?«, versuchte Thomas ihr auf die Sprünge zu helfen, doch sie sah ihn nur irritiert an.

»Ich weiß nicht. Ich habe nicht ferngesehen. Ich habe gelesen.«

»Also gut, denken Sie noch mal in aller Ruhe darüber nach, und wenn es Ihnen wieder einfällt, dann sagen Sie uns Bescheid.«

»Eine Frage noch, Frau Fink«, in Rebeccas Blick lag etwas Forderndes, als sie sich ihr noch einmal zuwandte, »bei unserem ersten Besuch hatten wir den Eindruck, als hätte Sie die Erwähnung Argentiniens aus der Fassung gebracht. Haben Sie vielleicht doch irgendwelche Kontakte dorthin?«

Elisabeth Fink erstarrte. Ein kleiner Muskel über ihrem linken Auge zuckte in einem enervierenden Rhythmus. Schließlich holte sie mit einem kleinen Seufzer Luft und schüttelte den Kopf.

»Nein, es ist nur ..., ich meine, es hat mich wohl in dem Moment so berührt, weil ich schon mal dort war.«

Rebecca zog überrascht die Augenbrauen nach oben.

»Es war eine Urlaubsreise, mit meinem Mann«, fügte Frau Fink hastig hinzu.

»Und Ihr Sohn?«

»Das war, bevor wir Dominik bekamen. Ist schon ziemlich lange her. Mein Mann hat da wahrscheinlich gar nicht dran gedacht, als sie letzte Woche Ihre Frage stellten. Ist ja auch nicht weiter von Bedeutung.«

Ein nachdenklicher Ausdruck legte sich auf Rebeccas Gesicht.

»Sagen Sie, wie lange sind Sie eigentlich schon verheiratet?«

»Bald fünfundzwanzig Jahre. Nächstes Jahr feiern wir Silberhochzeit. Warum?«

»Nur so. Sie müssen sehr jung geheiratet haben.«

Frau Fink nickte zustimmend, und Rebecca und Thomas erhoben sich.

»Wir melden uns noch einmal, wegen der Zeit, zu der Ihr Mann am Montagabend nach Hause kam. Denken Sie bitte nochmal genau darüber nach.«

Als sie kurze Zeit später über die Severinsbrücke fuhren, brach Thomas das Schweigen.

»Was denkst du?«

»Schwer zu sagen«, entgegnete Rebecca zögernd, »sie ist hypernervös, aber ich kann nicht sagen, ob das eine ihrer herausstechendsten Eigenschaften ist oder ob sie irgendwie in den Fall verwickelt ist. Das mit ihrer Argentinienreise ist jedenfalls schon merkwürdig.«

»Stimmt«, gab Thomas ihr Recht, »sie verhält sich seltsam. Andererseits ist sie auch nicht gerade der Typ Frau, dem man zutrauen würde, einem Mann die Kehle durchzuschneiden, selbst wenn man in Betracht zieht, dass Arturo Gandera kein Riese war. Wieso wolltest du eigentlich wissen, wie lange sie schon verheiratet ist?«

»Rein interessehalber. Dominik ist sechzehn. Sie waren also schon über acht Jahre verheiratet, als er zur Welt kam, und wir wissen inzwischen, dass Doktor Fink nicht der Vater ist. Bleibt die Frage, wer es ist.«

Rebecca steuerte den Dienstwagen in die Tiefgarage des Polizeipräsidiums und parkte in die vorgesehene Lücke ein.

»Es gibt noch viele Fragen zu beantworten«, stellte sie dann fest, »vielleicht haben die anderen ja bei der Durchsuchung von L'Angelos Büro mehr Glück und können etwas Licht in das Dunkel bringen.«

Das Maklerbüro von L'Angelo lag in der Maybachstraße, schräg gegenüber vom Mediapark. Die bleiche Wintersonne warf einen dürftigen Glanz auf die Wasseroberfläche des großen Teiches. Christina, Sven und Knut betraten das Haus und fuhren mit dem Aufzug hoch in den dritten Stock. Die Tür zum Büro wurde ihnen von einer hageren Frau in den Vierzigern geöffnet, die offensichtlich die Sekretärin war. Nachdem sie ihr Anliegen vorgetragen und den Durchsuchungsbefehl vorgezeigt hatten, hielt die Frau das Türblatt mit beiden Händen fest umklammert und schob ihren Körper in die Lücke, welche die halb geöffnete Tür freigab.

»Tut mir Leid, aber Herr L'Angelo ist unterwegs zu einem Kunden. Ich kann Sie hier nicht hereinlassen.«

»Sie können nicht nur, Sie müssen sogar«, stellte Sven laut und deutlich fest, während er die Frau zur Seite schob, »Sie haben doch den Durchsuchungsbefehl gelesen.«

Nunmehr ungehindert betraten die drei die Büroräume.

Die Sekretärin stürzte mit hochrotem Kopf in ihr Büro und riss den Telefonhörer von der Gabel. Kurz darauf war ihre zu einem Flüstern gesenkte Stimme zu hören, als sie ein hektisches Gespräch mit ihrem Chef führte.

Alessandro L'Angelos Büro war großzügig geschnitten und teuer eingerichtet. Schreibtisch, Schränke und Regale waren aus polierten Edelhölzern, bei der kleinen Sitzgruppe dominierte handschuhweiches Leder, und auf dem Schreibtisch stand ein iMac der neuesten Generation, der sofort Knuts Aufmerksamkeit erregte.

Eine Dreiviertelstunde später hatten Sven und Christina die Aktenordner aus dem ersten Regal durchsucht. Einige hatten sie in einen der mitgebrachten Kartons gelegt, um sie mit ins Büro zu nehmen, doch auf die ganz heiße Spur waren sie bislang noch nicht gestoßen. Knut war ganz versunken in die Durchsuchung der Dateien auf dem iMac, und nur ab und zu war von ihm ein gemurmelter Fluch zu hören.

»Mist, hier sind einige passwortgesicherte Dateien auf der Festplatte. Ich kann machen, was ich will, ich komm da nicht ran.«

»Das wäre ja wohl auch noch schöner!«, erklang eine eisige Stimme von der Tür her.

Die drei drehten sich um und sahen Alessandro L'Angelo mit verschränkten Armen und unbewegtem Gesicht im Türrahmen lehnen. Langsam betrat er den Raum und musterte Sven, der ihm entgegengekommen war, mit einem abschätzigen Blick.

»Ich will sofort Ihren Durchsuchungsbefehl sehen.«

Sven rückte bedächtig seine Brille zurecht und reichte ihm das Schriftstück. L'Angelo studierte es aufmerksam und gab es zurück.

»Darf ich fragen, wonach Sie eigentlich suchen?«
»Das sollten Sie sich eigentlich denken können.«
»Und wie lange werden Sie dafür brauchen?«
»Das hängt ganz von Ihnen ab. Wenn Sie sich kooperativ erweisen und uns die Unterlagen über die Grundstückskäufe aushändigen, können wir hier ganz schnell fertig sein.«
»Es gibt keine Grundstückskäufe!«, stellte L'Angelo mit Nachdruck klar.
Sven runzelte die Stirn und musterte ihn einen Augenblick.
»Da habe ich anderes gelesen.«
L'Angelo verzog keine Miene. Schweigend musterte er sein Gegenüber.
»Kommen Sie schon«, sagte Sven schließlich mit drängender Stimme, »geben Sie uns die Unterlagen und sagen Sie uns die Passwörter. Wir finden es doch sowieso heraus!«
»Viel Spaß dabei«, erwiderte L'Angelo mit zynischem Lächeln.
Damit drehte er sich um und verließ den Raum.
Vier Stunden später hatten sie fast alle Schränke und Regale durchsucht und drei Kartons mit Unterlagen separiert. Knut war mit den Dateien noch keinen Schritt weiter. Verdrossen griff er nach einem Stück kalter Pizza, das neben ihm auf dem Schreibtisch lag, und kaute unlustig darauf herum.
»Verdammt nochmal!« Sven schlug ungehalten mit der Faust gegen die Wand. »Wo hat er nur die verfluchten Unterlagen. Es muss Kaufverträge geben, Lagepläne und Korrespondenz. Alles, was wir bisher gefunden haben, sind Dokumente über Verkäufe von Häusern in Holland

und Belgien, und ich glaube nicht, dass sich da, auch bei näherer Prüfung, ein Zusammenhang mit den anderen Fällen ergibt. Aber irgendwo muss er die Sachen versteckt haben.«

Christina riss ruckartig den Kopf nach oben, den sie über einen Aktenordner gebeugt hatte.

»Versteckt! Wieso sind wir da eigentlich nicht früher drauf gekommen? Ein Safe! Er muss irgendwo einen Safe haben!«

Sven schlug sich stöhnend mit der flachen Hand vor die Stirn.

»Scheiße, ja! Du hast Recht! Jetzt müssen wir das verdammte Ding nur noch finden.«

Sie suchten zu dritt eine Stunde lang. Verbissen hängten sie jedes Bild von den Wänden, schoben sie jeden Vorhang zurück und zerrten die Couch zur Seite. Nichts! Die Sekretärin behauptete, nichts von einem Safe zu wissen, und L'Angelo hüllte sich in Schweigen. Es war acht Uhr vorbei, als Christinas Blick bei dem Bemühen um Konzentration über die hellen Bodenfliesen glitt. Fast hätte sie es übersehen. Sie marschierte seit geraumer Zeit ziellos in dem großen Raum auf und ab und zermarterte sich das Hirn darüber, wo sie noch suchen sollten. Als sie bei der großen Edelholzschrankwand ankam, bemerkte sie links neben dem äußersten Schrankelement Spuren auf dem Boden: Zwei kaum sichtbare Linien auf den Fliesen verliefen parallel zur Wand. Christina starrte die Spuren an und ließ ihren Blick dann über den Schrank gleiten.

»Ich hab's!«, sagte sie laut und ließ sich auf die Knie fallen.

Knut und Sven folgten ihrem Beispiel, und gemeinsam betrachteten sie, was Christina entdeckt hatte. Das äußerste Schrankelement stand ein kleines bisschen höher als die anderen. Wenn man den Kopf auf den Boden legte und von der Seite durch die schmale Ritze guckte, konnte man Rollen erkennen, die unter dem schweren Schrank befestigt worden waren.

»Schwarze Gummirollen auf hellen Fliesen geht halt auf Dauer nicht gut«, schnaufte Christina, während sie den schweren Schrank zur Seite schob.

Der große rechteckige Safe, der dahinter zum Vorschein kam, hatte sowohl ein Schlüsselloch als auch ein Zahlenschloss. Ratlos standen die drei davor, als sie hinter sich eine Bewegung wahrnahmen. Alessandro L'Angelo war vom Geräusch des rollenden Schrankes angelockt worden und stand jetzt erstarrt mitten im Raum. Sven taxierte ihn kurz, wobei er die Hände in die Hüften gestemmt hatte, und sagte dann mit einem kurzen Nicken in Richtung Tresor: »Also, Herr L'Angelo, es gibt jetzt zwei Möglichkeiten: Entweder Sie öffnen dieses Ding freiwillig, und wir werden Ihre Kooperationsbereitschaft lobend erwähnen, oder wir lassen die Jungs von der Panzerknackertruppe anmarschieren und die Kiste mit Gewalt öffnen. Sie haben die Wahl!«

L'Angelo starrte den Safe an, und seine Schultern sanken um mehrere Zentimeter hinunter. Schließlich nickte er, zog einen Schlüssel aus seinem Jackett und machte sich daran, den Safe zu öffnen. Eine Minute später zogen sie fünf dicke Aktenordner aus dem Inneren. Sven blätterte mehrere Seiten durch, bevor er die Akte wieder schloss.

»Das ist es! Knut, montier den Computer ab, wir nehmen alles mit!«

Schweigend sah L'Angelo zu, wie sie die Dinge abtransportierten. Als sie schließlich das Büro verließen, drehte Sven sich auf der Türschwelle noch einmal um und sah ihn ernst an.

»Die Sachen sind vorläufig beschlagnahmt. Sollte sich herausstellen, dass sie als Beweismittel untauglich sind, erhalten Sie alles zurück. Auf jeden Fall sollten Sie sich zur Verfügung halten und keinesfalls die Stadt verlassen. Wir melden uns, sobald wir alles ausgewertet haben.«

Rebecca starrte trübsinnig das wunderschöne schlafende Schneewittchen an, das in seinem Glassarg lag und von einem gelegentlichen Luftzug sachte über der Theke hin und her geschaukelt wurde. Mike setzte ein neues Kölsch vor ihr ab, und eine weitere Schramme auf ihrem Bierdeckel mahnte sie unübersehbar, dass es langsam Zeit war, nach Hause zu gehen. Aber sie konnte sich einfach nicht dazu aufraffen, zurück in die leere, dunkle Wohnung zu fahren. Da starrte sie schon lieber Schneewittchen an und versuchte, an Märchen zu glauben.

Mike beobachtete sie schon seit geraumer Zeit aus dem Augenwinkel, ohne Fragen zu stellen. Wortlos zapfte er zwei Kölsch, setzte sich neben sie an die Theke und stieß mit ihr an.

»Manchmal hilft Kölsch ja auch bei Kummer«, stellte er dann fest, »aber meistens wird's eher schlimmer.«

»Scheint bei mir der Fall zu sein.«

Rebecca warf einen Blick zu der Lautsprecherbox, aus der gerade eine weinerliche Ballade zu ihr herüberschwappte.

»Ich glaube, jetzt krieg ich wirklich gleich dat ärme Dier.«

Mike nickte und lächelte ihr zu. »Ja, genauso siehst du auch aus. Ärger mit Krishna?«

Rebecca schüttelte den Kopf und starrte in ihr Glas. Schließlich sah sie ihn an und zuckte hilflos mit den Schultern.

»Ärger kann man das wohl kaum noch nennen. Er hat mich verlassen.«

Er seufzte und drückte leicht ihren Arm. Dann warf er ihr einen aufmunternden Blick zu, hob sein Glas und meinte: »Shit happens! Aber glaub mir eins: Nichts ist so zuverlässig wie Liebeskummer. Du kannst dich voll und ganz darauf verlassen, dass du in wenigen Monaten drüber hinweg bist, auch wenn du jetzt glaubst, die Welt geht unter. Das kannst du einem Spezialisten in Herzensangelegenheiten ruhig glauben. Bevor ich Walter kennen gelernt habe, war ich so oft unglücklich verliebt, dass ich mich unmöglich an all die Namen der Objekte meiner Begierde erinnern kann.«

Ein kleines Lächeln schlich an ihren Mundwinkeln empor, und sie warf ihm einen schrägen Blick von der Seite zu.

»Vielleicht ist das ja nur bei Schwulen so.«

Mike sah sie empört an.

»Ach, und bei euch Heteros ist das anders, oder wie jetzt? Eins kannst du mir glauben, schwul hin, hetero her, wenn der Mann unserer Träume uns einen Korb gibt, geht's uns allen gleich schlecht. Aber eins ist jedenfalls sicher: Du wirst ihn vergessen. Schließlich gibt es noch jede Menge anderer Männer.«

»Ich will aber keinen anderen Mann, und ich kann mir nicht vorstellen, dass ich ihn vergessen werde.«

Mike verdrehte die Augen und raufte sich mit beiden Händen die kurzen blonden Haare.

»Himmel, du bist aber wirklich noch in der allerschlimmsten Trauerphase. Ich hab da eine Idee für den nächsten Christopher-Street-Day. Wir stellen dich mit dieser unsäglichen Leidensmiene auf einen der Zugwagen und hängen dir ein Schild um den Hals. Auf dem steht dann: Seht her, so kann es einem ergehen, wenn man hetero ist, also lasst bloß die Finger davon!«

»Halt die Klappe, Mike!«

»Okay, okay!« Mike hob beschwichtigend die Hände. »War ja nur ein Versuch, deine trübsinnige Stimmung zu durchbrechen.«

»Versuch missglückt!«

»Pass auf, ich mach dir einen Vorschlag. Morgen Abend feiern wir hier das dreijährige Bestehen vom ›Schneewittchen‹. Komm doch einfach vorbei und sieh dich ein wenig um. Wenn ich mich nicht irre, kommen da auch ein paar Jungs, die genau deinem Typ entsprechen dürften.«

»Ja, und wahrscheinlich sind sie alle schwul! Nein wirklich, Mike, ich hab im Moment wirklich null Bock auf so was. Ruf mir lieber ein Taxi, ich will jetzt nach Hause.«

Achselzuckend ging Mike zum Telefon hinter der Theke und wählte die Nummer der Taxizentrale.

»Ich glaub, dir ist momentan wirklich noch nicht zu helfen. Scheint einfach noch zu früh zu sein.«

Lose Enden

Es war ein kalter Freitagmorgen. Der Himmel war bleigrau verhangen, und Schnee lag in der Luft. Möglich, dass Köln in ein paar Tagen die erste weiße Weihnacht seit Jahren erleben würde. Rebecca war das einfach nur scheißegal. Sie hatte zwei ungeklärte Mordfälle am Hals, und privat drohte das Scheitern ihrer Beziehung. Der gestrige Abend bei Mike hatte seine Spuren hinterlassen, jetzt betrat sie missgelaunt und übernächtigt das Büro.

Christina und Sven waren mit der Überprüfung der Unterlagen beschäftigt, die sie aus L'Angelos Büro mitgebracht hatten. Knut war bei Familie Schneider, um ihre Alibis zu überprüfen. Entschlossen stapelte Rebecca sämtliche Akten, die es bis jetzt zu den beiden Mordfällen gab, auf ihrem Schreibtisch. Sorgfältig arbeitete sie Seite um Seite noch einmal durch. Schließlich lehnte sie sich nachdenklich zurück und winkte Thomas herbei, der sich gerade die Bildzeitung von Svens Schreibtisch gegriffen hatte. Zögernd kam er heran, ließ die Zeitung auf Rebeccas Schreibtisch fallen und setzte sich.

»Du siehst aus, als würdest du irgendwas ausbrüten«, stellte er fest und beobachtete sie aus halb zusammengekniffenen Augen.

Rebecca nickte langsam.

»Ich habe mir die gesamten Fakten nochmal angesehen und bleibe immer wieder an einem Punkt hängen: Was wollte Arturo Gandera in Deutschland? Ich glaube, wenn wir das herausfinden, dann haben wir die Lösung des Falles. Außerdem glaube ich, dass Andrea Fuchs wusste, was er hier wollte, und dass dieses Wissen sie ebenfalls das Leben gekostet hat.«

»Hast du irgendeine Idee?«

Thomas sah sie erwartungsvoll an, doch sie schüttelte nur den Kopf.

»Leider nicht. Was wir über Gandera wissen, ist nicht besonders viel. Er war siebenunddreißig Jahre alt, lebte als kleiner Drogendealer in Buenos Aires und hat sein Land bis dahin noch nie verlassen. Was hat ihn dazu bewogen, diese weite Reise auf sich zu nehmen und dabei Gefahr zu laufen, entdeckt und verhaftet zu werden? Wie ist er überhaupt hierher gekommen? Schließlich wurde er in seinem Land polizeilich gesucht. Er musste also illegal ausreisen. Einen gefälschten Pass haben wir nicht bei ihm gefunden. Also muss er irgendwie als blinder Passagier mitgereist sein. Ist es möglich, dass er sich an Bord eines Flugzeuges geschlichen hat?«

Thomas schüttelte zweifelnd den Kopf.

»Glaub ich nicht. Die Sicherheitsstandards im Flugverkehr sind zwar manchmal ziemlich erbärmlich, aber bei internationalen Flügen sind die Kontrollen doch deutlich strenger. Schwer vorstellbar, dass er sich als blinder Passagier an Bord einer Maschine schleichen konnte. Außerdem sind die Frachträume der Flugzeuge wohl kaum geheizt. Er wäre wahrscheinlich erfroren.«

Rebecca nickte.

»Dann also ein Schiff. Nehmen wir einfach mal an, er ist mit einem Schiff gekommen. Wo wäre er angekommen? Wenn er den direkten Weg zwischen Argentinien und Deutschland gewählt hat, wird es wahrscheinlich in Hamburg oder Bremen beziehungsweise Bremerhaven gewesen sein. Möglich wären vielleicht auch Wilhelmshaven, Cuxhaven oder einer der Ostseehäfen. Bringt uns das weiter?«

»Nun ja«, entgegnete Thomas, »das hängt davon ab, ob er von da aus sofort nach Köln gekommen ist oder ob das, was er zu erledigen hatte, vielleicht etwas mit seinem Ankunftsort zu tun hatte. Vielleicht ist er ja ganz bewusst mit einem Schiff gefahren, das ihn dorthin brachte, wo er angekommen ist.«

»Das sehe ich genauso. Also müssen wir es herausfinden.«

Eine Weile saßen sie sich schweigend gegenüber. Schließlich räusperte Thomas sich und legte die Stirn in nachdenkliche Falten.

»Mir fällt da gerade etwas ein, was Frau Fuchs gesagt hat, als ich sie verhört habe. Gandera hatte wohl ihr gegenüber mal bemerkt, dass er es merkwürdig fand, dass man in Deutschland die Städte mit blauen und gelben Zelten verschandelt, anstatt schöne neue Häuser zu bauen. Er meinte damit den Musicaldome.«

»Der in Köln ist blau«, sagte Rebecca langsam und dachte einen Moment lang nach. »Das heißt, er hat noch irgendwo anders ein gelbes Zelt gesehen. Stell fest, wo es so eins gibt.«

Thomas nickte und ging zurück zu seinem Schreibtisch.

Während Rebecca nachdenklich aus dem Fenster sah, betrat Knut das Büro und kam zu ihrem Schreibtisch.

»Ich war bei Familie Schneider«, begann er ohne Umschweife, »weder Benjamin noch Guido Schneider haben für Montagabend ein Alibi. Benjamin ist angeblich alleine mit seinem Mokick durch die Gegend gefahren, und Guido Schneider wollte einen Klienten in Overath besuchen, den er aber nicht zu Hause angetroffen hat. Auf dem

Rückweg hat er sich angeblich verfahren, sodass er erst nach neun wieder zu Hause war.«

»Okay, überprüf mal, ob besagter Klient an dem Abend wirklich nicht zu Hause war.«

»Wird gemacht.«

Knut drehte sich auf dem Absatz um und stürmte zu seinem Schreibtisch. Rebecca sah ihm lächelnd nach und griff dann zu der Bild-Zeitung, die Thomas auf ihrem Schreibtisch hatte liegen lassen. Ihr Blick glitt über die Schlagzeilen und blieb dann bei einem kleinen Artikel in der linken unteren Ecke hängen. *Hamburger Foltermord immer noch nicht aufgeklärt*, stand da. *Die Polizei hüllt sich in Schweigen.* Rebeccas Puls begann zu rasen, und ihre Handflächen wurden feucht.

»Es gibt einen gelben Musicaldome in Hamburg«, stellte Thomas fest, der urplötzlich wieder neben ihr am Schreibtisch stand. »Er steht mitten im Hamburger Hafen, und gerade ist da ›Der König der Löwen‹ angelaufen.«

Rebecca starrte ihn sekundenlang an, als habe sie ihn nicht verstanden. Dann legte sie die Zeitung aus der Hand und sagte: »Das ist es. Er ist mit dem Schiff in Hamburg angekommen und hat dort diesen Geschäftsmann ermordet.«

Thomas sah sie verständnislos an. »Wie jetzt?«

»Na, dieser Mordfall in Hamburg, der seit Wochen so viel Wind in der Presse aufwirbelt. Ich weiß genau, dass ich letzte Woche die Schlagzeile eines Artikels gelesen habe, wo stand, dass die Spur nach Argentinien führt. Aber bevor ich den Artikel lesen konnte, wurde ich unterbrochen. Ich fresse einen Besen, wenn das nichts mit Gandera zu tun hat.«

Thomas sah sie mit gerunzelter Stirn an und schüttelte langsam den Kopf.

»Komisch, ich habe über den Fall weder beim KPMD noch als X-400-Nachricht etwas gelesen. Die Kollegen aus Hamburg hätten doch sicherlich eine entsprechende Nachricht weitergeleitet, wenn sie den Verdacht hatten, dass die Lösung des Falls in einem anderen Bundesland zu suchen ist.«

»Dann hatten sie diesen Verdacht offensichtlich nicht.«

Rebecca sah ihn herausfordernd an.

»Wenn sie keinerlei Anhaltspunkte dafür hatten, dass die Spur in ein anderes Bundesland führt, macht es wenig Sinn, X-400-Nachrichten durch die gesamte Republik zu schicken.«

Thomas sah ihr zweifelnd zu, wie sie zum Telefonhörer griff und die Nummer des Hamburger Polizeipräsidiums wählte. Zehn Minuten später beendete Rebecca ihr Gespräch und ließ den Kopf in die Hände sinken.

»Und?«, fragte Thomas atemlos. »Was hast du rausgefunden?«

Rebecca rieb sich mit den Händen über das Gesicht, bevor sie ihn ansah und antwortete: »Der Hamburger Geschäftsmann ist wahrscheinlich mit der Waffe erschossen worden, die wir in dem Schließfach gefunden haben. Hauptkommissar Hansen von der Kripo Hamburg hat auch keine Erklärung dafür, warum Gandera den Mann ermordet hat. Er vermutet aber, dass es irgendetwas mit den Dingen zu tun haben könnte, die sie über die Geschäfte des Ermordeten herausgefunden haben. Er wollte am Telefon nichts Genaueres sagen, da sie in der Sache bald einige Leute hochgehen lassen wollen. Er würde mich lieber persönlich in einem vertraulichen Gespräch über die Angelegenheit aufklären.«

Rebecca warf einen Blick auf ihre Armbanduhr.

»Wenn ich mich sofort auf den Weg mache, könnte ich heute am Spätnachmittag in Hamburg ankommen.«

»Was?« Thomas sah sie entgeistert an. »Du willst heute noch nach Hamburg und wieder zurück? Bist du wahnsinnig geworden?«

Rebecca schüttelte den Kopf.

»Nein, ich werde da übernachten und morgen zurückfahren. Ich hatte sowieso dieses Wochenende nichts Besonderes vor. Ich werde nur noch schnell Karsten informieren.«

»Soll ich nicht lieber mitkommen?«

»Nicht nötig. Du hast dir schon das letzte Wochenende um die Ohren geschlagen und bekommst sicher mächtigen Ärger mit deiner Freundin, wenn du sie dieses Wochenende schon wieder hängen lässt. Bei mir ist das nicht so schlimm. Mich wird schließlich keiner vermissen.«

Eine Spur Bitterkeit schwang in ihrer Stimme mit, und Thomas legte ihr eine Hand auf die Schulter.

»Hey«, sagte er leise, »du wirst sehen, es wird sich schon wieder alles einrenken. Wir haben jetzt eine ganz heiße Spur, und ich bin mir ziemlich sicher, dass du in Hamburg die Lösung des Falls findest. Und danach wirst du mit Krishna reden und alle Missverständnisse aus dem Weg räumen, klar?«

Rebecca nickte zögernd und stand auf, um die Unterlagen auf ihrem Schreibtisch wegzuräumen. Als sie gerade ihre Schränke abschloss, kam Knut aufgeregt herüber und berichtete mit überschnappender Stimme: »Ich habe gerade mit dem Klienten gesprochen, den Herr Schneider am Montagabend angeblich zu Hause aufsuchen wollte und nicht angetroffen hat. Es kam mir gleich so komisch vor, dass Schneider sich so geziert hat, mir den Namen seines

Klienten zu nennen. Jedenfalls behauptet dieser Mann, dass er sich absolut sicher ist, den ganzen Montagabend zu Hause gewesen zu sein, und dass er auch überhaupt keinen Termin mit Schneider hatte.«

»Sieh mal einer an«, meinte Rebecca stirnrunzelnd, »Herr Schneider hat also offensichtlich etwas zu verbergen. Thomas und Knut, ihr werdet ihn euch heute noch vornehmen und herausfinden, warum er gelogen hat und wo er am Montagabend wirklich war.«

Die beiden nickten zustimmend.

»Falls nichts aus ihm herauszukriegen ist, müssen wir ihn beschatten. Das müsst ihr dann gegebenenfalls übernehmen. Ich fahr jetzt noch rasch nach Hause, um ein paar Klamotten einzupacken. Vorher besorg ich mir in der Asservatenkammer noch die Pistole von Gandera und im Labor eine Gewebeprobe. Falls es Neuigkeiten gibt, könnt ihr mich über Handy erreichen. Wünscht mir viel Glück.«

Thomas nickte ihr aufmunternd zu.

»Du wirst das schon machen«, murmelte er.

Fünf Minuten, nachdem Rebecca gegangen war, klingelte das Telefon, und Thomas hob ab.

»Fink hier. Ich möchte gerne Frau Huthmacher sprechen.«

»Tag, Herr Doktor Fink«, entgegnete Thomas, »da haben Sie Pech gehabt. Frau Huthmacher ist gerade Richtung Hamburg verschwunden und wird erst am Montag wieder zu sprechen sein.«

»Hamburg?«, echote Doktor Fink.

»Rein dienstlich, versteht sich. Die Privatreisen heben wir uns auf, bis wir die Mordfälle gelöst haben. Kann ich Ihnen vielleicht weiterhelfen?«

»Nun, ich weiß nicht genau. Es geht darum, dass meine

Frau, als Sie gestern da waren, nicht mehr genau wusste, wann ich am Montagabend zu Hause war.«

»›Nicht genau‹ ist stark untertrieben«, warf Thomas spitz ein, »sie hat noch nicht einmal eine ungefähre Angabe machen können.«

»Wie dem auch sei, wir haben gemeinsam noch einmal überlegt und sind uns jetzt sicher, dass ich so gegen halb sieben daheim war. Meine Frau wird Ihnen das sicher gerne bestätigen.«

»Tatsächlich?«, brummte Thomas zweifelnd. »Nun, Herr Doktor Fink, ich habe das vermerkt, und wir werden gegebenenfalls nochmal auf Ihre Frau zukommen. Vielen Dank für Ihren Anruf, und frohe Weihnachten für Sie und Ihre Familie.«

Nachdem er aufgelegt hatte, rieb er sich nachdenklich das Kinn und warf Knut, der ihn fragend ansah, einen Blick zu.

»Irgendwie werde ich den Verdacht nicht los, dass der seiner Frau ein Alibi verschaffen will. Aber warum? Was hat Frau Fink am Montagabend gemacht?«

»Also noch etwas, worum wir uns kümmern sollten«, warf Knut stöhnend ein und verdrehte die Augen, »aber vielleicht sollten wir uns zuerst mal Schneider vornehmen.«

»Du hast Recht. Immer einer nach dem anderen. Zuerst Schneider, Fink muss warten.«

Entschlossen griff Thomas nach seiner Jacke, und gemeinsam verließen sie das Büro.

Die Fäden laufen zusammen

Rebecca saß neben Rolf Hansen auf dem Beifahrersitz und sah durch den feinen Schneeregen hinaus auf die vorbeiziehenden Straßenzüge Hamburgs. Sie war trotz des einsetzenden Feierabendverkehrs um fünf Uhr nachmittags im Hamburger Polizeipräsidium gewesen. Zögernd hatten sie und Hansen sich gegenseitig den Stand ihrer bisherigen Ermittlungen mitgeteilt, wobei Rebecca klar war, dass Hansen ihr nicht alles erzählte. Schließlich hatte sie ihn geradeheraus gefragt, was es sei, worüber er mit ihr nicht am Telefon reden wollte. Er hatte sie lange schweigend angesehen und ihr dann erklärt, dass er sich zunächst sicher sein müsste, dass die beiden Fälle wirklich zusammenhängen. Der Revolver, den Rebecca aus der Asservatenkammer geholt hatte, war bereits bei der ballistischen Untersuchung. Auch Ganderas Gewebeproben lagen schon im Labor, um mit den genetischen Spuren verglichen zu werden, die man am Tatort in Hamburg gefunden hatte. Der zuständige Laborant hatte ihnen zugesichert, noch heute einige einfache Tests durchzuführen und ihnen das Ergebnis mitzuteilen. In der Zwischenzeit wollten sie eine Zeugin aufsuchen, die in dem Haus am Jungfernstieg, wo der Geschäftsmann ermordet wurde, einen verdächtigen Mann gesehen hatte.

Rebecca beobachtete Hansen aus dem Augenwinkel und versuchte, sich ein Bild von ihm zu machen. Die kleinen blauen Augen über einer langen, geraden Nase beobachteten konzentriert den Großstadtverkehr vor ihnen. Für einen Mann hatte er eine ungewöhnlich zarte Gesichtshaut, die nicht den Ansatz einer Bartstoppel erkennen ließ und seinen Zügen ein weiches Aussehen verlieh. Doch Rebecca hatte schon festgestellt, dass seine Gesichtszüge einen Ausdruck harter Undurchdringlichkeit annehmen konnten, wenn er sich nicht in die Karten sehen lassen wollte. Während sie noch darüber rätselte, was er über die Geschäfte des Mordopfers herausgefunden haben könnte, wurde sie sanft gegen die Sicherheitsgurte gedrückt, als Hansen den Wagen abbremste und parkte.

Gemeinsam gingen sie auf das Haus zu, in dem die Zeugin wohnte, und betätigten die Türklingel. Einige Sekunden später summte der Türöffner, und sie stiegen die Treppe hinauf in den zweiten Stock, wo sie von einer jungen Frau an der Wohnungstür erwartet wurden.

»Guten Abend, Frau Warncke.« Rolf Hansen schüttelte der jungen Frau die Hand und deutete auf Rebecca. »Dies ist Frau Huthmacher, eine Kollegin von der Kripo Köln. Wir wollten Sie noch einmal zu dem Mordfall am Jungfernstieg befragen. Vielleicht erzählen Sie meiner Kollegin einfach nochmal kurz, was Sie am Abend des zweiten Novembers dort beobachtet haben.«

Er nickte ihr aufmunternd zu, und Frau Warncke seufzte ergeben.

»Also, es war ein Freitagabend, so gegen halb neun. Ich arbeite bei einem Softwarehaus im ersten Stock des Gebäudes, wo der Mord geschah. Ich arbeite oft sehr lange und bin häufig die Letzte. So auch an diesem Abend. Als ich so ungefähr um halb neun das Gebäude verließ, kam gerade ein Mann auf das Haus zu und schob seinen Fuß in den Spalt, bevor die Tür ins Schloss fallen konnte. Ich wurde etwas misstrauisch und sagte ihm, dass er zu der Zeit wohl kaum noch jemanden antreffen würde, aber er lächelte nur und behauptete, er werde erwartet.«

»Wissen Sie, wo er hinwollte?«, fragte Rebecca.

Frau Warncke schüttelte bedauernd den Kopf.

»Nein, er hat kein Licht im Treppenhaus gemacht, sodass ich ihn nicht mehr sehen konnte, aber die einzigen Büros, wo noch Licht brannte, waren diejenigen des Mordopfers in der dritten Etage.«

»Ist Ihnen an dem Mann etwas aufgefallen? Können Sie ihn beschreiben?«

»Ja, aber das habe ich doch alles schon Ihrem Kollegen gesagt. Er war mittelgroß, kräftige Statur, schwarzbraune Haare, braune Augen, vielleicht irgendwo in den Dreißigern. Auffällig war seine Kleidung. Ich dachte sofort, das muss ein Matrose sein. Na, Sie wissen schon, diese typischen marineblauen Rollkragenpullover.«

Rebecca nickte.

»Außerdem ist mir aufgefallen, dass er einen merkwürdigen Akzent hatte. Er hat zwar nur zwei Sätze gesagt, aber er hatte unverkennbar einen Akzent.«

Rebecca sah zu Hansen hinüber, der mit unbewegter Miene zugehört hatte. Dann griff sie in die Innentasche ihrer Jacke und zog ein Foto von Gandera heraus, das sie mitgebracht hatte.

»Ist das der Mann, den Sie gesehen haben?«

Frau Warncke nahm das Bild entgegen und betrachtete es aufmerksam.

»Ja, das könnte er sein. Das heißt, bei genauerer Betrachtung bin ich mir sogar ziemlich sicher. Man kann deutlich eine kleine Narbe auf der linken Wange erkennen, die mir auch bei dem Mann aufgefallen war, den ich gesehen habe.«

Rebecca nickte zufrieden und steckte das Bild wieder ein.

»Vielen Dank, Frau Warncke, Sie haben uns sehr geholfen.«

Als sie wieder im Auto saßen, führte Hansen zwei kurze Telefonate und wandte sich dann an Rebecca.

»Das Labor hat bestätigt, dass die Gewebeproben von Gandera mit neunzigprozentiger Wahrscheinlichkeit mit den Spuren vom Tatort übereinstimmen. Das Ergebnis der Ballistikuntersuchung liegt noch nicht vor.«

»Sieht so aus, als hätten wir ein gemeinsames Problem«, bemerkte Rebecca und sah ihn an.

»Irrtum«, versetzte Hansen, »mein Problem ist aus der Welt geschafft. Arturo Gandera ist höchstwahrscheinlich der Mörder von Hans-Jürgen Albrecht. Unser Mordfall ist damit gelöst. Das Problem haben nur noch Sie.«

Rebecca sah ihn verblüfft an und schnappte nach Luft. Langsam legte sich ein breites Grinsen auf Hansens Gesicht, und er zwinkerte ihr zu.

»Aber ich bin gerne bereit, Ihnen bei der Lösung Ihres Problems zu helfen, auch wenn damit der Freitagabend mal wieder komplett im Eimer ist. Am besten, wir fahren zuerst mal zurück ins Präsidium, und ich erzähle Ihnen, was wir über Albrechts Geschäfte herausgefunden haben. Dann sehen wir weiter.«

Rebecca betrat um kurz vor halb elf das kleine Hotel, in dem sie sich für die Nacht eingemietet hatte. Die Tristesse des Zimmers trug nicht gerade zur Verbesserung ihrer Laune bei. Ihr schwirrte der Kopf von all den Dingen, die Hansen ihr erzählt hatte, und sie war hundemüde. Der Schlafmangel der vergangenen beiden Wochen machte sich mit einem Schlag bemerkbar. Ihr war klar, dass sie an diesem Abend keinen vernünftigen Gedanken mehr würde fassen können. Also beschloss sie, ins Bett zu gehen und so lange wie möglich zu schlafen. Entschlossen schaltete sie ihr Handy aus und hängte das Schild mit der Aufschrift ›Bitte nicht stören‹ vor ihre Tür. Dann zog sie sich rasch aus, schlüpfte unter die Bettdecke und war wenige Sekunden später fest eingeschlafen.

Krishna lag mit weit geöffneten Augen in der Dunkelheit und starrte an die Decke. Er war früh zu Bett gegangen, um endlich etwas Schlaf nachzuholen, doch der Schlaf wollte nicht kommen. Er dachte an das lange Weihnachtswochenende, das vor ihm lag, und fragte sich, wie er es alleine überstehen sollte. Er versuchte erneut zu schlafen und schloss die Augen, aber sofort tauchte Rebeccas Gesicht vor ihm auf, und sein Magen krampfte sich schmerzhaft zusammen. Es hatte keinen Sinn mehr, sich noch länger etwas vorzumachen, er liebte sie noch immer. Er hatte versucht, sie zu hassen, doch es war zwecklos. Das Heimtückische an Gefühlen ist eben, dass man sie nicht nach Belieben abstellen kann.

Rastlos setzte er sich auf und vergrub die Finger in den Haaren. Er musste sich darüber klar werden, was er wirklich wollte. Wollte er sie zurückhaben und wieder mit ihr zusammenleben? Eine Frage, die er eindeutig mit Ja beantworten konnte. Aber war er in der Lage, ihr einen Seitensprung zu verzeihen? Würde er ihr jemals wieder vertrauen können? Eine Stunde lang dachte er darüber nach, dachte sich alle möglichen Szenarien aus. Schließlich musste er sich eingestehen, dass er es nicht wusste. Aber er wollte es versuchen.

Entschlossen stand er auf, griff nach seinem Handy und wählte ihre Nummer. Gleich Mitternacht, vielleicht schlief sie schon. Ungeduldig lauschte er auf das monotone Dröhnen des Freizeichens. Eine Minute lang. Dann trennte er die Verbindung und wählte ihre Handynummer. Eine freundliche Stimme teilte ihm mit, dass der Teilnehmer zurzeit nicht zu erreichen sei. Verzweiflung stieg in ihm auf, und eine hinterhältige Stimme in seinem Ohr wisperte ihm einen Verdacht zu.

Er rief im Halbstundenrhythmus bei ihr an. Sie war nicht da. Um drei Uhr morgens gab er endlich auf. Ihm war absolut klar, wo sie die Nacht verbrachte und warum sie offensichtlich nicht gestört werden wollte. Ein bitteres Lachen drang aus seiner Kehle. Es war völlig unerheblich, ob er bereit war, ihr zu verzeihen. Sie war diejenige, die sich längst anders entschieden hatte. Er kam sich wie ein Idiot vor, der als Letzter begreift, welche Rolle er in dem Stück spielt, das alle anderen so sehr amüsiert.

Im ersten Morgengrauen fasste er einen Entschluss: Er würde heute nochmal in ihre Wohnung fahren und ein paar Sachen abholen. Dann würde er, da er den Mietvertrag über seine Wohnung nicht rückgängig machen konnte, einen Makler damit beauftragen, ihm möglichst schnell etwas zu suchen. Nach dieser Entscheidung fühlte er sich etwas besser, aber die Leere in seinem Inneren sagte ihm, dass dies nur von kurzer Dauer sein würde.

Rebecca hatte wie eine Tote bis in den späten Samstagvormittag hineingeschlafen und war anschließend in einem Café um die Ecke frühstücken gegangen. Gegen Mittag hatte sie sich dann wieder auf den Weg Richtung Köln gemacht. Jetzt näherte sie sich dem Kamener Kreuz und konzentrierte sich auf die vor ihr liegende Autobahn, die im dichter werdenden Schneegestöber versank. Das gleichmäßige Hin und Her der Scheibenwischerblätter ließ ihre Gedanken wieder zu dem gestrigen Gespräch mit Hansen abgleiten.

»Hans-Jürgen Albrecht hat am Jungfernstieg ein Büro für eine Partnerschaftskonfliktberatung betrieben«, eröffnete Hansen ihre abendliche Unterhaltung. »Wissen Sie, was die Büromieten am Jungfernstieg kosten?«

Rebecca schüttelte den Kopf.

»Noch viel mehr! Und er war nicht gerade genügsam, er hat die komplette dritte Etage gemietet. Es muss ihn monatlich ein kleines Vermögen gekostet haben. Außerdem bewohnte er eine nicht gerade ärmliche Villa in Blankenese, fuhr einen SLK und einen Porsche und hatte auch ansonsten einen ziemlich ausschweifenden Lebensstil. Können Sie sich vorstellen, dass man das alles mit den Erlösen einer Partnerschaftskonfliktberatung finanzieren kann?«

»Nicht wirklich.«

»Stimmt. Seine Jahresabschlüsse weisen Gewinne aus, mit denen er noch nicht einmal einen klapprigen Golf und eine Zweizimmerwohnung im sozialen Wohnungsbau hätte finanzieren können. Also haben wir alles auf den Kopf gestellt, jedes Blatt Papier in seinen Geschäftsräumen und seinem Privathaus, jede Datei auf seinen Rechnern. Nach und nach haben wir die Puzzlestücke zusammengeführt. Seine Firma war nur die legale Tarnung für die ganzen schmutzigen Geschäfte, mit denen er seinen aufwändigen Lebensunterhalt finanzierte.«

»Was waren das für Geschäfte?«

Rebeccas Blick klebte an Hansens Lippen.

»Och, alles Mögliche. Ein bisschen Drogenhandel, ein wenig Prostitution. Aber den Hauptteil seiner Einnahmen hat er mit Kinderhandel erzielt.«

»Kinderhandel? Wie meinen Sie das?«

»Nun, bekanntlich ist es in vielen Ländern ein großes Problem für kinderlose Paare, die Adoption eines Kindes zu erreichen. Es gibt nicht genügend Kinder, die für eine Adoption freigegeben werden, vor allem keine Säuglinge, und der Gang durch die Behörden ist so mühsam und zeitaufwändig und an so viele Bedingungen geknüpft, dass es immer wieder Paare gibt, die versuchen, ihren Kinderwunsch mit illegalen Mitteln zu erfüllen. Sie kaufen sich ihr Wunschkind und zahlen sehr viel Geld dafür. Hans-Jürgen Albrecht hat diesen Umstand ausgenutzt und die Rolle des Verkäufers gespielt.«

»Was waren das für Kinder, die er verkauft hat? Wo kamen sie her?«

»Aus ziemlich vielen Ländern. Albrechts Spezialität war es jedoch, dass er nicht einfach nur Adoptionspapiere gefälscht, sondern auch dafür gesorgt hat, dass die Babys auf dem Papier zu leiblichen Kindern wurden. Die Käuferpaare haben ihrer Umgebung monatelang eine Schwangerschaft vorgegaukelt. Kurz vor der erwarteten Niederkunft sind sie dann in das entsprechende Land gereist, haben das Kind in Empfang genommen, und ein Arzt vor Ort hat gegen entsprechende Bezahlung die Geburt im Ausland bescheinigt. Die glückliche Familie ist dann zurück nach Deutschland gereist und hat ihren Neuzugang mit stolzgeschwellter Brust der aufgeregten Verwandtschaft präsentiert.«

»Aber die müssen doch alle gemerkt haben, dass der Nachwuchs nicht die geringste Ähnlichkeit mit den Eltern hatte«, warf Rebecca kopfschüttelnd ein.

»Na ja, Stolz macht wahrscheinlich genauso blind wie Liebe, und solange die Eltern beschworen, dass es ihr eigenes Kind war, ließen sich Zweifel wahrscheinlich ziemlich schnell zerstreuen. Allerdings kamen somit asiatische oder afrikanische Kinder nur in Ausnahmefällen in Frage. Die meisten Geschäfte hat Albrecht mit Kindern aus dem ehemaligen Ostblock gemacht. Aber es gab auch eine ganze Reihe Verbindungen nach Südamerika.«

»Gandera«, stieß Rebecca hervor, »wie ist der Zusammenhang?«

»Ich weiß es nicht. Das Problem ist, dass sich bei Albrechts Papieren nur Unterlagen von Geschäften befanden, die in letzter Zeit abgewickelt worden sind, und da taucht der Name Gandera nicht auf. Die ganzen älteren Sachen hatte er wahrscheinlich irgendwo an einem sicheren Ort unter Verschluss, vielleicht bei einem Notar oder im Schließfach einer Schweizer Bank.«

»Also bringt mich das bei der Suche nach Ganderas Mörder keinen Schritt weiter, solange wir nicht diese Unterlagen gefunden haben«, stellte Rebecca resigniert fest.

»Vielleicht doch«, bemerkte Hansen mit vorsichtigem Optimismus in der Stimme, »wir haben auf seinem privaten Rechner einige Dateien gefunden, die uns zunächst nicht weiter aufgefallen waren, da sie aussahen wie Listen von Handwerkern mit Rechnungsdaten und Ausführungen über Reparaturarbeiten. Allerdings kam es uns komisch vor, dass Albrecht über zwanzig Jahre hinweg so viele Handwerker benötigte. Schließlich wollte mein Kollege mit einem der Handwerker Kontakt aufnehmen, um eine Erklärung dafür zu bekommen. Dabei musste er allerdings feststellen, dass die aufgeführten Personen gar nicht existieren.«

Rebecca starrte ihn mit weit aufgerissenen Augen an

und fragte atemlos: »Und Sie glauben, dass es sich in Wirklichkeit um Listen zu seinen illegalen Geschäften der letzten zwanzig Jahre handelt?«

Hansen nickte zufrieden.

»Ja, das glauben wir tatsächlich. Die Dateien sind offensichtlich verschlüsselt, und es scheint verdammt schwierig zu sein, den Code zu knacken. Unsere Spezialisten arbeiten schon seit Tagen daran.«

»Wann glauben Sie, werden sie damit fertig sein?«

»Eigentlich warten wir stündlich mit einer Erfolgsmeldung. Wenn der Code geknackt ist und die Listen das enthalten, was ich glaube, bin ich mir ziemlich sicher, dass wir dort auch den Namen Gandera finden werden.«

»Im Zusammenhang mit einem verkauften Kind aus Argentinien«, flüsterte Rebecca.

»Vermutlich«, bestätigte Hansen, »ich hoffe, dass diese Dateien sämtliche Informationen zu den in den letzten zwanzig Jahren von Hans-Jürgen Albrecht verkauften Kindern enthält, einschließlich der Namen ihrer ›Adoptiveltern‹. Außerdem vermuten wir, dass dort auch die Namen sämtlicher Mittelsmänner und Helfershelfer abgelegt sind. Und wir haben auch den Verdacht, dass Albrecht nur ein Glied eines internationalen Rings von Kinderhändlern war. Wenn wir auf der Datei finden, wer die großen Bosse sind, können wir vielleicht die ganze Bande ausheben, in einem großen weltumspannenden Rundumschlag.«

Hansen hatte sich leicht nach vorne gebeugt und sah Rebecca mit funkelnden Augen an.

»Verstehen Sie? Wenn der Inhalt dieser Datei derart brisant ist, wie wir vermuten, können wir es uns nicht leisten, dass etwas von diesem Wissen nach außen dringt, bevor wir zugeschlagen haben. Ich muss Sie deshalb hinsichtlich dieser Informationen zunächst einmal zu äußerster Geheimhaltung verdonnern. Ich habe es noch nicht einmal riskiert, Ihnen dies übers Telefon mitzuteilen, weil zu viel davon abhängt. Telefonleitungen kann man bekanntlich anzapfen.«

Rebecca runzelte zweifelnd die Stirn. »Im Polizeipräsidium?«

Hansen zuckte die Schultern und lehnte sich wieder zurück.

»Man hat schon Pferde kotzen sehen.«

»Also gut«, stimmte Rebecca zu, »ich werde nichts über die Hintergründe von Albrechts Geschäften verlauten lassen, solange Sie Ihre Aktion noch nicht abgeschlossen haben. Trotzdem möchte ich Sie um einen Gefallen bitten.«

Hansen zog fragend die Augenbrauen nach oben, und Rebecca fuhr schnell fort.

»Wenn Sie die Dateien entschlüsselt haben und dort das finden, was Sie vermuten, lassen Sie mich bitte wissen, was Sie dort zu Arturo Gandera finden.«

Hansen zog die Mundwinkel zu einem kleinen Lächeln noch oben und nickte.

»Selbstverständlich. Ich habe doch gesagt, ich helfe Ihnen bei Ihrem Problem.«

Rebecca konnte nur hoffen, dass er Wort hielt.

Der Schnee hatte die Oberfläche der Autobahn mit einem rutschigen Film überzogen, und entsprechend schleppend zog sich der Verkehr dahin. Die Rücklichter der LKWs reihten sich als rote Lichterkette auf der rechten Spur auf. Als das Handy klingelte, scherte Rebecca hinter einem LKW ein und betätigte die Freisprechanlage.

»Hansen hier«, ertönte seine Stimme über den Lautsprecher, »die Dateien sind entschlüsselt worden, und unsere Vermutungen haben sich bestätigt.«

»Was ist mit Arturo Gandera? Steht er auf der Liste?«

»Ja, er ist der leibliche Vater eines argentinischen Jungen, der 1985 von Albrecht verkauft wurde. Sie wollen sicherlich den Namen des Käuferpaares wissen.«

»Ja, bitte«, stieß Rebecca mit angehaltenem Atem hervor und nahm unwillkürlich den Fuß vom Gas.

Fluchtversuch

Die Reifen des dunkelblauen Scorpio schlingerten auf der dünnen Schneeschicht, als Rebecca im letzten Moment das Steuer herumriss und den Wagen auf dem kleinen Parkplatz an der Autobahn zum Stehen brachte. Mit fliegenden Fingern wählte sie Thomas' Nummer und wartete ungeduldig darauf, dass er sich meldete, während sie hektisch unter dem Beifahrersitz nach der Blaulichtlampe suchte. Endlich hörte sie Thomas' leicht gereizte Stimme und stieß einen Seufzer der Erleichterung aus.

»Thomas? Rebecca hier. Ich bin etwa auf der Höhe von Dortmund und versuche, so schnell wie möglich nach Köln zu kommen. Du wirst dich jetzt augenblicklich in Bewegung setzen, einen unserer Kollegen einpacken und am besten noch ein paar Uniformierte, und dann werdet ihr der Familie Fink einen Besuch abstatten. Nehmt Herrn und Frau Fink fest und bringt sie aufs Präsidium. Ich werde direkt dorthin kommen und dann ...«

»Langsam, langsam«, unterbrach Thomas ihren Redeschwall, »hättest du wohl die Güte, mir erst mal zu erklären, was los ist?«

»Ich kann dir das jetzt nicht im Detail erklären«, herrschte Rebecca ihn an, »alles, was ich dir jetzt sage, ist im Moment noch streng geheim. Arturo Gandera war der leibliche Vater von Dominik Fink. Die Finks haben den Jungen vor sechzehn Jahren von einem Kinderhändler für viel Geld gekauft. Dieser Kinderhändler war Hans-Jürgen Albrecht, der Hamburger Geschäftsmann, der im November ermordet wurde, und zwar von Arturo Gandera. Wahrscheinlich hat er von ihm den Namen des Paares herausgepresst, das damals seinen Sohn gekauft hat. Danach hat er Albrecht umgebracht und ist nach Köln gefahren, und ich glaube nicht, dass er nur Dominik Fink besuchen wollte. Irgendwas ist dann nicht so gelaufen, wie er sich das vorgestellt hatte, und ich wette meinen Kopf darauf, dass die Finks an seinem Tod nicht unbeteiligt waren. Und jetzt schwing endlich die Hufe, ich hab jetzt keine Zeit mehr, mit dir zu tratschen!«

Abrupt trennte sie die Verbindung, ließ das Seitenfenster herunter und rammte den Saugnapf des Blaulichts auf das Autodach. Dann schmiss sie den Gang rein und gab Vollgas.

Der Weg nach Köln war ein einziger Hindernislauf. Das Schneetreiben nahm zu, und die Sicht wurde mit zunehmender Dämmerung immer schlechter. Die Sirene des Blaulichts schmirgelte ihr die ohnehin schon blank liegenden Nerven, und ständig musste sie zwischen Gaspedal und Bremse hin- und herwechseln. Sie schickte mehrere Stoßgebete zum Himmel und hoffte inständig, dass die Winterreifen des Scorpios neu und das Profil noch nicht abgefahren sein mögen. Mehrfach musste sie auf der Standspur den sich stauenden Verkehr überholen, ständig Gefahr laufend, von einem ausscherenden Auto übersehen zu werden. Als vierzig Minuten später das Handy erneut klingelte, war sie einem Nervenzusammenbruch verdammt nah.

»Was?!«, brüllte sie ins Mikro und musste mehrere Sekunden warten, bevor Thomas' leicht verschreckte Stimme sich meldete.

»Himmel, du klingst wie eine wild gewordene Furie. Geht es dir gut?«

»Nein, verdammt! Ich kämpfe ums Überleben! Also bring mir besser keine schlechten Nachrichten!«

»Nun, ich fürchte, ich muss dich enttäuschen.« Thomas' Worte kamen zögernd, und er holte hörbar Luft, bevor er fortfuhr. »Die Finks sind nicht da, und der Nachbar meint, sie seien verreist.«

»Was?? Wohin?«

»Das wusste er auch nicht. Er sagte, sie hätten sich ganz kurzfristig entschlossen. Eigentlich wollten sie Weihnachten zu Hause verbringen. Jedenfalls sind sie heute Nachmittag mit dem Taxi weg. Aber der Nachbar meint, es hätten so Adressanhänger an den Koffern gehangen. Solche für Fluggepäck. Welche Airline konnte er allerdings nicht erkennen.«

»Verdammt, die wollen sich absetzen. Irgendwie müssen die Wind bekommen haben. Aber woher?«

Einige Sekunden herrschte Stille am anderen Ende. Dann kam ein zögerndes: »Nun, vielleicht ...«

»Vielleicht was?«

»Na ja, Herr Fink hat gestern Nachmittag angerufen und wollte dich sprechen. Ich habe ihm gesagt, dass du dienstlich in Hamburg bist.«

Rebecca wurde hintereinander blass, rot, grün und dann wieder rot. Dann stieß sie zwischen den Zähnen hervor: »Thomas, darüber sprechen wir noch. Ihr werdet euch jetzt sofort auf den Weg zum Flughafen machen und unterwegs herausfinden, auf welcher Passagierliste sie stehen. Bete, dass sie von Köln/Bonn und nicht von Düsseldorf aus fliegen. Wenn die Maschine noch nicht weg ist, versucht sie unter allen Umständen aufzuhalten. Ich bin gleich am Leverkusener Kreuz und werde am Flughafen zu euch stoßen.«

Als Rebecca kurz hinter dem Autobahnkreuz noch ein paar Autos von der linken Spur gescheucht hatte, tat sich vor ihr wundersamerweise eine große, freie Lücke auf. Plötzlich nahm der Verkehr deutlich ab, und das Schneegestöber wurde schwächer. Rebecca trat das Gaspedal bis zum Anschlag durch und erreichte kurze Zeit später in mörderischem Tempo die Zufahrt zum Flughafen. Ohne großartig Zeit mit der Parkplatzsuche zu verschwenden, ließ sie den Wagen einfach vor der Tür von Terminal 2 auf der Straße stehen und stürmte im Laufschritt in die große gläserne Halle, wo sie ungebremst mit Thomas und Knut zusammenprallte, die gerade hektisch die Anzeigetafel der Abflüge studierten.

Das Gebläse über Dr. Finks Kopf zischte leise und spielte sanft mit einer Haarsträhne auf seiner Stirn. Nervös warf er einen Blick auf seine goldene Armbanduhr und dann auf seine Frau, die klein und blass neben ihm saß und in dem breiten Ledersitz nahezu versank. Dominik Fink saß eine Reihe vor ihnen und sah gelangweilt aus dem kleinen Kunststofffenster, hinter dem die Schneeflocken immer dichter wirbelten.

»Was ist, wenn die Triebwerke vereist sind und wir nicht starten können?«, wollte er von seinem Vater wissen. »Bleiben wir dann Weihnachten zu Hause? Ich verpasse ein paar geile Filme im Fernsehen, und London im Dezember ist bestimmt auch nicht gerade besonders prickelnd.«

»Wir bleiben nicht in London, wir landen dort nur zwischen«, entgegnete sein Vater.

Dominik Fink kniete sich auf seinen Sessel und schaute überrascht über die Lehne nach hinten. Sein Blick schoss zwischen seinen Eltern hin und her.

»Wohin fliegen wir denn?«, fragte er schließlich.

»Das wirst du schon noch sehen«, antwortete Doktor Fink kurz angebunden und sah sich suchend nach einer Stewardess um.

Aus dem Lautsprecher über ihm klang gedämpfte Musik, die einen an Südsee und Karibik denken ließ. Die Geräusche von zuschlagenden Gepäckklappen aus der Economyclass hinter ihnen waren seit geraumer Zeit verstummt. Alle Passagiere schienen ihre Plätze längst eingenommen zu haben. Trotzdem stand der Airbus immer noch unverändert an seinem Platz. Doktor Fink konnte von seinem Sitz aus sehen, dass hinter ihnen auch die Ziehharmonika der Passagierschleuse noch immer mit dem Flugzeug verbunden war. Genervt betätigte er den Rufknopf für das Bordpersonal. Kurz darauf erschien eine blonde Stewardess in dem blaugelben Outfit der British Airways und erkundigte sich lächelnd nach seinen Wünschen.

»Ich hätte gerne gewusst, wann wir endlich Starterlaubnis bekommen. Wir stehen jetzt schon seit zwanzig Minuten hier herum, ohne dass irgendetwas passiert. Sind Sie immer so unpünktlich bei Ihrer Airline?«

Die junge Frau sah ihn unvermindert lächelnd an und entgegnete mit melodischer Stimme: »Es tut mir sehr Leid, wir rechnen jeden Moment mit der Starterlaubnis. Die Startbahn musste erst noch vom Schnee befreit werden. Aber ich bin sicher, wir werden die kleine Verspätung wieder aufholen und pünktlich in London landen. Darf ich Ihnen bis dahin schon einmal etwas zu trinken bringen?«

»Was soll's! Bringen Sie mir einen Rotwein, aber sorgen Sie vor allen Dingen dafür, dass wir möglichst bald starten.«

Kurz darauf erschien die Stewardess mit einer kleinen Flasche Rotwein und goss ihm ein. Mit hastigen Schlucken leerte er seinen Becher und schenkte den Rest aus der Flasche nach. Weitere zehn Minuten vergingen, in denen sein Blutdruck kontinuierlich anstieg. Die junge Stewardess stand vor der Tür zur Bordküche und redete leise auf eine Kollegin ein, die mit leicht geöffnetem Mund zuhörte und ab und zu nickte.

Bildete er sich das nur ein oder warfen die beiden ihm verstohlene Blicke zu? Da, schon wieder. Eindeutig: Sie sahen ihn kurz an und dann schnell wieder weg. Eine Hitzewelle durchflutete seinen Körper, und seine Mundschleimhaut fühlte sich merkwürdig trocken an. Er beobachtete die beiden Frauen aus zusammengekniffenen Augen und sah mit steigender Beunruhigung, wie die blonde Stewardess nach dem Mikrofon griff und eine Durchsage machte.

»Meine sehr verehrten Damen und Herren. Leider wird sich der Start aufgrund der schlechten Wetterbedingungen noch auf unbestimmte Zeit verzögern. Wir möchten Sie höflich bitten, das Flugzeug wieder zu verlassen und sich zurück in die Wartehalle zu begeben. Dort wird Ihnen in Kürze eine Erfrischung serviert. Wir danken Ihnen für Ihr Verständnis.«

Unter allgemeinem Stöhnen und Kopfschütteln machten sich die Passagiere daran, ihre Jacken und Taschen zusammenzusuchen und zum Ausgang zu drängen. Auch Elisabeth und Dominik Fink wollten sich erheben, doch Doktor Fink bedeutete ihnen mit einer herrischen Geste, sitzen zu bleiben. Fragend sah Frau Fink ihren Mann an, sagte aber nichts. Als alle anderen Passagiere das Flugzeug verlassen hatten, kam die Stewardess mit einem nervösen Lächeln auf sie zu.

»Ich muss Sie bitten, sich ebenfalls wieder in die Wartehalle zu begeben«, forderte sie tapfer.

»Warum?«, herrschte Doktor Fink sie an.

»Nun, wie ich bereits gesagt habe«, begann sie mit einem leichten Beben in der Stimme und leckte sich verstohlen über die Lippen, »der Start wird sich aufgrund des Wetters noch verzögern.«

»Wird das Flugzeug noch einmal betankt?« Fink starrte sie herausfordernd an.

»Nein, das nicht, aber ...«

»Dann sehe ich unter Sicherheitsgesichtspunkten keine Veranlassung, unsere Plätze wieder zu räumen. Wir bleiben hier.«

»Aber das kann ich nicht zulassen«, entgegnete sie mit einem verzweifelten Unterton, »ich muss Sie bitten, sich jetzt unverzüglich ...«

»Haben Sie mich nicht richtig verstanden?«, brüllte Fink los, und seine Frau zuckte sichtlich zusammen. »Wir werden hier bleiben, und damit basta!«

Die junge Frau nagte noch einige Sekunden lang auf ihrer Unterlippe herum. Dann drehte sie sich um und verschwand wieder Richtung Bordküche.

»Wir werden hier bleiben, bis diese verdammte Maschine startet, egal, was passiert.« Doktor Fink hatte geflüstert, doch in der nun herrschenden Stille klangen die Worte ungewöhnlich laut.

»Ich würde aber viel lieber aussteigen und mir die Erfrischung einverleiben, von der die Tussi eben gesprochen hat.« Dominiks Stimme klang quengelnd wie die eines kleinen Kindes. Sein Vater brachte ihn mit einem einzigen Blick zum Schweigen. Fünf Minuten passierte nichts, nur das Schneegestöber vor dem kleinen Fenster hatte aufgehört. Nervös beobachtete Fink die Stewardess, die an der vorderen Ausstiegsluke stand und auf jemanden einredete, den er nicht sehen konnte. Vorsichtig erhob er sich und schob sich in die leere Sitzreihe auf der rechten Seite der Maschine. Geduckt spähte er zwischen den beiden vor ihm befindlichen Rückenlehnen hindurch und versuchte einen Blick auf den Gesprächspartner der Stewardess zu erhaschen. Offenbar war eine zusätzliche Gangway an den vorderen Ausgang geschoben worden, und der Besucher stand darauf. Zunächst konnte er in dem Halbdunkel vor der geöffneten Luke nur die Silhouette einer mittelgroßen, schlanken Gestalt und ein Gesicht im Profil erkennen. Dann beugte die Person sich für einen Moment nach vorne, und blonde, kurze Haare blitzten im fahlen Licht der Kabinenbeleuchtung auf.

»Scheiße, die Kommissarin«, entfuhr es ihm unwillkürlich. Blitzschnell duckte er sich hinter seinen Vordersitz und konnte gerade noch erkennen, wie die Stewardess sich von der Kommissarin abwandte und den Gang entlang auf sie zukam. Er warf seiner Frau, die sich wie ein verschrecktes Kaninchen in ihren Sitz gepresst hatte, einen warnenden Blick zu und legte den Zeigefinger auf die Lippen.

Die Stewardess kam näher und versuchte ein Lächeln aufzusetzen, das festfror, als sie sah, dass sein Platz leer war. Sie blieb stehen und zögerte. Plötzlich ging alles sehr schnell. Doktor Fink sprang von der rechten Seite auf den Gang und war mit zwei Schritten bei ihr. Mit einer fließenden Bewegung ergriff er die kleine leere Rotweinflasche, die immer noch auf der Ablage vor seinem Sitz stand, und schlug den Flaschenboden an der Kante der Ablage ab. Die Stewardess stieß einen spitzen Schrei aus, als er sie herumriss, sie mit dem Rücken an sich presste und ihr die scharfe Kante des zersplitterten Flaschenhalses an die Kehle setzte. Hinter ihm gab seine Frau ein gurgelndes Geräusch von sich. Rebecca stürmte mit ihrer Waffe im Anschlag in das Flugzeug und rannte in Richtung des Schreis, den sie gehört hatte. Mit einem Blick hatte sie die Situation erfasst und erstarrte. Das einzige Geräusch war das Keuchen der Stewardess, die sie mit weit aufgerissenen Augen angstvoll ansah. Fink hielt sie fest umklammert, und die Knöchel der Hand, welche die Glasscherbe hielt, traten weiß hervor.

»Keine Bewegung, oder ich schneide ihr die Kehle durch!«, rief er mit überschnappender Stimme.

Langsam ließ Rebecca ihre Waffe sinken und holte vorsichtig Luft. Das Herz schlug ihr bis zum Hals.

»Seien Sie doch vernünftig, Herr Fink. Das ergibt doch jetzt keinen Sinn mehr.«

»Keine Bewegung, habe ich gesagt!«

Seine Hände begannen zu zittern, und die Scherbe ritzte die Haut am Hals der jungen Frau an. Ein kleines Blutrinnsal lief herab, und ein leises Wimmern entrang sich ihrer Kehle.

»Okay, okay. Beruhigen Sie sich. Ich lege jetzt meine Pistole vor mir auf den Boden, und dann werden wir ganz vernünftig miteinander reden.«

Langsam ging Rebecca in die Knie und legte ihre Waffe ab, ohne Fink aus den Augen zu lassen. Dann richtete sie sich vorsichtig wieder auf und hob die Hände mit geöffneten Handflächen in die Höhe.

»Ich bin jetzt unbewaffnet. Sie können unbesorgt sein. Ich will nur mit Ihnen reden.«

»Aber ich will nicht mit Ihnen reden! Ich sage Ihnen, was Sie jetzt tun werden. Sie werden jetzt Kontakt mit denen da draußen aufnehmen und dafür sorgen, dass der Pilot an Bord kommt und die Maschine Starterlaubnis erhält. Andernfalls wird das Mädchen hier sterben, und Sie können mir glauben, dass mir das überhaupt nichts ausmacht.«

»Denken Sie doch mal nach, Herr Fink! Wo wollen Sie denn hin? In London sind Sie auch nicht sicherer als hier, und für einen Langstreckenflug in ein Land, das Sie nicht ausliefern würde, ist die Maschine nicht geeignet. Selbst wenn Ihre Bedingungen erfüllt würden, müssten Sie in eine andere Maschine umsteigen. Was glauben Sie, was dann passiert? Die Jungs von der GSG 9 hätten Sie umgelegt, noch bevor Sie das Ende der Gangway erreichen könnten.«

»Dann werden Sie halt dafür sorgen, dass die von der GSG 9 gar nicht erst da sein werden! Ich meine es ernst! Tun Sie endlich, was ich Ihnen sage!«

Seine Stimme klang schrill, und Rebecca konnte hören, wie er hyperventilierte. Zögernd machte sie einen Schritt nach vorne, während sie weiter auf ihn einredete.

»Nehmen Sie doch Vernunft an. Ich bin nicht diejenige, die über den Einsatz der GSG 9 entscheidet, und ich kann auch nicht dafür sorgen, dass Sie ein Flugzeug zur Flucht erhalten. Die werden Sie nicht einfach so ziehen lassen. Die werden Sie hier festhalten, bis Sie aufgeben.«

Sie machte noch einen Schritt nach vorne.

»Bleiben Sie stehen!«, schrie er, wich aber ebenfalls einen Schritt zurück. Links neben ihm war das leise Wimmern seiner Frau zu hören.

»Kommen Sie, Herr Fink, lassen Sie die Frau gehen. Es muss jetzt nicht noch ein Mensch sterben. Es ist besser für Sie und Ihre Familie, wenn Sie jetzt aufgeben.«

Entschlossen trat sie erneut einen Schritt vor und streckte die rechte Hand aus.

»Stehen bleiben, habe ich gesagt, keinen Schritt mehr!« Fink schrie mit zitternder Fistelstimme. Die Frau in seiner Umklammerung schluchzte laut auf. Er warf Rebecca einen gehetzten Blick zu und stolperte noch einen großen Schritt rückwärts. Es gab einen dumpfen Aufprall, als er gegen den Körper hinter ihm stieß. Blitzschnell schloss sich ein eisenharter Griff um sein rechtes Handgelenk, und die Glasscherbe wurde vom Hals seiner Geisel weggerissen. Fink gab ein überraschtes Keuchen von sich, ließ die Frau los und versuchte seinen Angreifer abzuwehren. Thomas, der durch den Passagiertunnel am hinteren Ausgang gekommen war, riss ihn ruckartig herum, holte aus und landete einen vernichtenden Schwinger in Finks Magengrube. Klirrend fiel der abgebrochene Flaschenhals auf den Boden. Fink klappte zusammen wie ein Taschenmesser.

Rebecca wischte sich den Schweiß von der Stirn und starrte Thomas wütend an.

»Da bist du ja endlich. Ich hatte schon die Befürchtung, du seiest vielleicht erst noch einen Kaffee trinken gegangen.«

Thomas grinste sie nur zwischen roten Locken hindurch an und ließ die Handschellen mit einem leisen Klicken um Dr. Markus Finks Handgelenke zuschnappen.

Entwirrendes Geständnis

Rebecca, Thomas und Knut standen im Nebenraum des Vernehmungszimmers und warfen einen Blick durch den venezianischen Spiegel. Elisabeth und Markus Fink saßen an dem großen Tisch in der Mitte des Raumes. Dr. Fink starrte schweigend vor sich hin. Seine Frau neben ihm schluchzte unaufhörlich und schüttelte den Kopf.

»Wie konnte das alles nur geschehen?«, wisperte sie und sah ihren Mann aus verheulten Augen an. »Sag mir, wie es dazu kommen konnte. Wir wollten doch einfach nur ein Kind, sonst nichts!«

Ihr Mann nickte zögernd und zog die Mundwinkel zu einem sarkastischen Lächeln nach oben.

»Ja, genau. Ein Kind um jeden Preis!«

Er sah sie einige Sekunden lang eindringlich an, bevor sein Gesicht wieder einen unbeteiligten Ausdruck annahm und er schweigend auf den Tisch starrte.

Thomas warf Rebecca einen fragenden Blick zu.

»Wen wollen wir zuerst vernehmen?«

»Zuerst den Doktor«, entgegnete Rebecca rasch, »Knut, du bringst Frau Fink raus und lässt sie in der Obhut von

Schmidtchen. Er soll sie im Auge behalten. Ich glaube zwar nicht, dass sie zu türmen versucht, aber man kann ja nie wissen. Also los, an die Arbeit.«

Nachdem Knut Frau Fink hinausgebracht hatte, setzte Rebecca sich auf den Stuhl gegenüber von Dr. Fink. Thomas postierte sich an der Wand zu ihrer Rechten und beobachtete.

»Wollen Sie, dass ein Anwalt an dem Verhör teilnimmt?«, fragte Rebecca und sah Dr. Fink erwartungsvoll an.

»Nicht nötig«, entgegnete er mit fester Stimme, »auch dem besten Anwalt wird es jetzt wohl nicht mehr gelingen, meinen Kopf aus der Schlinge zu ziehen. Ich werde aussagen!«

Rebecca nickte erleichtert und schaltete das Aufnahmegerät an.

»Doktor Fink, Sie sind nicht der leibliche Vater von Dominik. Erzählen Sie mir bitte, wie er zu Ihnen kam.«

»Wozu? Das wissen Sie doch bereits.«

Fink sah sie trotzig an und verschränkte die Arme vor der Brust.

»Ich würde aber gerne Ihre Version der Geschichte hören.«

Er zuckte gelangweilt mit den Achseln, begann aber doch stockend zu erzählen.

»Meine Frau und ich haben ziemlich jung geheiratet. Wir waren uns von Anfang an einig, dass ich mich meiner beruflichen Karriere widmen sollte, während sie sich um die Familie kümmern wollte. Wir wollten gerne eine große Familie haben, wissen Sie? Meine Frau liebt Kinder, und sie wollte mindestens drei haben. Aber die Zeit verging, und sie wurde einfach nicht schwanger. Ein Jahr nach dem anderen zog ins Land, und sie wurde immer verzweifelter. Mit der Zeit wurde sie depressiv. Zunächst habe ich das kaum bemerkt, da ich viel zu sehr damit beschäftigt war, meine Karriere voranzutreiben. Ich habe sehr viel gearbeitet und war eigentlich kaum zu Hause. Irgendwann hat sie dann einen Nervenzusammenbruch gehabt.«

»Wann war das?«, wollte Rebecca wissen.

»Das muss Anfang 1984 gewesen sein. Es hat wochenlang gedauert, bis ihr Psychotherapeut sie aus ihrer tiefen Depression geholt hat. Danach legte sie plötzlich einen ungewöhnlichen Aktionismus an den Tag.«

»Wie äußerte sich das?«

»Nun, sie schleppte mich zu Partnerschaftstherapien und zu verschiedenen Ärzten. Sie selber hat bestimmt ein Dutzend unterschiedlicher Ärzte konsultiert. Aber das Ergebnis war immer dasselbe: Wir würden keine eigenen Kinder haben. Ich merkte, dass sie kurz davor stand, wieder in eine Depression abzugleiten. Sie konnte es einfach nicht akzeptieren, kinderlos zu bleiben. Sie konnte nicht damit umgehen. Es vergiftete die Atmosphäre und unser ganzes Leben.«

»Also haben Sie beschlossen, ein Kind zu kaufen.« Rebecca war um einen sachlichen Tonfall bemüht, doch ihr Gesichtsausdruck verriet, was sie dachte.

»Nicht sofort«, fuhr Dr Fink fort, »zunächst haben wir uns um eine Adoption bemüht. Aber die Adoptionsgesetze hier zu Lande sind nicht gerade dazu geeignet, eine zügige Abwicklung zu ermöglichen. Es handelt sich um ein ziemlich langwieriges Unterfangen, und es stehen auch überhaupt nicht genügend Kinder zur Verfügung. Vor allem bei neugeborenen Babys stehen die potenziellen Adoptiveltern Schlange, und das Ganze lässt einen unwillkürlich an ein Lotteriespiel denken. Ich war irgendwann nicht mehr bereit, da mitzuspielen. Außerdem hatten wir nicht mehr genügend Zeit. Meiner Frau ging es immer schlechter. Die ganze Angelegenheit hatte sie sehr mitgenommen, und ich befürchtete einen neuerlichen Nervenzusammenbruch.«

Er warf Rebecca einen Mitleid heischenden Blick zu und fragte: »Können Sie das nicht verstehen?«

Rebecca sog die Luft durch die Nase ein und sah ihn zweifelnd an.

»Ich versuche es, aber es will mir nicht wirklich gelingen. Fahren Sie bitte fort.«

Fink schlug die Augen nieder und seufzte.

»Wie gesagt, die Situation begann sich zuzuspitzen. Das war Ende 1984. Hinzu kam, dass ich beruflich kurz davor stand, den großen Sprung nach vorne zu schaffen. Ich arbeitete damals in einem Krankenhaus unter erzkonservativer Leitung. Der Chefarzt der Urologie stand vor der Pensionsgrenze, und ich war ein ganz heißer Kandidat für seine Nachfolge. Aber durch die Blume gab man mir zu verstehen, dass man die Stelle gerne einem Kandidaten geben würde, der auch familiäre Verantwortung trug und ein Familienoberhaupt im konservativen Sinne war. Mit anderen Worten, man wies mich mit sanftem Druck darauf hin, dass es wesentlich besser für meine Karriere wäre, wenn ich mich endlich entschließen könnte, Kinder in die Welt zu setzen. Ich gebe zu, dass dieser Umstand für mich den Ausschlag gab, um nach Alternativen zu suchen, die den Kinderwunsch meiner Frau erfüllen konnten.«

Rebecca schnaubte verächtlich.

»Ihrer Frau? War es etwa kein Wunsch, den Sie miteinander teilten?«

»Doch, doch, natürlich.«

Fink hob abwehrend die Hände.

»Ich wollte damit nur sagen, dass mehrere Dinge zusammenkamen, die mich dazu veranlassten, den verbotenen Pfad einzuschlagen. Wie auch immer, ich begann nachzuforschen, und in einer Selbsthilfegruppe bekam ich von jemandem einen Tipp. Er nannte mir den Namen einer Partnerschaftsberatung in Hamburg, an die ich mich wenden sollte. Wir fuhren nach Hamburg und kamen schnell mit diesem Albrecht ins Geschäft. Er würde uns ein neugeborenes Baby vermitteln und die nötigen Papiere, die uns als leibliche Eltern auswiesen. Er gab uns genaue Anweisungen, wie wir uns in den nächsten Monaten zu verhalten hätten, damit unser Umfeld von Elisabeths Schwangerschaft überzeugt wäre. Das Ganze hat eine schöne Stange Geld gekostet.«

»Ich weiß«, warf Rebecca ein, »einhunderttausend Mark. 1984 ein kleines Vermögen.«

Fink zuckte überrascht zusammen und antwortete dann zögernd: »Ja, damals war das alles, was wir hatten. Albrecht hat uns ausgezogen bis aufs Hemd. Jedenfalls reisten wir einige Wochen vor dem angeblichen Geburtstermin nach Argentinien. Damals bestanden Albrechts Kontakte fast ausschließlich nach Mittel- und Südamerika. Es sollte alles so aussehen, als ob wir auf einer Urlaubsreise von einer Frühgeburt überrascht worden wären. Dann kamen wir in Buenos Aires in dieses Haus. Man führte uns in den Keller, der fast wie ein Gefängnis ausgebaut war. Es herrschte eine unerträgliche Hitze, und die stehende Luft war angefüllt mit dem Gestank von Schweiß und menschlichen Exkrementen. Das war der Moment, wo mir zum ersten Mal Zweifel kamen. Irgendwas schien hier nicht zu stimmen. Ich fürchtete, dass meine Frau die bedrückende Situation nicht aushalten würde, und warf ihr einen besorgten Blick zu. Doch sie schien überhaupt nichts zu bemerken. Ihr Gesicht glühte erwartungsvoll, und sie fieberte dem Augenblick entgegen, in dem sie endlich das Baby in die Arme schließen konnte.«

Er schüttelte langsam den Kopf, und auf sein Gesicht legte sich ein Ausdruck der Verwunderung.

»Ich glaube, erst in dem Augenblick habe ich wirklich begriffen, wie wichtig ihr das war. Jedenfalls führte man uns zu einer großen Zelle, in der fast dreißig Frauen waren. Jede hatte ein Baby auf dem Arm. Ich sah unseren Begleiter fassungslos an und fragte ihn, was das solle und warum die Frauen hier eingesperrt seien. Er grinste nur süffisant und entgegnete, wir sollten uns ein Kind aussuchen, um den Rest würde er sich schon kümmern. Ich wollte widersprechen. Die Situation war grotesk. Wir hatten ein Kind auf Bestellung gekauft und mussten nun feststellen, dass man die leibliche Mutter mit Gewalt hier festhielt und sie zwingen würde, uns ihr Kind zu geben. Ich sah meine Frau an. Sie sah mir fest in die Augen und sagte: ›Wir werden das jetzt durchziehen. Ich will ein Kind, und ich werde nicht zulassen, dass ich es kurz vor dem Ziel wieder verliere, weil dich Gewissensbisse plagen. Das hättest du dir alles früher überlegen sollen.‹ Entschlossen trat sie in die Zelle und sah sich die Kinder an. Ich hatte meine Frau noch nie so erlebt. Sie strahlte so viel Dominanz aus, dass mir jeglicher Einwand in der Kehle stecken blieb.«

»Sie machen mir eigentlich nicht gerade den Eindruck eines Mannes, der unter der Fuchtel seiner Frau steht.« Rebecca funkelte ihn an, und ihr Blick ließ keinen Zweifel darüber, dass sie glaubte, er wolle sich mit seiner Schilderung von jeglicher Schuld reinwaschen.

»Nein, natürlich nicht, aber in diesem Augenblick hatte sie eindeutig die Zügel in der Hand. Sie ging durch die Reihen der Frauen, die sie angstvoll ansahen, und ich konnte ihren Angstschweiß riechen. Die Frauen sahen alle heruntergekommen und halb verhungert aus. Wahrscheinlich hatten sie vorher alle auf der Straße gelebt, und kein Mensch würde sie vermissen. Es fiel einfach nicht auf, wenn sie plötzlich nicht mehr da waren, nur deshalb funktionierte dieses System. Ich versuchte mich zu beruhigen, während ich meine Frau dabei beobachtete, wie sie ein Kind aussuchte. Schließlich hatte sie ihn entdeckt. Er war das kleinste Baby, gerade erst ein paar Tage alt. Sie griff nach ihm, doch die Mutter wollte das Kind nicht loslassen. Sie schrie gellend, und sofort fiel das Baby in ihr Geschrei ein. Schließlich stürmten zwei Männer in die Zelle, nahmen ihr das Baby ab und übergaben es meiner Frau. Sie presste es an sich und lief aus der Zelle. Wir drehten uns um und gingen auf die Treppe zu, die uns wieder nach oben führen würde, während die beiden Männer die sich heftig wehrende Mutter des Kleinen durch eine Tür hinausführten. Als wir die unterste Treppenstufe erreicht hatten, hörten wir plötzlich hinter der halb geschlossenen Tür einen Schuss, und die Schreie der Frau brachen abrupt ab. Es war schrecklich!«

Fink hatte die Ellenbogen auf den Tisch gestützt und den Kopf in den Händen vergraben. Thomas und Rebecca warfen sich einen schnellen Blick zu. Schließlich stand Rebecca auf und ging ein paar Schritte auf und ab, bis sie glaubte, ihre Stimme wieder unter Kontrolle zu haben.

»Also gut, Dr. Fink, Sie haben uns gerade sehr eindrucksvoll geschildert, wie sie Dominik von einem Kinderhändlerring zu einem horrenden Preis gekauft haben, wie diese Leute mit skrupellosen Methoden arbeiteten und die leibliche Mutter des Jungen praktisch vor Ihren Augen ermordeten. Wieso sind Sie nicht zur Polizei gegangen?«

Doktor Fink hob den Kopf aus den Händen und sah sie verwundert an.

»Aber dann wäre alles verloren gewesen: Meine Karriere, meine Ehe, meine neu gewonnene Familie wären zerstört worden. Vielleicht hätte ich sogar ins Gefängnis gemusst.«

»Natürlich«, entgegnete Rebecca mühsam um Fassung ringend, »alles gute Gründe, um zuzulassen, dass weiterhin Kinder von ihren Müttern getrennt und unschuldige Menschen ermordet werden. Aber fahren Sie doch fort. Was war mit Arturo Gandera?«

»Nun, ich weiß auch nicht alles. Er war der Mann von Dominiks leiblicher Mutter. Es war wohl nicht geplant, dass man verheiratete Mütter entführte, aber in dem Fall ist es so gewesen. Es gab jemanden, der sie vermisste und jahrelang alles daransetzte, um herauszufinden, was mit ihr und dem Jungen geschehen war. Schließlich hatte er Erfolg. Er fand heraus, dass Albrecht der Auftraggeber gewesen war und beschloss, Rache zu nehmen. Es war Mitte November, als ich abends nach Hause kam und er mir vor dem Haus auflauerte. Ich hatte gerade den Wagen in die Garage gefahren, und plötzlich stand er hinter mir und hielt mir ein Messer an den Hals. Er nannte mir seinen Namen und wollte wissen, ob ich nicht wüsste, wer er sei. Als ich den Kopf schüttelte, erzählte er es mir. Sie können mir glauben, dass dies der größte Schock meines Lebens war. Diese Geschichte damals hat uns die ganze Zeit verfolgt. Meine Frau hat noch heute regelmäßig Albträume, in denen sie diesen Tag wieder durchlebt. Jedes Mal in den letzten sechzehn Jahren, wenn ich meinen Sohn ansah, musste ich daran denken, was man seiner leiblichen Mutter angetan hatte, und ich lebte sechzehn Jahre lang mit einem nagenden Gefühl der Schuld. Und dann plötzlich steht Dominiks leiblicher Vater vor mir wie das personifizierte schlechte Gewissen.«

»Was genau wollte er von Ihnen?«, schaltete Thomas sich ein und kam herüber an den Tisch, um sich neben Rebecca auf einen Stuhl zu setzen.

Doktor Fink sah Thomas ausdruckslos an und entgegnete tonlos: »Er wollte seinen Sohn zurück. Und er wollte Geld.«

»Und sie waren nicht bereit, seine Wünsche zu erfüllen.«

Fink schüttelte den Kopf und lehnte sich zurück.

»Nein, das konnte ich nicht zulassen. Er hat mir gedroht. Er sagte, wenn ich seine Forderungen nicht erfülle oder die Polizei einschalte, würde es mir genauso ergehen wie Albrecht. Und dann hat er mir erzählt, was er mit Albrecht gemacht hat. Ich hatte es schon in der Zeitung gelesen, aber aus erster Hand mit den Einzelheiten konfrontiert zu werden ist nochmal etwas anderes. Ich versuchte, ihn hinzuhalten, und sagte ihm, dass ich ein paar Tage Zeit bräuchte, um das Geld zu beschaffen. Schließlich verabredeten wir uns für den kommenden Freitagabend. Wir wollten uns auf einem Parkplatz am Rande des Stadtwalds treffen. Ich sollte Dominik und das Geld mitbringen.«

»Aber sie hatten nicht die Absicht, eins von beiden mitzubringen«, stellte Rebecca in scharfem Ton fest.

Fink sah sie an und schüttelte den Kopf.

»Nein. Ich hätte ihm Dominik niemals überlassen. Also bin ich alleine zu dem Treffpunkt. Es war schon fast neun Uhr abends, und der Parkplatz lag einsam und verlassen da. Als Gandera auf meinen Wagen zukam, stieg ich aus und ging ihm entgegen. Er schob mich beiseite und steuerte auf das Auto zu, das im Dunkeln lag. Er beugte sich hinunter und spähte ins Wageninnere, und dann fragte er mit eiskalter Stimme: ›Wo ist mein Sohn?‹ Dabei zog er langsam ein Messer aus der Jackentasche. Ich konnte die Klinge im spärlichen Mondlicht aufblitzen sehen.«

Er schwieg einen Moment, während er sich mit der Hand über die Augen rieb.

»Was geschah dann?«, fragte Rebecca leise. Fink blickte auf und ließ die Hand sinken.

»Ich sagte ihm: ›Mein Sohn hat keine Lust, mit Ihnen zu gehen.‹ Dann riss ich seinen Kopf an den Haaren nach hinten und habe ihm mit meinem Skalpell den Hals aufgeschlitzt. Er konnte noch nicht einmal mehr schreien. Er gurgelte nur, während er sich taumelnd umdrehte und auf mich zukam und das Blut in kräftigen Schüben aus der Halsschlagader spritzte. Merkwürdig, aber ich konnte keinerlei Mitleid empfinden, während ich ihm beim Sterben zusah, nur Erleichterung.«

Rebecca atmete tief durch. Sanft massierte sie mit den Fingerspitzen ihre Schläfen, um das pochende Gefühl in ihrem Kopf zu vertreiben. Schließlich sah sie Dr. Fink an und stellte fest: »Sie haben ihn vorsätzlich ermordet. Sie haben das Skalpell mit zu dem Treffen genommen, um ihn umzubringen.«

»Herrgott nochmal! Er hatte gedroht, mich zu töten, und er hatte schon sein Messer in der Hand. Sollte ich unbewaffnet zu diesem Treffen gehen und mich abschlachten lassen wie ein Stück Vieh? Im Grunde war es ein fairer Kampf, ich hätte genauso gut dabei draufgehen können.«

»Ihre Definition von Fairness scheint sich nicht ganz mit der allgemeinen Auffassung zu decken. Aber dazu später. Bitte erzählen Sie uns, was Sie dann taten.«

»Ich habe die Leiche im Kofferraum verstaut, dann bin ich den Weg entlanggefahren, der in den Stadtwald führt. Kurz vor dem Adenauerweiher habe ich ihn verscharrt. Als ich zu Hause war, habe ich mein blutiges Hemd in die Waschmaschine geschmissen und habe am nächsten Tag das Auto durch die Waschanlage gefahren.«

»Hat Ihre Frau nichts davon bemerkt?« Thomas runzelte ungläubig die Stirn.

»Doch sicher, ich habe ihr gesagt, dass ich das Hemd bei einem Notfall im Krankenhaus versaut habe. Sie stellte keine weiteren Fragen.«

»Aber nach dem Mord an Andrea Fuchs hat sie Verdacht geschöpft, nicht wahr?«

Rebecca war aufgestanden und hinter Dr. Fink getreten. Sie beugte sich nach vorne, bis ihr Mund auf Höhe seines Ohres war.

»Warum musste Frau Fuchs sterben? Sie wusste von Ganderas Plan, oder?«

Fink schluckte laut und nickte.

»Ja, er hatte es ihr erzählt. Das kleine Miststück hat versucht, mich zu erpressen. Sie hat mich abends in meiner Praxis aufgesucht.« Er lachte kurz auf. »Sie wären ihr fast über den Weg gelaufen. Sie war im Wartezimmer, während Sie bei mir im Sprechzimmer waren, um mich zu verhören. Als ich sie hereingerufen hatte, kam sie ziemlich schnell zur Sache. Sie war nicht gerade bescheiden. Während Arturo Gandera sich mit einhunderttausend

Mark zufrieden gegeben hätte, wollte sie gleich eine Million haben. Sie gab mir zwei Wochen Zeit, um alles an Vermögenswerten zu verkaufen oder zu beleihen und so die Million aufzutreiben. Wenn ich nicht bereit wäre zu zahlen, drohte sie, zur Polizei zu gehen. Ich konnte sie nicht verschonen, verstehen Sie? Es stand alles auf dem Spiel für mich, alles! Sie hätte mein Leben zerstört, so oder so!«

»Das ist ihr ja jetzt auch noch post mortem gelungen«, versetzte Rebecca spitz. »Wieso haben Sie Frau Fuchs nicht gleich in Ihrer Praxis umgebracht, warum sind Sie die Gefahr eingegangen, beobachtet zu werden?«

»Ich war wie vor den Kopf geschlagen. Als Gandera starb, hatte ich gedacht, jetzt sei die ganze Sache endgültig ausgestanden. Es hatte auch nicht den Anschein, als wären Sie mir auf den Fersen. Ich hatte die Hoffnung, dass die Akte Gandera bald als unaufgeklärter Fall geschlossen würde, und damit wäre alles vorbei gewesen. Doch dann tauchte diese Frau auf, und der vermeintlich feste Boden, auf dem ich stand, verwandelte sich plötzlich in Treibsand. Ich war nicht in der Lage, klar zu denken oder mich auch nur zu rühren. Ich konnte nur tatenlos zusehen, wie sie mir eiskalt ihre Bedingungen diktierte und mich dann stehen ließ wie einen Delinquenten, dem man gerade das Todesurteil verkündet hatte. Und sie war so verdammt cool! Sie spielte ihre Rolle brillant, das muss man ihr lassen. Erst als sie zur Tür hinaus war, erwachte ich aus meiner Paralyse. Schlagartig wurde mir klar, dass ich sofort handeln musste, wenn ich nicht alles verlieren wollte. Also durchsuchte ich fieberhaft meine Praxis nach etwas, womit ich sie töten konnte. Das Erste, was mir in die Hände fiel, war die Flasche Chloroform. Ich stopfte sie zusammen mit einer Hand voll Watte in die Manteltasche und stürzte hinter ihr her.«

»Warum haben Sie nicht einfach wieder ihr Skalpell genommen wie bei Gandera?«

»Ich wollte nicht schon wieder Blutspuren riskieren und meiner Frau eine Erklärung liefern müssen. Außerdem sträubte sich mein Inneres dagegen, der jungen Frau die Kehle durchzuschneiden, das ist nicht gerade ein schöner Anblick, wissen Sie?«

Rebecca nickte zögernd und dachte an den Anblick, den Ganderas Leiche geboten hatte. Schnell schluckte sie den schalen Geschmack in ihrem Mund herunter und bedeutete ihm fortzufahren.

»Ich folgte ihr durch die ganze Stadt, ohne dass sie mich bemerkte, und die ganze Zeit hatte sie dieses Siegerlächeln auf den Lippen. So gegen halb neun habe ich sie dann auf einem einsamen Fußweg in Bickendorf erwischt. Es dauerte eine ganze Weile, bis das Chloroform wirkte und sie tot war.«

Eine Zeit lang sagte keiner ein Wort. Schließlich beugte Thomas sich vor und sah Dr. Fink in die Augen.

»Dann hat Ihre Frau uns angelogen. Sie waren an dem Abend nicht um halb sieben zu Hause. Ihre Frau hat Ihnen ein falsches Alibi verschafft.«

Fink erwiderte Thomas' Blick und grinste plötzlich breit.

»Nein, hat sie nicht. Meine Frau hat Ihnen niemals gesagt, dass ich um halb sieben zu Hause war. Ich habe Ihnen das gesagt, als ich gestern Nachmittag anrief. Meine Frau hat Ihnen gegenüber nur die Aussage gemacht, dass sie sich nicht erinnern kann, wann ich daheim war, und dabei wird sie auch bleiben.«

Thomas schnaubte wütend und stand auf.

»Also gut, das werden wir ja herausfinden, wenn wir Ihre Frau verhören. Wollen Sie etwa auch abstreiten, dass Ihre Frau wusste, dass Sie hinter den Morden steckten? Sie müssen sie doch in Ihre Fluchtpläne eingeweiht haben. Wo wollten Sie überhaupt hin?«

Doktor Fink zuckte die Achseln.

»Ich hatte von London aus einen Flug nach Rio gebucht. Freitag Nachmittag, nachdem ich erfahren hatte, dass Frau Huthmacher unterwegs nach Hamburg war und mir klar wurde, dass ich kurz davor stand aufzufliegen, habe ich noch mein gesamtes Barvermögen auf mein Konto bei der Chase Manhattan Bank transferiert. Von da aus wollte ich es an unseren endgültigen Unterschlupf weiterleiten. Hat leider nicht geklappt. Ich hätte nur etwas mehr Zeit gebraucht. Jedenfalls hat meine Frau nichts gewusst. Ich habe ihr erzählt, ich hätte mich zu einer spontanen Urlaubsreise entschlossen. Vielleicht hat sie etwas geahnt, als sie erfuhr, dass Andrea Fuchs ermordet wurde. Schließlich war ich an dem Abend, als ich nach Hause kam, etwas durcheinander. Aber wir haben nicht darüber gesprochen. Sie hat mit der ganzen Sache nichts zu tun.«

Thomas sah ihn zweifelnd an.

»In Ordnung. Falls Sie Ihrer Aussage nichts mehr hinzufügen möchten, würde ich Sie jetzt gerne in Ihre Zelle bringen.«

»Da kann man wohl nichts machen«, erwiderte Fink und erhob sich seufzend.

Als Rebecca und Knut kurz darauf in ihr Büro kamen, saß Gottschalck, den Rebecca zuvor informiert hatte, schon an ihrem Schreibtisch und wartete. Er erhob sich und nickte

Rebecca anerkennend zu, als sie zögernd vor ihm stehen blieb.

»Ich habe das Verhör durch den venezianischen Spiegel verfolgt. Sie haben ganze Arbeit geleistet.«

»Danke«, murmelte Rebecca verlegen und war froh, als die Tür aufflog und Thomas ins Büro stürmte.

»Glaubt ihr, dass Frau Fink wirklich nichts wusste?«, fragte er, während er sich auf seinen Schreibtischstuhl fallen ließ, und schien nicht zu bemerken, dass er seinen Chef in die vertrauliche Anrede mit einbezog.

»Schwer zu sagen«, entgegnete Rebecca, »wenn sie etwas wusste, werden die beiden jedenfalls schlau genug gewesen sein, ihre Aussagen für den Fall seiner Festnahme abzustimmen. Wenn sie beide dabei bleiben, werden wir ihr nichts nachweisen können. Immerhin haben wir sein Geständnis und damit auf jeden Fall den Hauptschuldigen.«

Rebecca gähnte und warf einen Blick auf die Uhr.

»Was ist eigentlich gestern noch bei den Ermittlungen in Sachen D'Angelo und Schneider herausgekommen?«

»D'Angelo hat die nicht unerheblichen Einkünfte aus seinen Immobiliengeschäften im Ausland wie erwartet an der Steuer vorbeigeschmuggelt. Nach dreistündigem Verhör hat er endlich zugegeben, dass er das Geld über eine Briefkastenfirma auf den Bahamas geleitet hat. Von dort aus hat er Rechnungen für seine privaten Konsumgüter beglichen. Sein Haus in der Toskana, seinen Jaguar, seine Rolex, alles wurde aus unversteuerten Geldern von den Bahamas bezahlt. Aber er beteuerte immer wieder, mit den Morden nichts zu tun zu haben, womit er ja wohl Recht hatte.«

Rebecca nickte.

»Und Schneider? Was ist mit seinen Lügen hinsichtlich des Alibis für den Abend, als Andrea Fuchs ermordet wurde?«

»Du wirst es kaum glauben«, erwiderte Knut mit dem breitesten Klaus-Kinski-Grinsen, zu dem er fähig war, »unser Staranwalt hat ein Verhältnis mit seiner Sekretärin. Bei ihr war er an diesem Abend, was sie auch bestätigt hat.«

Rebecca konnte sich ein Lachen nicht verkneifen.

»Da wird er wohl mächtigen Ärger mit seiner Angetrauten bekommen. Die sah mir nicht so aus, als sei mit der gut Kirschen essen.«

»Glaub ich nicht. Ich musste ihm hoch und heilig versprechen, nichts seiner Frau zu erzählen. Dafür hat er mir dann gesagt, warum er sich in Bezug auf die Speichelproben so störrisch angestellt hat.«

»Tatsächlich? Warum?«

»Er hatte wirklich die Befürchtung, dass sein Sohn irgendwie in die Sache verwickelt sein könnte, und wollte seinen Unschuldsbeteuerungen nicht so recht glauben. Als dann der zweite Mord passierte, hat er sich den Sohnemann mal richtig zur Brust genommen und dabei erfahren, dass der Junge an dem fraglichen Abend gar nicht mit dem Mokick unterwegs war, sondern bei einer ultrarechten Kampfsportgruppe Krieg gespielt hat, was Herrn Schneider einerseits erleichterte, weil er jetzt sicher war, dass der Junge nichts mit den Morden zu tun hatte, ihn aber andererseits auch fuchsteufelswild machte. Jedenfalls hat er jetzt die Nase voll vom rechten Gefasel seines Sprösslings. Er wird nach Weihnachten Anzeige gegen diese Kampfsportgruppe erstatten und seinen Sohn dazu bringen, dass er gegen die Rädelsführer aussagt, um seinen eigenen Kopf aus der Schlinge zu ziehen. Ich bin mir sicher, das wird ihm auch gelingen.«

Thomas stand auf und streckte sich.

»Acht Uhr vorbei«, stellte er mit einem Blick auf die Uhr fest. »Wir müssen Frau Fink noch verhören.«

Gottschalck, der Rebecca beobachtet und bemerkt hatte, wie sie mehrfach verstohlen gegähnt hatte, räusperte sich kurz und wandte sich dann an Thomas.

»Das werde ich machen, mit Ihrer Unterstützung selbstverständlich. Ich denke, es ist vertretbar, wenn Rebecca und Knut sich in ihr wohlverdientes langes Weihnachtswochenende begeben und sich bis zum 27. Dezember nicht mehr mit diesem Fall beschäftigen. Was meinen Sie?«

Er warf Thomas, der gerade protestieren wollte, einen warnenden Blick zu, und fuhr, an Rebecca gerichtet, fort: »Sie haben sich verdammt souverän geschlagen, Hut ab! Fahren Sie einfach nach Hause und schlafen Sie sich aus. Wir kümmern uns hier um den Rest. Nach Weihnachten werden dann hoffentlich mal ein paar ruhigere Zeiten anbrechen.«

Rebecca sah ihn dankbar an und erhob sich zögernd.

»Ich hoffe, Sie haben Recht. Jedenfalls danke für die Auszeit. Frohe Weihnachten.«

White Christmas

Es hatte wieder zu schneien begonnen, und die dünne Schneedecke knirschte leise unter Rebeccas Schritten. Langsam ging sie die Straße entlang und sah zu, wie die glitzernden Flocken lautlos zu Boden sanken. Vor der Haustür schüttelte sie sich kurz den Schnee aus den Haaren und stampfte ein paar Mal mit den Füßen auf. Dann schloss sie auf und betrat kurz darauf die Wohnung. Die wohlige Wärme umfing sie wie tröstende Arme. Langsam ging sie ins Wohnzimmer und setzte sich vor dem Sofa auf den Boden, um Garfield und Spiky zu kraulen.

»Na, ihr zwei«, sagte sie leise, »tut mir Leid, dass ich euch in den letzten Tagen so vernachlässigt habe. Wollt ihr denn noch gar nichts fressen? Ihr müsst doch halb verhungert sein.«

Ein leises Geräusch hinter ihr ließ sie erstarren. Für einen Moment schloss sie die Augen.

»Sie sind satt. Ich habe sie vor einer Stunde gefüttert.«

Seine Stimme klang leise und samtweich zu ihr herüber. Ihr Herz hämmerte, aber sie bewegte sich nicht. Mechanisch kraulte sie weiter das weiche Fell auf Garfields Bauch.

Leise Schritte hinter ihr. Seine Nähe durch die knisternde Luft hindurch zu spüren. Feuchte Hände, rasender Pulsschlag.

Sie hielt den Atem an und ließ die Hand, mit der sie Garfield gekrault hatte, sinken.

Eine Bewegung links von ihr, aus dem Augenwinkel wahrgenommen. Ein winziger Lufthauch, bei dem sich die Härchen auf ihren Unterarmen aufrichteten. Seidenweich die Berührung seiner Hand auf ihrer Wange. Ihre Kehle wie ausgedörrt, als sie sich umwandte und in seine fragenden Augen sah.

Langsam und ohne sie aus den Augen zu lassen, ließ er sich neben ihr auf den Boden gleiten. Lange sahen sie einander an, als hätten sie sich vorher noch nie gesehen, sich jede Einzelheit des anderen Gesichtes einprägend. Rebecca verspürte das unbändige Verlangen, ihn zu küssen. Vorsichtig beugte sie sich leicht vor und hielt inne, als sie bemerkte, dass sich seine Züge verhärteten. Seine Augen blitzten dunkel auf, und seine zusammengepressten Lippen zuckten unwillig. Zögernd wich sie ein wenig zurück.

»Bist du heute Abend gar nicht bei ihm?«, fragte er schließlich mit mühsam unterdrücktem Zorn in der Stimme.

»Wie?« Sie prallte zurück, als habe sie etwas gebissen. Spiky sprang mit einem leisen Fauchen auf und lief durch die geöffnete Wohnzimmertür hinaus. Garfield folgte ihr in gemächlicherem Tempo.

Krishna musterte Rebecca und stellte mit masochistischer Freude fest, dass sie rot anlief.

»Na, du pflegst doch neuerdings deine Nächte bei ihm zu verbringen, oder willst du etwa behaupten, dass du letzte Nacht in deinem eigenen Bett gewesen bist?«

Der drohende Unterton in seiner Stimme war unverkennbar. Etwas tief unten in ihrem Magen begann zu brodeln und breitete sich rasch aus. Um Beherrschung ringend, biss sie die Zähne zusammen und holte tief durch die Nase Luft.

»Nein, ich war nicht in meinem eigenen Bett«, presste sie schließlich hervor, »genauso wenig, wie ich in ›seinem‹ Bett war.«

»Tatsächlich?« Krishna zog in gespielter Überraschung die Augenbrauen nach oben. »Dann wart ihr vielleicht in einem Hotel? Ist er am Ende gar verheiratet?«

Zu spät wurde ihm klar, dass Rebecca nicht vor Verlegenheit, sondern vor Wut rot angelaufen war. Jetzt war es zu spät. Er konnte nur noch mit ansehen, wie sie explodierte. Und sie explodierte gründlich.

»Du verdammter, ignoranter, eifersüchtiger Hornochse!« Mit einem gezielten Stoß vor die Brust warf sie ihn rückwärts auf den Boden und stürzte sich auf ihn.

»Jetzt habe ich die Faxen aber endgültig dicke!«, brüllte sie ihn an. Sie umklammerte seine Handgelenke und presste ein Knie in seinen Magen. Zu überrascht, um sich zu wehren, starrte er sie nur an und fragte sich, ob er sie schon jemals so wütend gesehen hatte. Ihre Stimme war kurz vor dem Überschnappen.

»Wie kommst du eigentlich dazu, mir zu unterstellen, ich hätte ein Verhältnis mit meinem Chef? Ist dir eigentlich klar, wie lächerlich das ist?«

»Nein«, entgegnete er leise, und seine Augen verengten sich zu schmalen Schlitzen, »ich finde es überhaupt nicht lächerlich, sondern eher todtraurig. Ich hätte im Traum nicht damit gerechnet, dass du mich betrügst.«

»Was macht dich eigentlich so verdammt sicher?«, schrie sie ihn an. »Hast du auch nur ein einziges Mal eine Erklärung von mir verlangt? Nein! Hast du nicht! Weil du die Wahrheit gar nicht wissen willst, sondern dich lieber im hausgemachten Selbstmitleid suhlst!«

Krishna schwieg, doch sie konnte ein unsicheres Flackern in seinen Augen sehen. Schwer atmend ließ sie ihn los und lehnte sich zurück gegen die Couch. Langsam richtete er sich auf und setzte sich neben sie.

»Also gut«, begann er, während er sich die Handgelenke rieb. »Wo warst du letzte Nacht?«

Sie warf ihm einen vernichtenden Blick zu.

»Ich war in Hamburg, um unsere Mordfälle aufzuklären, und ich habe die Nacht in einem drittklassigen Hotel verbracht, und zwar alleine!«

Ihre Stimme klang schärfer, als sie beabsichtigt hatte. Krishna saß mit gesenktem Kopf da und ließ die Hände zwischen den angezogenen Knien baumeln. Mehrmals atmete er tief ein und aus. Er wusste, dass er sie fragen musste, auch wenn er es nicht hören wollte.

»Was ist an dem Abend nach eurer Weihnachtsfeier geschehen?«, brachte er schließlich mit leiser Stimme hervor.

Rebecca seufzte tief auf und schwieg einen Moment. Dann begann sie zögernd zu erzählen.

»Nach der Feier habe ich die anderen alle nach Hause gefahren. Schließlich saß nur noch Karsten im Auto. Als wir vor seiner Wohnung ankamen, schlug er vor, dass ich mit hineinkommen und ihn über den Stand unserer Ermittlungen informieren solle.«

»Und das hast du gemacht.« Es klang wie eine sachliche Feststellung, doch die Resignation in Krishnas Stimme war deutlich zu hören.

»Ja«, bestätigte Rebecca.

»Himmel! Was hast du dir nur dabei gedacht?« Krishna schüttelte hilflos den Kopf und schloss die Augen.

»Was soll das jetzt schon wieder heißen?«, fuhr sie ihn an. »Es war ein sehr gutes Gespräch. Wir haben lange über die Fälle diskutiert, und er hat mir ein paar sehr hilfreiche Hinweise gegeben. Das Problem war, dass er zu viel getrunken hatte.«

Krishna zuckte zusammen, als ob sie ihn geschlagen hätte. Er starrte verzweifelt seine Hände an und wünschte sich, sie würde nicht weitererzählen.

»Er hatte schon während der Weihnachtsfeier jede Menge Bier getrunken, und als wir in seiner Wohnung waren, hat er noch eine Flasche Wein aufgemacht. Da ich noch fahren musste, hat er die Flasche nach und nach alleine leer getrunken, und das hat man ihm auch angemerkt. Jedenfalls hat er mir zum Schluss noch gute Ratschläge gegeben. Er sagte, ich solle meine Entscheidungen ruhig ab und zu aus dem Bauch heraus treffen, weil ich den richtigen Instinkt dazu hätte. Dabei stand er hinter meinem Stuhl und legte mir eine Hand auf die Schulter.«

Rebecca zögerte einen Augenblick, und Krishna hielt die Luft an.

»Ich weiß nicht, aber in dem Augenblick hatte ich irgendwie das Gefühl, er versuche, mich anzubaggern. Ich war jedenfalls der Ansicht, dass es Zeit war zu gehen. Ich stand also auf und verabschiedete mich, und er wollte mich zur Tür begleiten. Aber, wie gesagt, mittlerweile war er hoheitsvoll und ziemlich wackelig auf den Beinen. Und dann lag da dieser verdammte dicke Perserteppich im Wohnzimmer, und Karsten stolperte darüber in schönster Slapstickmanier. Er wollte sich wohl irgendwo festhalten, und da ich weit und breit das einzig Greifbare war, hat er mich mit umgerissen. Wie in einem schlechten Film. Innerhalb eines Sekundenbruchteils lag ich auf diesem lächerlichen Perserteppich und Karsten quer über mir. Zu allem Überfluss kam sein Kopf genau zwischen meinen Brüsten zum Liegen, und ihm fiel nichts Besseres ein, als mit den Augen zu rollen und leise ›Airbag, Airbag‹ zu sagen. Da bin ich ausgerastet und hab ihm das Knie in die

Weichteile gerammt. Während er noch nach Luft schnappte, habe ich ihn noch angefaucht, er sei ein vorpubertärer Chauvi, und bin gegangen.«

Rebecca hielt inne und warf Krishna einen kurzen Blick zu. Er saß immer noch mit gesenktem Kopf da, doch seine Schultern zuckten. Vorsichtig legte sie eine Hand in seinen Nacken. Er hob den Kopf und sah sie an. Ein breites Grinsen hatte sich auf seinem Gesicht ausgebreitet.

»Airbag? Er hat wirklich Airbag gesagt?« Ein leises Glucksen drang aus seiner Kehle. Rebecca sah ihn wütend an und nickte. Nach einigen endlosen Sekunden legte Krishna endlich den Kopf in den Nacken und lachte schallend auf.

»Das darf doch wohl nicht wahr sein! Nicht zu fassen! Dich kann man auch nicht eine Sekunde aus den Augen lassen! Warum hast du mir das nicht erzählt?«

»Na ja«, Rebecca wandte leicht verlegen das Gesicht ab, »ich hatte irgendwie ein ziemlich schlechtes Gewissen. Ich hatte meinem Chef in die Eier getreten und ihn beleidigt und war mir inzwischen nicht mehr so sicher, ob er mich wirklich anbaggern wollte oder ob ich mir das nur eingebildet hatte. Klar, er hat sich daneben benommen, aber ich habe darauf ziemlich heftig reagiert, und das wäre alles nicht passiert, wenn ich nicht mit in seine Wohnung gegangen wäre. Ich dachte, du wirst bestimmt furchtbar wütend, wenn ich dir das erzähle.«

»Womit du zweifellos Recht hattest!«, entgegnete Krishna heftig. »Wenn ich es mir recht überlege, hättest du eigentlich Prügel verdient.«

Er sah sie streng an.

»Trotzdem hättest du es mir erzählen sollen.«

»Ich weiß«, antwortete sie kleinlaut, »aber ich dachte,

es wäre nicht gut, wenn du glaubst, dass Karsten was von mir will. Wahrscheinlich wärst du dann bei jeder Gehaltserhöhung, die ich bekomme, misstrauisch geworden. Ich hielt es für das Beste, wenn du gar nichts von der ganzen Geschichte erfährst. Also habe ich zu einer Notlüge gegriffen.«

»Nur leider wusste ich, dass du gelogen hast.«

»Ja, und dummerweise hast du die falschen Schlüsse daraus gezogen.«

Er sah sie lange schweigend an. Dann sagte er leise: »Als ich dich am Morgen nach der Weihnachtsfeier fragte, ob du netter zu deinem Chef gewesen bist und du rot wie eine Tomate wurdest, hätte ich fast die Beherrschung verloren. Es tat wahnsinnig weh.«

Langsam hob Rebecca die Hand und strich sanft mit dem Daumen über seinen Wangenknochen.

»Es tut mir Leid«, flüsterte sie, »verzeih mir.«

Er schloss die Augen und spürte die vibrierende Berührung ihrer Hand auf seiner Haut. Schmerzlich wurde ihm bewusst, wie sehr er sie vermisst hatte. Mit einer schnellen Bewegung zog er sie an sich und küsste sie heftig. Dann sah er ihr schwer atmend in die Augen und sagte leise, aber eindringlich: »Bitte, tu das nie wieder. Das überlebe ich nicht nochmal.«

Das Olivenöl in der Pfanne zischte laut auf, als Rebecca die Scampi hineinlegte. Die Luft in der Küche war knoblauchgeschwängert, und das leise ›Plop‹, mit dem Krishna den Weinkorken aus der Flasche zog, klang verheißungsvoll. Aus dem Wohnzimmer drang leise ›White Christmas‹ herüber, und der große Tannenbaum verströmte seinen harzigen Geruch in der Wohnung.

Rasch schenkte Krishna Wein in zwei Gläser und trat hinter Rebecca. Vorsichtig die Gläser balancierend, legte er von hinten die Arme um sie und hielt ihr ein Glas unter die Nase. Sanft streifte seine Wange ihr Ohr, während er ihr einen Kuss auf die Schläfe hauchte.

»Wenn ich es mir recht überlege, finde ich, es war eine großartige Idee von meiner Mutter, über Weihnachten Last-Minute nach Mallorca zu fliegen.«

»Tatsächlich?«, fragte Rebecca leise lachend. »Ich hatte schon befürchtet, du würdest dich mit mir alleine langweilen.«

Sie trank einen Schluck Wein und drehte leicht den Kopf, um ihm in die Augen zu sehen. Vorsichtig zog er sie mit der freien Hand an seinen Körper. Ein Lächeln umspielte seine Lippen.

»Ich kann mich nicht erinnern, mich jemals mit dir alleine gelangweilt zu haben. Meistens war es sogar ausgesprochen aufregend.«

Suchend glitt seine Hand unter ihre Bluse und wanderte liebkosend nach oben, bis Rebecca sich aus seinem Griff befreite.

»Wenn du so weitermachst, brennen nicht nur die Scampi an«, sagte sie lachend und zog die Pfanne vom Herd.

»Stimmt, aber ich kann einfach nicht die Finger von dir lassen.« Selig grinste er sie an. Dann brachte er das Brot und den Wein an den Esstisch und sah ihr dabei zu, wie sie die Scampi auf die Teller drapierte.

»Was hat Karsten eigentlich zu deinem tätlichen Angriff auf seine Männlichkeit gesagt?«, fragte er plötzlich unvermittelt.

Rebecca warf ihm einen raschen Blick zu und zuckte die Achseln.

»Als ich am nächsten Morgen ins Büro kam, ließ er mir ausrichten, ich solle sofort zu ihm kommen. Ich rechnete mit dem Schlimmsten. Er hat mich lange schweigend angesehen. Dann hat er sich geräuspert und meinte, er habe leider einen Filmriss gehabt und könne sich nicht mehr daran erinnern, was am Abend zuvor geschehen war. Nur das schmerzliche Ergebnis war ihm noch bewusst, aber nicht mehr, wie es dazu gekommen war. Nachdem ich ihm die Geschichte erzählt hatte, lief er puterrot an und stammelte eine Entschuldigung nach der anderen. Ich sagte ihm, wir seien quitt, und er entgegnete: ›Das kann man wohl sagen!‹ Danach haben wir eine viertel Stunde lang gelacht, bis uns die Tränen die Wangen runterliefen. Er sagte, er habe noch nie eine so rabiate Mitarbeiterin gehabt und würde mich in Zukunft besser auf Abstand halten.«

»Das will ich ihm auch geraten haben!« Krishna schnaubte unwillig auf. »Ansonsten wird er feststellen müssen, dass seine rabiateste Mitarbeiterin einen noch viel rabiateren Freund hat.«

Rebecca schlug sich grinsend mit der Faust gegen die Brust und machte ein Geräusch, das entfernt an einen Affen erinnerte, der einem Rivalen imponieren will. Krishna funkelte sie empört an.

»Eigentlich ist er ganz in Ordnung«, sagte sie schließlich, »wirklich, ich verstehe mich inzwischen richtig gut mit ihm.«

»Hmpf!«

Sie legte ihm die Arme um den Hals und sah ihn lächelnd an.

»Wenn du eifersüchtig bist, funkeln deine Augen noch viel mehr als sonst. Wahnsinnig aufregend!«

»Ich wäre dir wirklich sehr dankbar, wenn du nicht versuchen würdest, diesen Zustand absichtlich herbeizuführen.« Er gab ihr einen Kuss auf die Nasenspitze und grinste. »Notfalls werde ich lernen, aufregend mit den Augen zu funkeln, ohne eine Spur eifersüchtig zu sein. Und jetzt sollten wir uns den Abend weder von Karsten Gottschalck noch von sonst irgendjemandem verderben lassen. Ich habe schließlich noch einiges mit dir vor.«

Sie sah ihn an und hatte einmal mehr das Gefühl, in seinem Blick zu ertrinken, und erstaunt stellte sie erneut fest, dass es sich wunderbar anfühlte.

**Erstes Buch der neuen Reihe
von Bestsellerautorin Anne Perry**

Die Welt scheint in Ordnung für den Vikar Joseph Reavley und seine beiden Schwestern, bis ihnen ihr Bruder Matthew eine schlimme Nachricht überbringt: Die Eltern der vier Geschwister sind bei einem merkwürdigen Autounfall ums Leben gekommen. Matthew, der für den britischen Geheimdienst arbeitet, hatte von seinem Vater ein streng geheimes Dokument in Empfang nehmen wollen. Doch das Dokument ist im Autowrack nicht zu finden. Hatte es etwas mit dem Tod der Eltern zu tun? Joseph und seine Geschwister wollen der Sache nachgehen, und eine unglaubliche Geschichte nimmt ihren Lauf ...

ISBN 3-404-15087-2

BASTEI
LÜBBE

Die tote Joggerin war nackt und ihre Haut war bleich und schwammig. Jemand hatte ihr das rechte Ohr abgeschnitten und ihre Kleidung sorgfältig zusammengefaltet auf einen Stapel gelegt. Rebecca, die junge Kriminalkommissarin, stand fassungslos vor der Leiche und fragte sich, ob tatsächlich ein Mensch zu dieser grauenhaften Tat fähig gewesen war.
Während die Ermittlungen noch auf Hochtouren laufen, geschieht ein zweiter Mord an einer Prostituierten. Wieder fehlt dem Opfer das rechte Ohr, und auch die Kleidung wurde wieder zusammengefaltet auf einem Stapel gefunden. Es besteht kein Zweifel mehr: Es handelt sich um einen Serienmörder. Die Kriminalkommissarin und ihr Team gehen jeder Spur nach. Eine Zeugenaussage weist schließlich auf einen Mann hin, den Rebecca persönlich kennt, den sie sogar sehr gut kennt ...
Ein psychologisch raffiniert komponierter Krimi – ein Fall für die sympathischen Kommissarin Rebecca Huthmacher

ISBN 3-404-14606-9

BASTEI LÜBBE

Ausgezeichnet mit dem skandinavischen Krimipreis 2002

Was zunächst aussieht wie ein typisch isländischer Mord, schäbig, sinnlos und schlampig ausgeführt, erweist sich als überaus schwieriger Fall. Wer ist der tote alte Mann in der Souterrainwohnung in Nordermoor, dessen Computer voller Hardcore-Pornos ist? Warum kam der Mörder auf Socken? Warum hinterlässt der Mörder eine Nachricht bei seinem Opfer, die niemand versteht? – Das sind nur einige der Fragen, die sich Erlendur und sein junger Kollege Sigurður von der Kripo in Reykjavik stellen müssen. Im herbstlichen Dunkel ermitteln sie in einem Fall, der bald menschliche Tragödien ans Licht bringt, die ohne die moderne Gentechnologie verborgen geblieben wären. Während schwere Islandtiefs sich über der Insel im Nordatlantik austoben, wird eine weitere Leiche in Nordermoor gefunden, nach der niemand gesucht hat ...

ISBN 3-404-14857-6

BASTEI LÜBBE